REGINE IMHOLZ

TOD IN DER RUINAULTA

Kriminalroman

emons:

Bibliografische Information der Deutschen Nationalbibliothek
Die Deutsche Nationalbibliothek verzeichnet diese Publikation in der Deutschen Nationalbibliografie; detaillierte bibliografische Daten sind im Internet über http://dnb.d-nb.de abrufbar.

MIX
Papier | Fördert gute Waldnutzung
FSC® C083411

Umschlagmotiv: criskorah/stock.adobe.com
Umschlaggestaltung: Nina Schäfer, nach einem Konzept von Leonardo Magrelli und Nina Schäfer
Umsetzung: Tobias Doetsch
Gestaltung Innenteil: DÜDE Satz und Grafik, Odenthal
Druck und Bindung: CPI – Clausen & Bosse, Leck
Printed in Germany 2022
ISBN 978-3-7408-1618-6
Originalausgabe

Für Markus und Kalo – immer an meiner Seite

Für Juli – immer in meinem Herzen

EINS

Zerzaust, verschlafen und verkatert von einem Apéro, der völlig aus dem Ruder gelaufen war, hatte Matti Coray an diesem späten Montagmorgen im September nur einen Wunsch: einen Kaffee. Einen heissen, schwarzen und höllisch starken Kaffee. Mit zugekniffenen Augen schlurfte er zur Espressomaschine und nahm sie nach kurzem Tasten in Betrieb. Als das Mahlwerk einsetzte, zuckte er zusammen, es fühlte sich an, als ob jedes Haar seines dichten, dunklen Schopfs einzeln schmerzen würde. Besorgt schaute Juri ihn an, so als wollte er abschätzen, ob sein Herrchen für einen Spaziergang überhaupt in der Lage sein würde.

«Keine Angst, mein Freund, ich werde es überleben», murmelte Coray und schickte Juri in den Garten hinaus. Mit geschlossenen Augen schlürfte er den ersten Schluck des süttig heissen Gebräus und seufzte erleichtert auf – das Leben fühlte sich bereits wieder viel besser an.

Als er die Tasse wieder zum Mund führen wollte, läutete sein Handy. Ein Blick auf das Display zeigte ihm, dass seine Kollegin Katja Kurtz anrief. Resigniert stellte er die Tasse ab und griff zum Telefon.

«Guten Morgen, mein lieber Matti, bist du aufnahmebereit?», fragte sie, und Coray konnte ihr breites Grinsen durch die Leitung förmlich spüren.

«Kurtz, ich hoffe, du hast einen sehr guten Grund, mich an meinem freien Tag zu nerven.»

«Findest du einen Mord einen triftigen Grund, dich aus deiner Höhle zu holen?»

Einen Moment lang herrschte Stille in der Leitung. Coray fühlte sich auf einen Schlag hellwach.

«Mord, sagst du? Was ist passiert?»

«Auf dem Rhein ist ein Guide ermordet worden.»

Coray war zu verblüfft, um zu antworten. Er musste diese Informationen erst in seinem Hirn zusammensetzen.

«Wie, ein Guide auf dem Rhein?»

«Ein Bootsführer ist während einer Riverrafting-Tour erschossen worden. Im Boot drinnen, wohlgemerkt, während der Fahrt.»

«Wo bist du?»

«Bei der Staziun Valendas-Sagogn.»

«Okay, ich komme.»

Coray unterbrach die Verbindung und sprintete ins Bad.

Er schaffte es, in gut zehn Minuten zu duschen, die Zähne zu putzen und sich in seine Klamotten zu stürzen. Für eine Rasur reichte die Zeit nicht mehr, fand er und musste daran denken, dass seine Freundin Emilia ihm einmal erklärt hatte, dass sie ihn mit den dunklen Stoppeln im Gesicht fast noch attraktiver fand als frisch rasiert. Während er seinen Gürtel zu schliessen versuchte, rief er in den Garten: «Juri, es gibt Arbeit, los, komm!»

Er hatte noch nicht ausgeredet, als der grosse schwarze Kerl durch die Terrassentür ins Haus stürmte und über den Holzboden Richtung Haustür schlitterte. Ungeduldig sah er Coray an, der sich noch eine Flasche Wasser schnappte, das Handy in die Tasche seiner Chinos stopfte und zum Wagen spurtete. Er liess Juri ins Heck seines alten Rovers springen und fuhr los. Obwohl er am liebsten Gas gegeben hätte, rief er sich zur Vernunft und passte die Geschwindigkeit der Strecke an. Es war eine kurvenreiche Strasse von Brigels hinunter ins Tal. Natürlich wäre es einfacher, wenn er näher an seinem Arbeitsplatz in Chur wohnen würde, wie die meisten seiner Kollegen. Und wo er auch aufgewachsen war. Seine Eltern, ein pensionierter Lehrer und eine Journalistin, die zwar ebenfalls pensioniert, aber durch ihr Netzwerk noch immer über alles bestens informiert war, wohnten weiterhin dort. Sie hatten nie ganz verstanden, wie ihr Sohn das rege kulturelle Treiben in Chur mit einem beschaulichen Leben in diesem «Krähennest» eintauschen konnte. Vielleicht, weil seine Wurzeln dort waren. Seine Mutter war in einem Dorf in der Surselva aufgewachsen und hatte bereits als junges Mädchen kein anderes Ziel, als so schnell wie möglich daraus zu verschwinden. Trotzdem hatte sie mit ihrem Sohn immer Rätoromanisch geredet, weil sie Wert darauf legte, dass er diese Sprache ebenso selbstverständlich sprach wie Deutsch.

Coray fühlte sich genau richtig in dem Dorf auf der Sonnenterrasse. Er war ein Mann der Berge, der die klare Luft und die prachtvolle Natur der Surselva ganz nahe bei sich spüren wollte – ja musste. Vor ein paar Jahren hatte er sich ein kleines Chalet gekauft, spartanisch eingerichtet, aber an prächtiger Hanglage mit Blick beinahe von Disentis bis Chur. Mit Emilia war dann nach und nach ein bisschen Komfort ins Haus gekommen. So verfügte das Chalet inzwischen über eine moderne Küche, eine Heizung mit Wärmepumpe und ein stylisches Badezimmer. Das sei das Mindeste, hatte Emilia moniert, sie werde sich bestimmt nicht ihren Allerwertesten in seinem Haus abfrieren und kochen wie ein Höhlenmensch. Als Tierärztin sei sie oft genug jeder Witterung ausgesetzt, wenn sie auf abgelegenen Höfen stundenlang im Stall oder auf Weiden ausharren müsse. Er hatte sich achselzuckend gefügt. Er war zwar bestens mit den bescheidenen Gegebenheiten klargekommen. Gekocht hatte er sowieso selten, weil er entweder in einer der Dorfbeizen zum Essen gegangen war oder sich mit einem Salsiz und Brot begnügt hatte. Und war es tatsächlich einmal kalt geworden im Haus, hatte er im alten Cheminée Feuer gemacht. Andererseits musste er sich eingestehen, dass er es behaglich fand, wenn Emilia in dem Häuschen rumfuhrwerkte. Sie wohnte zwar offiziell noch in ihrer kleinen Wohnung in Ilanz, verbrachte aber immer mehr Zeit bei ihm in Brigels.

Während er durch Dardin und Danis ins Tal hinunterfuhr, liess er sich das von Kurtz Gesagte durch den Kopf gehen. Ein Tourguide, der auf einem Boot auf dem Rhein erschossen worden war? Coray schüttelte ungläubig den Kopf. Was war denn das für eine verrückte Geschichte? Er kannte die abenteuerliche Fahrt durch die Ruinaulta, wie die Rheinschlucht auf Romanisch hiess, aus eigener Erfahrung, hatte er den Trip doch selbst schon mehrmals mitgemacht. Der wilde Ritt über die Wellen, vorbei an Inseln mit Sandstränden, wildromantisch überwachsenen Ufern und zwischen den bizarren Gesteinsformationen und den bis in den Himmel reichenden weissen Felswänden hindurch – das war ein Abenteuer, das ihn jedes Mal wieder durchrüttelte und zum Staunen brachte. Der «Swiss Grand Canyon» ist eine rund dreizehn Kilometer lange und monumentale Schlucht zwischen Ilanz und Reichenau, die nur zu Fuss, auf dem Velo, mit der Rhätischen Bahn oder eben auf dem Fluss durchquert werden kann.

Coray hatte das Tal erreicht und bog nach einer lang gezogenen Schleife auf die Oberalpstrasse ein. Kaum war er aufs Gaspedal getreten, musste er wieder abbremsen. «Merda!», fluchte er und hieb frustriert auf das Lenkrad ein. Keine zwei Wochen war es her, dass die Baustellen in Danis oben abgeschlossen waren, und schon wurde unten auf der Hauptstrasse gebuddelt. Juris Kopf tauchte im Rückspiegel auf, und ein alarmierter Blick traf Coray. Die Mischung aus Neufundländer und schwarzem Labrador reagierte auf jede Stimmung seines Besitzers, und ein solch lauter Gefühlsausbruch liess bei ihm alle Alarmglocken läuten. Er mochte es partout nicht, wenn Menschen – und schon gar nicht seine Menschen – herumschrien.

«Alles gut, Juri», sagte Coray und zwang sich zur Ruhe. Während er zweimal an einem Rotlicht halten musste, trommelte er bloss mit den Fingern auf das Lenkrad. Dann hatte er endlich freie Fahrt, passierte Ilanz und fuhr über den Glenner auf der anderen Seite aus dem Hauptort der Surselva hinaus. Als er das Flüsschen überquerte, warf er einen Blick nach rechts und sah die Sonne wie silbrige Sterne im Wasser funkeln, dort, wo es über einen kleinen Wasserfall hinunterfloss. Nach wenigen Minuten erreichte er Castrisch, vorbei am Brunnen aus dem Jahr 1905 und dem Lädeli, wo es – nebst vielem Krimskrams – Randensalat in allerliebst eingepackten Gläslis für einen Fünfliber zu kaufen gab. Auf der Strecke nach Valendas bemerkte er die wilden Felsen der Ruinaulta mit dem gewaltigen Flimserstein im Hintergrund. Kurz nach dem Dorfeingang von Valendas bog er scharf links ab. Auf der kurvenreichen, steilen Strasse fuhr er immer weiter hinunter bis zum Bahnhof.

Ein Grossaufgebot von Polizeiautos, Krankenwagen und Beamten war bereits vor Ort. Er entdeckte den wippenden Rossschwanz seiner Kollegin mitten im Pulk. Er liess Juri aus dem Auto springen, als Kurtz auf ihn zueilte. Ein Helikopter der Rega kreiste über der Brücke, welche hoch oben über den Rhein führte. Bereits hatten sich die ersten Gaffer in Wander- und Bikerkluft eingefunden, welche sich eifrig daranmachten, ihre Handys zu zücken.

«Sorgt bitte dafür, dass diese Spezies von der Brücke verschwindet», sagte er zu einem der Beamten aus Ilanz, die dabei waren, sich einen Überblick zu verschaffen. Er konnte diese sensationslüsternen Typen nicht ausstehen. Er hatte genug Situationen bei Unfällen erlebt, in denen solche Leute gefilmt hatten, statt Erste Hilfe zu leisten. Oder gar die Rettungsarbeiten durch Sanität und Feuerwehr behindert hatten.

Dann lief er mit Kurtz über die gut sechzig Meter lange Stahlbrücke. Juri hatte er bei der Betreiberin der Besenbeiz im Bahnhofsgebäude zurückgelassen. Obwohl der sechsjährige Hund sehr gut gehorchte, wollte Coray nicht, dass er dem Team der Spurensicherung in die Quere kam.

«Die Leiche liegt dort unten auf der kleinen Anlegestelle», rief Kurtz, um den Lärm der Helikopter-Rotoren zu übertönen, und zeigte auf eine Sandbank, die etwas oberhalb der Brücke war. «Von Planta ist bereits vor Ort.»

Isidor von Planta war der Rechtsmediziner, ein annähernd zwei Meter grosser Mann, der nicht nur für seinen etwas schrägen Humor, sondern auch für seinen immer mal wieder ausschweifenden Lebensstil bekannt war. Er war den Genüssen des Lebens sehr zugetan, und sein Geschmack in Sachen Kleidung war mehr als eigenwillig. Doch auch wenn er auf den ersten Blick etwas eitel und einschüchternd wirken konnte –

sein Ruf als Pathologe war legendär. In seinem Fach machte niemand Isidor von Planta etwas vor.

Ein enger, steiler Pfad führte am Ende der Brücke links hinunter ans Wasser. Ha, das dürfte Isidor gar nicht gefallen haben, dachte Coray. Alle wussten, dass der Pathologe körperlicher Anstrengung, wenn möglich, aus dem Weg ging.

Nach ein paar Minuten kamen sie auf der kleinen Sandbank an. Die Szenerie, die sich ihnen bot, war dramatisch: Ein Mann in Neoprenanzug und Schwimmweste lag leblos auf dem Boden. Blut war in einem feinen Rinnsal von seiner Stirn über das Gesicht geflossen und hatte eine groteske Spur hinterlassen. Von Planta hatte sich tief über die Leiche gebeugt, und eine Frau von der Spurensicherung in weissem Schutzanzug machte Fotos. Rund ein Dutzend schockierte Menschen, ebenfalls in Riverrafting-Bekleidung, bildete schweigend einen Kreis um den Toten. Einige trugen noch ihre farbigen Helme, andere hatten diese abgenommen und in den Sand fallen lassen. Coray beobachtete einen jungen Mann, der den Helm mit leerem Blick pausenlos in seinen Händen drehte. Zwei Schlauchboote lagen verlassen auf der Halbinsel, Paddel verstreut im Sand.

Coray wandte sich mit betont freundlicher Stimme an die Leute. «Bitte verlassen Sie jetzt alle diesen Platz, er muss von der Spurensicherung abgesucht werden. Gehen Sie nach oben und warten Sie auf der anderen Seite der Brücke. Als Erstes werden die Kollegen Sie zu Ihren Personalien befragen. Wir sind bald bei Ihnen. Keiner verlässt den Ort, bevor wir mit ihm geredet haben.»

Die Gruppe ging noch immer verstört von der Sandbank. Langsam stiegen sie den Weg zur Brücke nach oben. Coray sah ihnen einen Moment lang nach, dann wandte er sich zusammen mit seiner Kollegin von Planta zu, der sich gerade mühsam aufrichtete.

«Ich weiss nicht, was ich davon halten soll», sagte er und zeigte auf den toten Mann. «Der Schuss muss aus grosser Entfernung abgegeben worden sein. Aber die Kugel ist präzise unter dem Helm direkt zwischen den Augen eingedrungen.» Er deutete auf ein kleines rundes Loch auf der Stirn des Opfers.

«Könnte es der Schuss eines Jägers gewesen sein, der versehentlich statt eines Hirsches einen Menschen erwischt hat?», fragte Kurtz. «Es wäre ja nicht das erste Mal, dass so was passiert.»

Coray nahm den aggressiven Unterton in ihrer Stimme wahr. Er wusste, dass sie sich immer auf die Seite der Tiere stellte, wenn sie das Gefühl hatte, es geschähe ihnen Unbill. Sah sie jemanden einen Hund misshandeln, ging sie ohne Warnung auf denjenigen los. Einmal hatte sie vor einer Gärtnerei einen Mann gepackt, der seinen Hund brutal in den Kofferraum zurückgeworfen hatte, weil dieser nicht auf sein Kommando gewartet hatte. Es war ein heisser Tag gewesen, und der Hund hatte nur noch eines gewollt: aus der Hitze raus an die Luft. Kurtz hatte dem Hundebesitzer dermassen die Leviten gelesen, dass der aufgeplusterte Typ ganz schnell ziemlich kleinlaut geworden war. «Pass bloss auf», hatte sie dem Mann gesagt, «ich behalte dich im Auge.» Dann war sie bebend vor Wut davongestiefelt.

«He, wollten wir nicht noch einen Rosmarin für deinen Balkon besorgen?», hatte Coray ihr nachgerufen, doch da war sie bereits ins Auto gestiegen und hatte den Motor aufheulen lassen. Er hatte sich gerade noch auf den Beifahrersitz schwingen können, bevor sie mit quietschenden Reifen losgefahren war. Es war nicht die einzige Szene dieser Art, die er mit ihr erlebt hatte.

«Es stimmt zwar, dass die Jagdsaison begonnen hat», sagte Coray seufzend, «aber glaube mir, so etwas ist völlig ausgeschlossen – das passiert keinem Jäger.»

«Dann muss es wohl ein Scharfschütze gewesen sein», sagte Kurtz. «Einem Mann in einem Schlauchboot auf dem Wasser mitten zwischen die Augen zu schiessen, das erfordert unglaubliches Können.»

Bei dem Wort «Scharfschütze» hatten sich Corays Nackenhaare aufgestellt, und er fühlte eine eisige Hand nach seinem

Herzen greifen. Bei einem spektakulären Mordfall, den sie im Frühsommer, also vor rund drei Monaten, gelöst hatten, war ein Berufskiller involviert gewesen. Der Auftraggeber, ein Immobilienhai, der am Bündner Baukartell-Skandal beteiligt gewesen war und seine Frau hatte töten lassen, war psychisch völlig von der Rolle gewesen. Kurz vor seinem Tod hatte er Coray wissen lassen, dass er den Killer auch auf ihn und seine Kollegin angesetzt habe. Dass er irgendwann zuschlagen und Coray keinen einzigen ruhigen Tag mehr haben werde. Er hatte niemandem von der Drohung erzählt, hatte sie als irres Geschwätz eines Psychopathen abgetan. Aber vergessen konnte er sie nicht. Der Killer war nie gefasst worden, und ab und zu glaubte Coray, einen Schatten wahrzunehmen, einen Luftzug zu fühlen oder einen kalten Blick auf sich gerichtet zu spüren. Er hatte die Empfindungen stets als Einbildung heruntergespielt, sie abgeschüttelt und verdrängt. Aber irgendwo in seiner Seele hockte da diese Angst, diese Ungewissheit, und die spülte es immer mal wieder hoch. So wie gerade eben.

«Was hast du?», fragte Kurtz und schaute ihn prüfend an. Sie war berüchtigt für ihre Schnoddrigkeit, ihre Furchtlosigkeit und ihren Mut. Aber Coray kannte auch ihre andere Seite: ihre gut getarnte Verletzlichkeit und ihre Sensibilität. Ausserdem konnte sie in ihm lesen wie in einem Buch – was er nicht immer so toll fand.

«Nichts», wehrte er unwirsch ab, «ist wohl der Kater.»

Kurtz enthielt sich jedes weiteren Kommentars und wandte sich wieder von Planta zu. «Also, was kannst du uns denn schon sagen?» Sie liess ihren Blick über den Toten gleiten.

«Na, über den Todeszeitpunkt müssen wir ja in diesem Fall nicht spekulieren», sagte der Rechtsmediziner trocken. Er hob den Kopf des jungen Mannes leicht an. «Die Kugel ist zwar hinten am Kopf wieder ausgetreten, die Austrittswunde scheint aber klein, ich sehe nicht viel ausgetretenes Blut. Aber genau muss ich mir das auf dem Tisch anschauen.»

«Warum ist der Mann eigentlich nicht über Bord gegangen, als er von vorne am Kopf getroffen wurde?»

«Mein lieber Matti», erwiderte von Planta mit leichter Überheblichkeit in der Stimme, «du guckst dir zu viele Krimis an.»

Normalerweise nahm ihm Coray diesen Tonfall nicht übel, aber heute war er einfach mieser Stimmung.

«Dann klär uns auf», erwiderte er knapp.

Von Planta bekam gar nicht mit, wie genervt Coray heute war, er fühlte sich nicht zuständig für die Gefühle seiner Mitmenschen. Seine ganze Energie galt den Toten, für die sah er sich verantwortlich, ihnen wollte er mit seinen Fähigkeiten dienen und die Rätsel um ihren Tod lösen, soweit es in seiner Macht stand.

«In den Filmen fliegt ein in dieser Weise getroffener Mensch meist in sehr dramatischen Bildern nach hinten, stürzt dann über eine Felswand, aus einem Fenster oder eben ins Wasser. In Wirklichkeit ist es jedoch ganz unspektakulär: Das Opfer sackt einfach zusammen.»

«So weit klar», antwortete Kurtz, «und dass er aus weiter Distanz getroffen wurde, ist auch klar. Es kann ihn ja kaum jemand aus dem Boot erschossen haben. Aber wie weit war der Schütze entfernt?»

«Um diese Frage zu beantworten, müssen wir die Ballistik hinzuziehen. Und das wird dauern. Ich kann euch erst morgen früh mehr sagen. Kommt doch gleich um acht in die Rechtsmedizin.»

Coray musste erst mal leer schlucken. Bei dem derzeitigen eher fragilen Zustand seines Magens mochte er gar nicht daran denken, bei einer Obduktion dabei zu sein.

«Okay», sagte er dann leichthin, «wir werden da sein.»

«Gut, dann lassen wir den Rega-Heli landen, Tatortspuren sind ja weiter keine zu sichern.»

Coray und Kurtz stiegen hoch zur Brücke, auf der es die Ilanzer Kollegen geschafft hatten, die filmenden Gaffer zu vertreiben. Die versuchten jetzt, vom Ufer aus etwas mitzubekommen, mussten jedoch erkennen, dass von dort aus nicht viel zu sehen war. Einer der Beamten trat Coray und Kurtz entgegen.

«Wir haben die Personalien der Leute aus den zwei Booten bereits aufgenommen», sagte er. «Sie kommen aus der halben Schweiz.»

«Danke, Gion, dann wollen wir mal schauen, was sie zu erzählen haben.»

Langsam gingen sie auf die Gruppe zu.

Was für ein Kontrast, dachte Coray beim Anblick der Menschen in ihrer bunten Bekleidung, mit den Helmen, die ihren Trägern ein bisschen das Aussehen von riesigen Käfern verliehen. Ein unbeschwertes Bild, wären da nicht die vom Schock gezeichneten Gesichter gewesen.

Coray liess seinen Blick über die Gruppe schweifen. Der junge Mann, der ihm bereits unten auf der Sandbank aufgefallen war, sass nun auf dem Boden, eine Frau hatte ihren Arm um ihn gelegt und sprach beruhigend auf ihn ein. Ein sportlicher Mann, der durch seine Art, wie er mit der Gruppe redete und sich kümmerte, eine natürliche Kompetenz ausstrahlte, kniete sich ebenfalls neben den apathischen Jungen. Als die beiden Polizisten zu ihnen traten, erhob sich der athletische Typ sofort und wandte sich ihnen zu.

«Er ist im Boot direkt neben dem Getöteten gesessen», erklärte er mit Blick auf den Jungen. «Kein Wunder, ist ihm der Schreck in die Glieder gefahren.»

«Und Sie sind?», fragte Kurtz und zückte ihr knallrotes Notizbüchlein, das sie jederzeit bei sich trug.

«Oh, entschuldigen Sie. Mein Name ist Martin Meissen, ich bin der Tourguide des zweiten Bootes.»

«Dann war der Getötete ein Kollege von Ihnen?»

Als der Mann das Wort «Getöte» vernahm, zuckte er zusammen. «Brendan war mehr als ein Kollege, er war mein Freund. Ich kann nicht fassen, was da passiert ist. Warum erschiesst jemand einen Guide auf einem Boot? Ich glaube das alles nicht, es kann einfach nicht wahr sein!» Verzweifelt schaute er gen Himmel und schloss die Augen, aus denen die

Tränen zu fliessen begannen. Kopfschüttelnd barg er sein Gesicht in den Händen und schluchzte laut auf.

Etwas ratlos sah Coray seine Kollegin an. Er hasste solche Gespräche, sie gingen ihm viel zu nahe. Kurtz legte den Arm um Meissen und führte ihn ein Stück weg von den anderen Leuten. Coray folgte ihnen. Kurtz liess Meissen Zeit, sich zu fassen. Langsam hörte das Schluchzen auf, er wischte sich noch einmal die Tränen vom Gesicht und wandte sich den beiden Polizisten zu.

«Ich bin nicht nur ein Guide, ich bin der Inhaber und Geschäftsführer unserer Firma. Seit bald fünfzehn Jahren mache ich den Job.»

«Wie heisst denn Ihre Firma?», fragte Coray.

«Rheinrider.»

«Und wo sind Sie stationiert?»

«In Schluein. Wir haben eine Holzhütte direkt am Rhein. Da sind unsere Boote untergebracht, auch unser Büro.»

«Starten Sie Ihre Touren direkt von dort aus?»

«Ja, der Platz ist ideal gelegen. Wir haben vor fünfzehn Jahren lange gesucht. Es war gar nicht so einfach. Wir waren ja nicht die Ersten, die solche Touren anbieten. Früher war in dem Gebäude eine Schreinerei untergebracht. Dann hat der Besitzer keinen Nachfolger gefunden und uns die Bude vermietet.»

Coray war die Firma bekannt, aber er war noch nie mit ihnen unterwegs gewesen. Er hatte einen Kumpel bei der Konkurrenz und ging immer mit ihm auf die wilde Tour durch die Ruinaulta.

«Erzählen Sie mir von Ihrem Freund Brendan. Wie heisst er mit Nachnamen?», fragte Kurtz.

«Brendan Miller.»

«Ist er Amerikaner?»

«Nein, Kanadier. Er kommt aus einem kleinen Ort in British Columbia. Die Adresse seiner Eltern weiss ich nicht auswendig, aber ich habe sie in meinem Büro.»

«Wie haben Sie sich kennengelernt?»

«Er kam vor ein paar Jahren in die Schweiz zum Base-Jumpen. Er war im Berner Oberland unterwegs. Dabei traf er zwei Girls, die unbedingt eine Riverrafting-Tour durch die Ruinaulta machen wollten. So landeten sie bei uns. Brendan war total begeistert von dem Sport, richtig angefressen. Die Girls zogen weiter, er ist geblieben. Ich habe sein Talent erkannt und ihm angeboten, ihn zum Guide auszubilden. Er war überglücklich. Seither war er bei mir angestellt. Am Anfang hat er sogar bei uns gewohnt, aber dann wollte er doch seine eigene Bude.»

Ein wehmütiges Lächeln zog über Meissens Gesicht. Die beiden Ermittler schwiegen.

«Wissen Sie», fuhr Meissen fort, «ich lebe mit meiner Familie in Versam. Meine Frau Helen und ich haben zwei Mädchen im Teenageralter. Die waren hin und weg, als da ein attraktiver junger Mann zu uns ins Haus zog. Sie haben ihn angehimmelt, dass es mir fast peinlich war. Doch Brendan ist souverän mit der Situation umgegangen. Er hat sie einfach so behandelt, als wäre er der grosse Bruder.»

«Brendan war also ein Frauenschwarm?», fragte Coray nach.

«Ja, aber es ist nicht so, dass er einfach nur gut aussah. Es war viel mehr. Brendan hatte diesen jungenhaften Charme, dieses glückliche Naturell, er strahlte den ganzen Tag vor Lebensfreude und Energie. Natürlich hat das die Frauen angezogen, auch unsere Gäste waren sehr angetan von ihm. Ich denke, das war auch der Grund, warum er eine eigene Wohnung gesucht hat, er wollte niemanden in Verlegenheit bringen.»

Kurtz war den Ausführungen mit gerunzelter Stirn gefolgt.

«Könnte es sein, dass Ihr Sonnyboy auf zu vielen Hochzeiten getanzt hat?», fragte sie.

Dieser wand sich ein bisschen. «Nun, es ist so», begann er dann und suchte sichtlich nach den richtigen Worten. «Brendan lag das Flirten einfach im Blut. Er konnte gar nicht anders, er hat mit jedem weiblichen Wesen – egal, welchen Alters – geschäkert und rumgealbert, aber das war immer nur ein Spiel.»

«Wussten die Frauen das auch?», fragte Kurtz mit einem unüberhörbar sarkastischen Unterton in der Stimme und verzog spöttisch den Mund.

Coray, der die Verachtung seiner Kollegin für seichte Typen kannte, sah sich genötigt, einzugreifen.

«Könnten Sie sich vorstellen, dass es wegen Ihrem Freund zu einem Eifersuchtsdrama gekommen ist?»

«Nein, das kann ich nicht.» Meissen schob sich ärgerlich eine seiner fast schulterlangen hellbraunen Locken aus dem Gesicht. «Brendan hatte keine feste Beziehung, und er machte auch nie einen Hehl daraus, dass es so genau richtig sei für ihn. Ich habe nie gesehen, dass er einer Frau Versprechungen gemacht hätte oder so.»

«Haben Sie denn über seine Eroberungen geredet?»

«Nein, wir haben über Boote, Riverrafting, gefährliche Stellen auf dem Rhein, Marketing, Schwimmwesten, neue Helme und über das Wetter geredet. Aber nicht über Frauen.»

Er schaute Coray und Kurtz mit erbostem Blick an und machte Anstalten, davonzustapfen.

«Moment, Herr Meissen», sagte Kurtz, «wir sind noch nicht fertig.»

«Was ist denn noch? Ich muss mich um meine Gäste kümmern. Die müssen zurück nach Schluein kommen. Ich muss die Boote abtransportieren lassen, und ich muss meine Leute über die Tragödie aufklären. Es jagen sich bestimmt schon die wildesten Gerüchte.»

Coray hatte eine Idee. Er schaute auf die Uhr, es war bereits bald vierzehn Uhr.

«Hören Sie, wir kommen so um sechzehn Uhr zu Ihnen in Ihr Büro nach Schluein. Dann machen wir weiter. Ist das okay?»

«Ja, ist gut.»

Meissen ging zurück zu seinen Kunden, die von den Polizisten aus Ilanz vernommen wurden.

«Du hast doch einen Plan», sagte Kurtz und schaute Coray prüfend in die Augen.

«Ja, hab ich. Komm mit, ich erklär ihn dir im Beizli.»

Als sie zum kleinen Lokal marschierten, trat einer der Beamten zu ihnen. Man habe nun von allen Sportlern aus den zwei Schlauchbooten die Personalien aufgenommen und überprüft. Alle kämen von ausserhalb, und es weise im Moment nichts darauf hin, dass eine der Personen in den Mord verwickelt sein könnte. Ob man die Leute gehen lassen könne. Die seien alle ziemlich durch den Wind.

Coray sah sich die Truppe an. Eine ältere Frau schlotterte trotz der spätsommerlichen Hitze in ihrem Neoprenanzug vor sich hin. Andere schienen langsam aus ihrer Schockstarre aufzutauen und ihre Umwelt wieder wahrzunehmen.

«Ist gut. Wenn alle Personalien aufgenommen sind, können sie gehen.»

Als sie das Lokal erreichten, hielt Coray Ausschau nach seinem Vierbeiner, der von der Wirtin auf einem Holzpodest oberhalb der Bestuhlung postiert worden war. Sie kannte die Begeisterung von Juri für alles Essbare und sein Talent, sich bei den Gästen mit flehendem Blick einen Happen zu ergaunern. Als Juri sein Herrchen kommen sah, eilte er ihm mit grossen Sprüngen entgegen.

Er sieht aus wie ein Panther, dachte Coray nicht zum ersten Mal und konnte sich eines stolzen Lächelns nicht enthalten.

«Du schaust aus wie ein Papa, dessen Filius zum ersten Mal alleine auf dem Velo fährt», frotzelte Kurtz prompt und grinste Coray ins Gesicht.

Dieser fühlte sich ertappt und verbarg seine Verlegenheit dadurch, dass er Juri ausgiebig knuddelte. Dann fiel Juri über Kurtz her, die unter seinen stürmischen Liebesbekundungen beinahe zu Boden ging. Eine Weile rauften die beiden miteinander, und Kurtz schrie in gespieltem Schmerz auf. Verdutzt schaute der Hund Kurtz ins Gesicht, registrierte jedoch schnell, dass das zum Spiel gehörte, und sprang an ihr hoch.

«Weisst du was, ich gehe schnell mit Juri baden, der hatte ja noch keinen richtigen Auslauf heute», rief sie Coray zu.

«Bestell mir schon mal einen Teller Bruschetta, ich bin in fünf Minuten zurück.»

Die beiden verschwanden über die Böschung rennend Richtung Rhein hinunter. Coray schaute ihnen etwas wehmütig nach. Er wäre auch gerne so hemmungslos ausgelassen mit seinem Vierbeiner herumgefegt, aber er konnte nicht so aus sich heraus. Er wäre sich dabei ein bisschen lächerlich vorgekommen. Aber nein, gehemmt war er nicht – oder wirkte er etwa so auf sein Umfeld? Er kam nicht dazu, seine Gedanken weiterzuverfolgen. Ein paar Journalisten traten auf ihn zu. Unter ihnen ein eifriger junger Bursche, der ihm von Weitem sein Handy hinhielt. Coray seufzte, es war ja klar, dass diese Geschichte schnell ihren Weg in die Redaktionen gefunden hatte.

«Stimmt es, dass auf dem Rhein ein Schlauchboot torpediert worden ist?», fragte der junge Reporter mit sich überschlagender Stimme.

Coray war einiges gewohnt in Sachen Journalisten, aber diesmal war er doch einigermassen fassungslos. Ein Schlauchboot torpediert? Ja, womit denn, mit einer Haifischharpune? Bei dem Gedanken, dass aus den Fluten des Vorderrheins silbrige, dreieckige Flossen auftauchten, auf welche Jäger mit riesigen Harpunen Jagd machten, musste er kurz schlucken und sich sammeln, um nicht in lautes Gelächter auszubrechen.

«Es ist in einem der Boote zu einem aussergewöhnlichen Todesfall gekommen», antwortete er, als er sicher war, seine Stimme unter Kontrolle zu haben. «Was genau passiert ist, wissen wir noch nicht.»

«Was meinen Sie mit aussergewöhnlichem Todesfall? Ich habe gehört, dass jemand erschossen worden ist», sagte eine ältere Journalistin und schaute ihn ernst an.

Coray wusste, es waren zu viele Leute involviert, er musste ein paar Informationen preisgeben, bevor die Spekulationen ins Kraut schossen. «Das ist richtig. Es ist ein Mann beim Riverrafting in einem Schlauchboot tödlich getroffen worden. Mehr kann ich Ihnen wirklich noch nicht sagen. Sobald wir mit unseren Untersuchungen weiter sind, werden wir Sie informieren. Danke.»

Coray drehte der Meute den Rücken zu und ging Richtung Fluss, er wollte schauen, wo Kurtz und Juri blieben.

Es war ein vergnügter Anblick, der sich ihm bot, als er über die Böschung trat: Seine Kollegin warf einen dicken Holzprügel ins Wasser, und Juri hechtete bei jedem Wurf begeistert hinterher. Er warf sich geradezu in die Fluten, holte den Knebel jedes Mal mit nicht nachlassender Energie zurück und liess ihn Kurtz vor die Füsse fallen. Sie stand mit aufgekrempelten Hosenbeinen an einer seichten Stelle im Sand und war von Juris ungestümem Spiel bereits von oben bis unten nass gespritzt. Coray sah dem Schauspiel eine Weile zu, bevor er sich zu den beiden gesellte. Auf diesen Moment hatte Juri gewartet. Mit vor Wonne glänzenden Augen raste er auf ihn zu, bremste direkt vor ihm ab und schüttelte sich ausgiebig. Coray machte mit und rannte seinem Vierbeiner drohend hinterher. Es war ein altes Spiel, das sie da zusammen spielten, und eines, das ihnen nie verleidete.

«Ich bin sicher, ich habe Juri eben grinsen sehen», rief Kurtz ihm zu, stieg strahlend aus dem Fluss und suchte nach ihren blauen Sneakers, die sie achtlos ins Gras geschmissen hatte. Ein paar Strähnen ihres dunklen Haares hatten sich aus dem Rossschwanz gelöst und fielen ihr über das Gesicht.

Sie sieht toll aus, dachte er und beglückwünschte insgeheim den Mann, der das Herz dieser Frau erobern würde. Er hätte sie gerne gefragt, ob es diesen Typen bereits gebe, aber er traute sich nicht. Sie waren zwar ein starkes Team, konnten sich blind aufeinander verlassen, aber auf dem Terrain der Emotionen fühlte er sich unsicher. Ganz im Gegensatz zu ihr – sie zog ihn ständig auf, spekulierte über sein Gefühlsleben, und er hegte den Verdacht, dass sie sich ab und zu über ihn lustig machte. Aber auf eine gute Weise, so wie gute Kumpels eben miteinander umgingen. Auch wenn er selbst keinerlei romantische Gefühle für seine Kollegin hegte, wunder nahm es ihn schon, ob sie in einer Beziehung lebte. Er überlegte sich ernsthaft, sie demnächst danach zu fragen.

«Was schaust du mich so andächtig an?», fragte sie und streifte flink den zweiten Schuh über. «Bist du zu lange in der Sonne gestanden?»

Coray musste schmunzeln, da war sie wieder, diese Schnoddrigkeit, die zu ihr gehörte wie ihr aufbrausendes Wesen – und ihre liebenswerte Seite, die sie gerne bedeckt hielt.

Zusammen erklommen sie die Böschung und gingen zurück zum Bahnhofsbeizli.

«Hast du Lust auf eine Tour auf dem Rhein?», fragte Coray.

«Meinst du Riverrafting?»

«Ja, ich möchte die Route abfahren, die die Gruppe gemacht hat. Vom Land aus können wir das Ganze nicht richtig beurteilen.»

«Gute Idee. Wir nehmen den Geschäftsführer als Guide mit, der kann uns sagen, was wo passiert ist.»

«Genau so habe ich mir das vorgestellt. Komm.»

Beim Restaurant angekommen, fragte Coray die Betreiberin, ob sie noch ein bisschen länger auf Juri aufpassen könne.

«Kein Problem. Aber habt ihr nicht langsam Hunger? Ihr seid seit Stunden hier und habt das Mittagessen verpasst.»

«Weisst du was, wir nehmen jetzt ein Sandwich mit und kommen nach der Arbeit zum Abendessen zu dir. Was hältst du davon?»

«Ihr wisst ja, dass ich eigentlich um sechs Uhr den Laden dichtmache», sagte sie mit einem Augenzwinkern. «Aber für euch mache ich gerne eine Ausnahme. Dafür versorgt ihr mich mit den neuesten Ermittlungsergebnissen.»

Kurtz lachte laut und sagte: «Du bist so ein raffiniertes Weib, du weisst, dass wir das nicht dürfen – nicht mal bei dir.»

«Schon gut, haut ab. Ich halte hier mit Juri die Stellung.» Damit drückte sie ihr zwei dicke Sandwiches in die Hände und zog mit dem Hund davon.

Coray hatte Martin Meissen angerufen und ihn gefragt, ob er mit ihnen zusammen die Tour vom Morgen nachfahren würde. Es sei der einzige Weg, herauszufinden, was genau passiert war.

Nach kurzem Nachdenken sagte Meissen: «Okay, ich habe hier fast alles organisiert. Zum Glück habe ich ein solch gutes Team. Wenn ihr wie besprochen um vier Uhr hier seid, können wir los. Das Wetter bleibt ja bis auf Weiteres gut.»

«Bestens, bis gleich.»

«Es klappt», wandte sich Coray an seine Kollegin. «Wir müssen nicht pressieren, er ist erst um vier Uhr bereit.»

«Gut, wenn es nicht eilt, kannst du ja fahren», sagte sie mit einem Augenzwinkern und liess ihn damit wieder mal wissen, was sie von seinen Fahrkünsten hielt.

Für Kurtz fuhr er meist zu bedächtig. Bei ihr musste es immer schnell gehen, bei allem, was sie tat. Egal, ob sie zu Fuss ging, auf ihrer Triumph Tiger 800 über den Asphalt fegte oder mit Kollegen joggte – sie konnte gar nicht anders.

«Wenn du meinst, dass du mein Tempo tatsächlich erträgst, dann lass deine Maschine stehen und schwing dich rein.»

ZWEI

Einige Minuten später befanden sie sich im Auto, und Coray manövrierte seinen staubigen Land Rover vorsichtig über das Bahngleis und dann über die Brücke Richtung Sagogn. So hoch über dem Fluss kribbelte es in seinem Bauch, er hatte das Gefühl, die Brücke wäre nicht breit genug für das Auto, oder sie stürzte unvermittelt unter ihnen zusammen. Es war jedoch keine unangenehme Angst, eher so ein feines Gruseln.

«Fühlt sich ein bisschen an wie auf einer Chilbi-Bahn», sagte Kurtz auf dem Beifahrersitz. Sie spürte es also auch, stellte Coray befriedigt fest. Sogar sie hatte ein klein wenig Schiss.

Als sie die Brücke überquert hatten, sah es auf einen Schlag aus, als wären sie mitten in Kanada gelandet. Nur dichter grüner Wald und Felsen. Über ihnen der blaue Himmel. Weit und breit kein Anzeichen von Zivilisation. Nicht einmal Wanderer oder Biker kreuzten ihren Weg. Vor gut zwei Jahren war Coray für ein paar Wochen durch das riesige Land gereist und hatte es genossen, frei wie ein Vagabund durch die Natur zu wandern und zu fahren. Dass er überhaupt gegangen war, hatte er seinen Eltern zu verdanken. Denn niemals hätte er Juri in ein Tierheim gegeben. Doch seine Mutter hatte kurzerhand ihre Koffer gepackt und war mit seinem Vater von ihrer Stadtwohnung nach Brigels gezogen.

«Dein Vater und ich wollen mal sehen, was du an deinem ‹Krähennest› so toll findest», hatte seine Mutter lakonisch verkündet. «Vielleicht verstehen wir danach besser, weshalb du dein Berglerleben bevorzugst.»

Und so hatte Juri sein gewohntes Leben weiterführen können – einfach mit anderen Betreuern. Coray hatte den Verdacht, dass er seinen Hund mehr vermisst hatte als dieser ihn, auch wenn er bei seiner Rückkehr aus dem Häuschen gewesen war und ihn bei der Begrüssung buchstäblich umgeworfen hatte. Bei seinen Eltern hatte er das Gefühl gehabt, dass sie dem

Bergdorf nicht schnell genug den Rücken kehren konnten, obwohl sie eigentlich einen ganz entspannten Eindruck gemacht hatten. Vor allem sein Vater hatte die langen Wanderungen und die ruhigen Abende auf der Terrasse genossen.

«Weisst du, ich habe gar nicht mehr gewusst, wie unglaublich schön der Sternenhimmel ist», hatte er ihm augenzwinkernd anvertraut. Nein, seine Mutter war keine Romantikerin, sondern ein Stadtmensch durch und durch. Sie brauchte das pulsierende Leben um sich herum, und am Abend ging sie lieber aus oder empfing Gäste in ihrer grossen Wohnung, statt die Sterne zu betrachten. Coray hatte sich ab und zu gefragt, was sie in ihrer Kindheit in dem kleinen Ort in der Surselva wohl erlebt haben mochte, dass sie so gar nichts mehr vom Landleben hielt. Aber seine Mutter hatte alle diesbezüglichen Fragen abgeblockt, und irgendwann hatte Coray es aufgegeben, sie danach zu fragen.

«Es würde mich nicht wundern, wenn eine Bärin vor uns auftauchen würde», sagte Kurtz und holte Coray in die Gegenwart zurück. «Weisst du, so mit ein, zwei Babys im Schlepptau und stinksauer darüber, dass wir ihr den Staub in den Pelz pusten.»

Bei der Vorstellung musste Coray laut auflachen, er hatte eben darüber sinniert, dass sie bestimmt von mindestens einem Wolf beobachtet wurden. Bei dem Wort Baby verspürte er einen kleinen Stich. Vor ein paar Monaten hatten er und Emilia beschlossen, eine Familie zu gründen. Sie wollten sich damit zwar Zeit lassen, hatten sie sich versichert, doch wartete er eigentlich nur darauf, dass Emilia eines Abends freudestrahlend über ihn herfallen und ihm die grossartige Neuigkeit erzählen würde.

Die enge Strasse führte immer weiter hinauf, rechts fiel das Gelände steil ab in eine wilde Schlucht. Wieder spürte er dieses Kribbeln im Bauch, und er schob sämtliche Gedanken an Babys beiseite, konzentrierte sich aufs Fahren. Endlich waren sie auf der Kreuzung im Wald angekommen, wo sie links Richtung Sagogn abbiegen konnten. Auf der Via Vilada ging die angestrengte Fahrt durch den Wald weiter, bis sie aufatmend das Ortsschild von Sagogn erblickten.

«Hast es gar nicht so schlecht gemacht», sagte Kurtz. «Es besteht durchaus Hoffnung für dich.»

Er schaute sie mit einem vernichtenden Blick von der Seite an. «Pass bloss auf, was du sagst, sonst gehst du den Rest des Weges zu Fuss.»

«Ha, ha.» Sie verdrehte ungläubig die Augen. Die restlichen Kilometer brachten sie in einträchtigem Schweigen hinter sich. Als sie Schluein und das Industriegebiet hinter sich gelassen hatten, führte ein steiler Weg hinunter zu der Schreinerei.

Auf einem staubigen Parkplatz hielt Coray an. Sie stiegen aus und schauten sich auf dem Gelände um. Meissen hatte das alte Gebäude für die «Rheinrider» geschickt umgebaut, jetzt bot es Platz für Schlauchboote, Kajaks, Ausrüstungen und ein Büroabteil. In diesem war Meissen wild gestikulierend am Telefonieren. Mit einer Handbewegung bedeutete er ihnen, sich ruhig umzusehen.

In dem riesigen Raum gab es neben all den farbigen Booten auch eine Garderobe mit Kästchen für die persönlichen Sachen der Guides. Schnell hatte Coray jenes mit dem Namen Brendan ausfindig gemacht. Es war nicht abgeschlossen. Er tauschte einen Blick mit Kurtz, welche dünne Nylonhandschuhe aus ihrer Tasche fischte und sie sich überzog. Dann öffnete sie die Tür des blauen Spinds.

An der Innentür prangten mindestens ein Dutzend Fotos von lachenden Gesichtern. Zum Teil waren sie wegen Platzmangel halb übereinandergeklebt. Sie zeigten junge Frauen, die strahlend, neckisch, flirtend oder mit niedlichem Schmollmund in die Kamera schauten. Blondinen, Brünette, Schwarz- und eine Rothaarige. Lange Haare, kurze Haare, lockige Haare, blaue Augen, grüne Augen, braune Augen – alles war vertreten.

Kurtz verzog keine Miene, nahm wortlos ihr Handy und lichtete die Galerie der Schönheiten ab. Coray war hinzugetreten und blickte in den Spind. Zerknüllte T-Shirts, Trainerhosen und Hoodies lagen wild durcheinander. Eine Dose mit einem

Energydrink und ein halb gegessener Schoko-Nuss-Riegel thronten auf dem Kleiderstapel. Das war alles. Kurtz griff nach oben und brachte einen Schlüsselbund und ein Handy von der Ablage zum Vorschein. Das Handy war gesperrt.

«War ja klar», murmelte sie und liess beides in einen Plastikbeutel gleiten. «Wir müssen das Teil unseren Technikern überlassen.» Nach dem Wühlen in den Klamotten, das nichts Weiteres zutage förderte, schloss sie die Tür. «Ich bringe das Handy auf dem Heimweg im Polizeigebäude vorbei. Nick schafft das mit links.» Nick war der IT-Spezialist des Teams, der es als persönliche Herausforderung empfand, das Innenleben jedes elektronischen Geräts, das ihm in die Finger kam, zu entschlüsseln.

Die beiden wandten sich dem Geschäftsführer zu, der eben aus seinem Büro trat. Er sah sichtlich mitgenommen aus.

«Das ist – oder besser war – das Privathandy von Brendan», sagte er mit Blick auf das Gerät im Plastiksack. «Auf der Tour haben alle Guides ein spezielles, wasserfestes dabei. Das ist ausschliesslich für geschäftliche Telefonate gedacht.»

«Wie viele Guides beschäftigen Sie?», fragte Coray.

«Sechs, vier Männer und zwei Frauen.»

«Sind die heute alle unterwegs?»

«Nein, nur vier, aber die anderen sind sofort gekommen und helfen nun, das Chaos in den Griff zu kriegen. Die Kunden mussten betreut und der Transport der beiden gestrandeten Boote organisiert werden. Niemand kann glauben, was heute passiert ist. Es ist der totale Schock für uns alle. Wir funktionieren einfach weiter.»

«Wie war denn die Stimmung in Ihrem Team, gab es keine Eifersüchteleien? Brendan war offensichtlich sehr beliebt bei Ihren weiblichen Kundinnen», sagte Kurtz mit Blick auf dessen Spind.

«Nein, das habe ich Ihnen doch schon erklärt», sagte Meissen seufzend. «Bei Brendan war nie etwas Berechnendes dabei. Er war auch keiner, der die Frauen verarschte – er hat sie einfach alle gemocht und sie ihn. Vielleicht hat sich die eine oder andere tatsächlich in ihn verknallt, aber die wussten doch, wie er war. Er hat nie einen Hehl daraus gemacht, dass er sich nicht binden wollte. Und die Leute im Team mochten ihn auch alle. Er war halt ein bisschen wie ein Welpe, der nur spielen will.»

Coray blickte ihn zweifelnd an, sagte jedoch nichts mehr zu dem Thema, fragte weiter: «Hatte er Feinde ausserhalb des Teams, eifersüchtige Männer oder Kunden, die aus irgendeinem Grund nicht mit ihm zufrieden waren?»

Meissen schüttelte entschieden den Kopf, doch Coray glaubte, ein winziges Zögern wahrgenommen zu haben. Ob er doch etwas zu verbergen hatte? Coray überlegte einen Moment, beschloss dann aber, die Befragung für heute zu beenden. Sie mussten etwas anderes erledigen.

«Wir müssen uns seine Wohnung anschauen. Sie kennen bestimmt seine Adresse.»

«Ja klar. Er hatte eine Zwei-Zimmer-Wohnung in Ilanz.» Meissen nannte ihnen eine Adresse, die in der Altstadt, ganz in der Nähe der reformierten Kirche, lag. Kurtz notierte sie. Es hatte sich so eingebürgert, dass sie für alles, was schriftlich festgehalten werden musste, den Lead übernahm, auch wenn sie manchmal scherzhaft zu ihm sagte, sie sei nicht seine Sekretärin.

«Es gibt also nichts, was Sie uns zu Brendan noch sagen können?», hakte Coray dann doch noch nach. Wieder glaubte er, einen Sekundenbruchteil lang ein Zaudern bei Meissen zu bemerken.

«Nein, mir fällt nichts ein», sagte dieser und schüttelte erneut den Kopf.

«Gut, dann machen wir jetzt die Tour», sagte Coray. «Wir versuchen, genau dieselbe Route wie heute Morgen nachzufahren. Kriegen Sie das hin?»

«Ich denke schon, die Wasserverhältnisse sind ja in etwa die gleichen wie am Morgen.»

Meissen erklärte ihnen, dass im Spätsommer, nach vier heissen, trockenen Monaten, der Wasserstand des Vorderrheins tief sei, was zwar für den Guide anspruchsvoller war, da er überall Felsen ausweichen musste, wodurch aber das Boot anderseits langsamer unterwegs war. Dann suchte er für die beiden Neoprenanzüge, Helme und Schwimmwesten.

«Haben Sie Erfahrung mit Riverraften?», fragte er und drückte ihnen je ein Paddel in die Hände. Beide bejahten, sie hatten sowohl die Halbtagestour als auch die Tagestour von Ilanz bis nach Reichenau mehrmals gemacht.

«Dann wissen Sie ja, worauf es ankommt. Sie paddeln genau nach meinen Anweisungen.»

Eine schlanke, dunkelhaarige Frau betrat den Raum.

«Das ist Alexa, sie ist ebenfalls Guide und kommt zur Sicherheit mit. Ich will kein Risiko eingehen nur mit Ihnen beiden an Bord. Gehen wir.» Er marschierte zum Gebäude hinaus Richtung Fluss.

Eine Art hölzerne Bahnschwelle führte das steile Bord hinunter ins Wasser. Darauf liess sich das Boot mühelos hinabtransportieren, und die vier Personen schwangen sich ins Innere. Die Fahrt begann gemütlicher, als Coray es von seinen Touren her gewohnt war. Aber er war mit seinen Freunden, die ihre Rafting-Firma in Versam betrieben, immer im Frühjahr auf Tour, wenn nach der Schneeschmelze der Wasserstand hoch war – dann ging so richtig die Post ab. Vor allem auf dem ersten Abschnitt zwischen Ilanz und Versam, der als der anspruchsvollere galt.

Es lag eine eigentümliche Stille über dem Fluss. Fast so, als hielte die Welt nach dem tödlichen Schuss noch immer erschreckt den Atem an. Kein Vogelgezwitscher, kein Kindergeschrei, sogar der Verkehrslärm von der oberhalb liegenden Oberalpstrasse war nur gedämpft zu vernehmen. Ruhig paddelten sie über das türkisfarbene Wasser, dessen Farbspiel Coray jedes Mal aufs Neue verzückte. Die Sonne zauberte glitzernde Sternschnuppen auf die Wellen, und er spürte, wie er sachte in einen entrückten Gemütszustand glitt. Diese Wirkung hatte der Fluss fast jedes Mal auf ihn, wenn das Tempo so gemächlich war.

«He, nicht träumen, paddeln», rief Kurtz ihm zu, und er

schreckte abrupt auf und widmete seine Aufmerksamkeit wieder dem Boot und der Umgebung. Steinmandlis grüssten vom Ufer, das mit den weissen Steinen und Kieseln wie ein Traumstrand in der Karibik wirkte. Links oben thronte die Gemeinde Falera, deren Wahrzeichen – die Kirche St. Remigius – etwas ausserhalb des Dorfes lag. In der Nähe befand sich eine bedeutende und viel besuchte Kult- und Astronomiestätte aus vorrömischer Zeit. Eine schiffsförmige Friedhofsmauer umgab den Bau. Zusammen sollten sie ein Symbol für die Arche Noah darstellen und die Menschen daran erinnern, stets nach einem sicheren Ufer Ausschau zu halten. Coray seinerseits hielt sich lieber an das Ufer des Vorderrheins, der ihm so vertraut war, dass er sich am, im und auf dem Fluss so zu Hause fühlte wie in den Bergen.

Rechts tauchte ein riesiger Fels auf, der aussah, als wäre hier vor Millionen Jahren ein unglücklicher Wal gestrandet, der sich nach und nach in Stein verwandelt hatte. Das Boot glitt in behäbigem Tempo auf die Brücke zwischen Schluein und Castrisch zu. Für Coray eine magische Brücke, die er immer mal wieder des Nachts überschritt, nur um über sich den unermesslichen, funkelnden Sternenhimmel zu betrachten, der sich geheimnisvoll im Fluss spiegelte. Ganz am Anfang seiner Beziehung zu Emilia hatte er ihr an einem lauen Sommerabend auf der Brücke ein Picknick kredenzt, mit allem Drum und Dran. Er hatte sogar eigenhändig ein Sträusschen Wiesenblumen gepflückt und in einem Konfitürenglas aufgestellt. Er erinnerte sich, wie er sie für zehn Uhr auf die Brücke bestellt hatte und wie gross ihre Augen geworden waren, als sie das Arrangement betrachtet hatte. Selbst Kissen und Wolldecken hatte er angeschleppt, damit sie es warm hatte. Er wusste, wie sehr sie Kälte hasste. «Ich leide lieber Hunger, als dass ich friere», pflegte sie stets zu sagen und zog manchmal bereits im September eine Mütze über ihren wilden Schopf. Es war ein unvergesslicher Abend gewesen – auf den eine unvergessliche Nacht gefolgt war.

«In welchen romantischen Gefilden bist du nun schon wieder?», schreckte Kurtz ihn auf und stiess ihn nicht eben sanft in die Seite.

Coray linste sie ertappt an und dachte, dass die Romantik unterdessen nicht mehr so viel Raum hatte in seiner Beziehung. Aber war das nicht normal nach zwei Jahren? Wie auch immer, es war sicher kein Thema, das er mit Kurtz diskutieren würde. Sie behauptete stets, Romantik sei in den meisten Fällen entweder kitschig, peinlich oder geschmacklos – und nicht selten alles zusammen.

Vor ihnen tauchte die Isla Sut auf. Eine sagenhafte Halbinsel, die mit ihrem fast weissen Sandstrand, den verschlungenen Wegen durch hohe Sanddornbüsche und der Bucht am Ende der Insel wie aus einer anderen Welt wirkte. Costa Rica zum Beispiel oder vielleicht Jurassic Park. Auf der linken Seite erhoben sich turmhohe Felsen aus Kalkstein aus den Fluten. Sie waren dicht bewachsen mit gelben Blumen, was ihnen ein bisschen Ähnlichkeit mit Boris Johnson verlieh. Nur viel erhabener, mächtiger und stolzer. Rechts auf dem Sandstrand hatten Besucher ein Herz aus vielen kleinen Steinen gelegt. Weiter unten waren Baumstämme in verschiedenen Grössen angespült worden, die nun träge im seichten Wasser dümpelten.

Seit sie die Insel hinter sich gelassen hatten, waren rund vierzig Minuten vergangen. Nach einer leichten Rechtskurve richtete sich Meissen ruckartig auf, nachdem er die ganze Fahrt über schweigend gepaddelt hatte.

«Hier ist es passiert», rief er aufgeregt. «Hier hat es geknallt, und dann brach das Chaos aus.»

«Schildern Sie uns bitte genau, was abgelaufen ist», bat Coray und musterte Meissen eindringlich. Alexa paddelte unbeirrt weiter, den Blick unverwandt nach vorne gerichtet.

«Wir waren in langsamem Tempo unterwegs, alles lief ganz normal. Ich war mit meinen Gästen etwa zwanzig Meter hinter dem Boot von Brendan. Es herrschte eine fröhliche Stimmung unter den Leuten. Sie genossen die Fahrt und riefen sich gegenseitig zu, wie super das alles sei. Da hörte ich einen Knall und dachte im ersten Moment, da habe sich ein Jäger wohl im Gebiet geirrt. Dann schrien die Leute im Boot vor uns, und ich sah, dass Brendan zusammengesackt war. Das Boot begann zu schlingern, als die Leute in Panik aufsprangen. Ich dachte noch, dass der doch viel zu jung für einen Herzinfarkt sei, und wusste gleichzeitig, dass es etwas mit dem Knall zu tun haben musste.»

Meissen hielt verstört inne.

«Weiter», drängte ihn Kurtz. «Erzählen Sie weiter.»

Meissen sammelte sich und schilderte, wie er einfach funktioniert habe. Wie er die Leute im vorderen Boot angeschrien habe, sich hinzusetzen und zu paddeln. Dass er selbst wie ein Wahnsinniger gepaddelt habe, um das Schlauchboot zu erreichen.

«Ich habe gewusst, dass ich das Boot nicht verlassen und in das andere steigen konnte. Ich durfte meine Leute nicht im Stich lassen, sonst wären zwei Boote führerlos den Fluss hinuntergetrieben.»

Also hatte er Kommandos erteilt, und die Insassen hatten diese wie in Trance befolgt. Meissen wusste, dass sie nicht mehr weit vor der Staziun Valendas entfernt waren. Sein Plan war, an der Sandbank vor der hohen Brücke anzulegen. Und der ging auf. Beide Boote konnten unbeschädigt ans Ufer fahren. Nachdem sie sicher gelandet waren, eilte Meissen zum anderen Boot. Dort waren die Menschen in heller Panik und wollten nur noch eines: auf der Stelle aus dem Boot hinaus. Sie hatten ihn fast über den Haufen gerannt.

Während seiner Schilderung der morgendlichen Tragödie war ihr Schlauchboot ebenfalls auf der Sandbank angekommen. Meissen stieg aus und ging zu der Stelle, wo er vor ein paar Stunden den blanken Horror erlebt hatte. Seine Bewegungen waren mechanisch, sein Blick starr und die bleichen Gesichtszüge verkrampft. Coray und Kurtz folgten ihm. Von Alexa war noch immer kein Wort gekommen, sie schaute verbissen an ihnen vorbei und hantierte mit ihrem Paddel. Coray und Kurtz warfen sich einen Blick zu und gingen hinter Meissen her.

«Als ich mich durchgekämpft hatte, befand sich Brendan ganz alleine im Boot. Vorher war er durch die anderen Körper noch so halb aufrecht sitzend auf dem Boden gehalten worden. Doch jetzt war er völlig in sich zusammengesunken, und ich wusste sofort, dass er tot war.»

Verloren starrte Meissen zu der Stelle, wo sein Freund leblos gelegen hatte. Nichts deutete mehr darauf hin, dass hier ein Drama stattgefunden hatte. Der Vorderrhein floss weiterhin in silbrigem Glanz vorbei, die Felsen schauten gleichgültig auf den Ort des Grauens hinunter, und die Vögel hatten ihren unbekümmerten Gesang wieder aufgenommen. Manchmal kam es Coray unglaublich vor, wie sich das Leben von einem Moment auf den anderen auf den Kopf stellen konnte. Und dann plötzlich nichts mehr so war wie vorher. Wie sich das Glück, das man vielleicht nicht einmal als solches erkannt hatte, weil es einfach so normal war, auf einen Schlag davonmachen konnte. Wie es die Menschen zurückliess in Schmerz, Fassungslosigkeit und Trauer. Nicht zum ersten Mal fragte er sich, was er tun würde, wenn seiner Emilia oder sonst einem geliebten Menschen – oder seinem Hund – etwas zustossen würde. Er fühlte, wie sich ein kalter Schleier in seiner Brust ausbreitete und ihm das Atmen schwer machte.

«Hey, Matti, nicht grübeln», sagte Kurtz leise und schenkte ihm ihr schönstes Lächeln. Sie kannte ihn gut, wusste, dass er immer mal wieder gegen seine Dämonen kämpfen musste und manchmal Angst hatte, von einem dunklen Loch eingesogen zu werden. «Depri-Momente» nannte sie solche Augenblicke und gab sich alle Mühe, dass sie schnell vorübergingen. Auch diesmal schaffte sie es mit ihrem aufmunternden Lächeln, dass er die düsteren Gedanken verdrängen und wieder tief durchatmen konnte. Gemeinsam traten sie zu Meissen, den sein Schmerz und die schrecklichen Bilder noch lange verfolgen würden.

«Was haben Sie dann getan?», fragte Coray behutsam.

«Ich habe einfach weiterfunktioniert. Habe einen Krankenwagen gerufen, obwohl ich wusste, dass kein Arzt Brendan noch helfen konnte. Und die Polizei. Und dann habe ich versucht, die Gäste zu beruhigen, habe dafür gesorgt, dass niemand in seiner Panik davonläuft.» Meissen verstummte und schaute die beiden an. «Die Polizei ist nach ein paar Minuten eingetroffen. Den Rest kennen Sie.»

«Ich muss noch mal auf den Moment des Schusses zurückkommen», sagte Kurtz nach kurzem Schweigen und blickte Meissen in die Augen. «Haben Sie etwas gesehen oder gehört, oder ist Ihnen etwas aufgefallen? Vielleicht kurz vorher?»

Meissen dachte lange angestrengt nach. Dann schüttelte er resigniert den Kopf und sagte: «Nein, nichts.»

«Oder ist Ihnen an Brendan etwas komisch vorgekommen? Hat er sich vielleicht anders verhalten als sonst?»

«Brendan hat sich vollkommen normal verhalten. Er war gut drauf wie immer, es war überhaupt nichts seltsam», antwortete er etwas unwirsch.

«Und die Passagiere?»

«Was soll mit denen sein?»

«Hat sich einer von ihnen auffällig verhalten? Oder war jemand besonders ängstlich oder nervös?»

«Hören Sie, alles war wie immer: Alle hatten Spass, und niemand hat sich auffällig verhalten, mehr kann ich dazu wirklich nicht sagen.»

Coray und Kurtz wechselten einen Blick. Sie waren unabhängig voneinander zu dem Schluss gekommen, dass der Mann die Wahrheit sagte. Für ihn war der Trip den Fluss hinunter einer von vielen gewesen. Bis zu dem verhängnisvollen Schuss.

«Okay, für den Moment ist das alles. Vielen Dank, dass Sie die Fahrt mit uns gemacht haben. Können wir Ihnen mit dem Boot helfen?», fragte Coray.

Meissen winkte ab. «Nein, es ist alles organisiert. Es sind auch noch Kumpels von der Konkurrenz gekommen, als die Sache sich herumgesprochen hat. Wir haben logistisch alles im Griff. Wollen Sie mit Alexa und mir zurückfahren?»

«Ja, gerne. Mein Auto steht ja noch bei Ihnen auf dem Parkplatz.»

«Okay, dann könnten Sie doch mit anpacken.»

Zusammen stemmten sie das nasse Boot auf die Ladefläche des Pick-ups, der von Meissens Mitarbeitenden für sie auf dem Parkplatz des Bahnhofs von Valendas bereitgestellt worden war. Dann stiegen sie alle in den Wagen, und Meissen fuhr die kurze Strecke via Ilanz nach Schluein zurück. Während der Fahrt redete niemand. Coray empfand diese Stille als zunehmend unangenehm. Vor allem das verbissene Schweigen von Alexa irritierte ihn. Sie starrte stoisch aus dem Fenster und verzog keine Miene. Was war bloss los mit dieser jungen Frau?

Alle atmeten erleichtert auf, als Meissen das Auto in einer Staubwolke zum Stehen brachte und sie aussteigen konnten.

«Na dann, wir sehen uns.» Meissen wandte sich Alexa zu und bedeutete ihr, dass sie beide sich alleine um das Boot auf der Ladefläche kümmern würden.

Coray und Kurtz verabschiedeten sich und gingen zu Corays Wagen.

«Puh», Kurtz schüttelte sich wie ein nasser Hund, «das war schräg, die Stimmung in dem Auto.»

Coray pflichtete ihr bei, er war froh, von hier wegzukommen.

«Gehen wir uns noch in der Wohnung des Jungen umsehen?», fragte Kurtz. «Die Schlüssel haben wir ja.»

«Ja, das habe ich auch gedacht. Wir fahren zu ihm, essen danach eine Kleinigkeit in der Staziun, und dann ist Schluss für heute. Kannst du fahren? Ich muss noch der Chefin Bericht erstatten.»

«Und was ist mit Juri?»

«Der muss halt noch ein bisschen bei seiner Freundin im Beizli bleiben. Sie wird es verstehen. Oder weisst du was, ich rufe sie schnell an.»

Die Wirtin erklärte sich sofort bereit, den Hund zu beherbergen, bis sie zurückkämen.

«Okay, dann mal los in die grosse Stadt.»

Während Kurtz zügig den gewundenen Weg hinauf Richtung Ilanz fuhr, griff Coray seufzend zum Telefon. Es war wirklich höchste Zeit, der Chefin über die Ereignisse des Tages zu rapportieren.

Major Annabelle Cathomas – auch «die Eisprinzessin» genannt – wirkte auf ihre Mitmenschen manchmal etwas furchteinflössend. Der Blick aus ihren blauen Gletscheraugen war berüchtigt. Obwohl sie keine Chefin zum Anfassen war, genoss sie bei ihren Mitarbeitern grossen Respekt. Sie war loyal, furchtlos und stand jederzeit hinter ihrer Truppe. Wenn sie es für nötig befand, legte sie sich nicht nur mit ihren Beamten an, sondern auch mit ihren Vorgesetzten. Und sie pflegte legendäre Verbindungen zu allerlei Stellen, die ihr irgendwann irgendwie nützlich sein konnten. Die attraktive Endfünfzigerin verfügte über Scharfsinn und ein phänomenales Gedächtnis. Ihr Privatleben war allerdings ein gut gehütetes Geheimnis. Allgemein war nur bekannt, dass sie geschieden war und einen erwachsenen Sohn hatte. Nie traf man sie beim Einkaufen, beim Wandern oder im Fitnesscenter – sie war ein Mysterium.

«Coray, was läuft da unten in der Ruinaulta?», fragte sie, wie üblich, ohne sich mit Begrüssungsworten aufzuhalten.

Er erzählte ihr in knappen Worten, was sich abgespielt hatte an diesem Morgen. Sie hörte wortlos zu.

«Unglaublich», sagte sie dann, und Coray meinte zum ersten Mal während all der Jahre, in denen sie seine Chefin war, tatsächlich ein gewisses Erstaunen in ihrer Stimme wahrnehmen zu können. Sie hatten schon einige Mordfälle zusammen bearbeitet, aber ein Guide, der mitten auf dem Fluss erschossen wird, schien selbst für die hartgesottene Cathomas eine neue Dimension.

«Die Journis spielen verrückt, wir müssen ihnen ein paar Informationen geben, sonst spekulieren die einfach wild drauflos. Und was dabei rauskommt, wissen wir ja von diversen Intermezzi.» Coray hörte, wie sie genervt in den Hörer schnaubte.

«Ich werde Sebastian beauftragen, sofort eine Medienmitteilung herauszugeben. Aber es wird wohl nicht viel nützen –

morgen haben wir wieder die fetten Titel mit den grossen Fragezeichen.»

Mit Sebastian meinte sie Sebastian Brunner, den Mediensprecher der Kantonspolizei in Chur, der es verstand, die Informationen so zu formulieren, dass es nach viel aussah, ohne wirklich viel auszusagen. Brunner war mit allen Wassern gewaschen, aber ein sympathischer Typ, der mit allen gut auskam und nie überheblich wirkte.

«Ja, das fürchte ich auch, aber für eine Pressekonferenz ist es zu früh. Wir haben noch zu wenig Handfestes zusammen.»

«Brunner macht das schon. Und wie geht es bei Ihnen weiter?»

«Wir sind auf dem Weg zur Wohnung des Opfers. Sein Handy haben wir, aber es ist gesperrt. Kurtz bringt es noch heute Abend bei unserem Technikgenie vorbei, damit wir es morgen auswerten können.»

«Was ist mit der Obduktion?»

«Die ist morgen früh. Wir werden um acht Uhr bei von Planta auf der Matte stehen.» Den Gedanken an eine aufgeschnittene Leiche um diese Tageszeit verdrängte er allerdings eilends.

«Gut, senden Sie mir die Adresse des Opfers. Ich schicke morgen früh die Spurensicherung vorbei. Und melden Sie sich, wenn Sie neue Erkenntnisse haben.»

Annabelle Cathomas hatte die Verbindung unterbrochen. Früher hatte Coray dieses Verhalten irritiert, doch unterdessen störte er sich nicht mehr daran.

«Du, sag mal, hast du das Verhalten dieser Alexa nicht auch ein bisschen schräg gefunden?», fragte Kurtz.

«Doch, entweder war sie vor Trauer dermassen erstarrt, oder sie hat vor etwas Angst.»

«Sie konnte niemandem in die Augen sehen. Auch nicht ihrem Chef.»

«Wir werden sie zur Befragung vorladen. Auf den Polizeiposten nach Chur. Meissen soll uns von all seinen Angestellten die Koordinaten senden. Subito.»

Coray gab bereits dessen Nummer ein und bat ihn um die Adressen und Handynummern aller seiner Leute. Meissen sagte bereitwillig zu und versprach, die Liste innert einer Stunde zu schicken.

Coray und Kurtz beschlossen, das Auto unterhalb des imposanten Rathauses in Ilanz zu parkieren und einen kleinen Spaziergang durch das schmucke Städtchen zu machen. Das Kopfsteinpflaster strahlte noch immer die Hitze des Tages aus. Es war ein aussergewöhnlich heisser Sommer gewesen, und er zeigte auch jetzt, bald Mitte September, noch keinerlei Ermüdungserscheinungen. Die beiden Polizisten schlenderten an den hübsch dekorierten Schaufenstern der Läden in der Altstadt vorbei. Es gab Boutiquen, einen Blumenladen, einen Coiffeur und diverse andere Lokale.

Alsbald befanden sie sich vor einem einfachen Wohnblock an der angegebenen Adresse in der Nähe der Kirche. Kurtz steckte den Schlüssel in das Schloss an der Haustür, und diese öffnete sich ohne Widerstand. Das Treppenhaus war eng und ziemlich schmuddelig. Ein Kinderwagen war in einem Winkel unter der Treppe platziert und roch so, als hätte das Baby, das darin gelegen hatte, keine Windeln getragen.

«Es stinkt nach Kacke», sagte Kurtz lakonisch und verzog angewidert das Gesicht. Schnell nahm sie die Stufen bis in den ersten Stock, Coray sprintete hinterher. Erst zuoberst auf der dritten Etage fanden sie ein von Hand geschriebenes Schild mit Millers Namen. Wieder öffnete der Schlüssel die Tür mühelos. Coray war etwas ausser Atem, als er hinter Kurtz in die Wohnung trat. Beide hatten sich dünne Handschuhe übergezogen.

Es war die typische Zweieinhalb-Zimmer-Wohnung eines jungen Mannes. Im Wohnzimmer standen ein billiges Sofa mit abgewetztem Bezug, ein Holztisch mit drei Stühlen, und an der Wand hing ein Fernsehgerät von gewaltigen Ausmassen. Es gab weder Bilder noch Pflanzen. Die kleine Küchenzeile machte einen ziemlich unbenutzten Eindruck. Es gab zwar ein paar dreckige Gläser in der Spüle, es sah jedoch nicht danach aus, als wäre hier in letzter Zeit gekocht worden. Der Boden wirkte stellenweise etwas klebrig. Während das Wohnzimmer einigermassen aufgeräumt war, herrschte im Schlafzimmer Chaos: T-Shirts in allen Farben lagen wild verstreut auf dem ungemachten Bett. Es roch muffig in dem kleinen Raum. Kurtz öffnete das Fenster und liess ihren Blick über die Unordnung gleiten.

«So sieht es normalerweise bei Frauen vor einem Date aus», bemerkte sie, «wenn sie Hunderte Outfits probieren und dann jammern, sie hätten nichts anzuziehen.»

«Ha, du musst es ja wissen.»

Coray erntete dafür einen vernichtenden Blick. Tatsächlich war sie meist sportlich angezogen, bei ihr gab es keine Rüschen oder Puffärmel. Anderseits, er wusste ja nicht, wie sie im Ausgang aussah, überlegte er sich. Wenn sie zusammen auf ein Bier oder zum Essen gingen, war das immer am Ende eines langen Diensttages, weil sie entweder völlig kaputt von den Ereignissen des Tages waren oder ganz dringend einen Fall ausserhalb des Büros besprechen wollten.

«Schau mal», sagte sie und hob mit spitzen Fingern einen Brief von dem altmodischen Schreibtisch, der vor dem Fenster stand.

«Gibt es tatsächlich noch Leute, die richtige Briefe schreiben?», fragte Coray und zog ungläubig die Augenbrauen in die Höhe.

«Du glaubst nicht, von wem der Brief ist.» Sie überflog das Schreiben.

Coray konnte nicht nur die himmelblaue Farbe des dicht beschriebenen Blattes ausmachen, er bemerkte auch die rosa Herzchen, mit denen der ganze Brief verziert war. «Nun sag schon, von wem ist er?»

«Von Alexa. Ein Liebesbrief der kitschigen Art. Er riecht sogar nach Parfum. Nach einem billigen Parfum.»

«Und was steht drin?»

«Na, was wohl? Dass sie ihn liebt, dass er der Mann ihrer

Träume ist, dass sie ohne ihn nicht leben kann et cetera. Du meine Güte, was für ein romantisches Gesülze!»

«Dann war also unser Opfer mit seiner Kollegin Alexa liiert. Wer hätte das gedacht. Sie hat kein Wort darüber verloren und keinerlei Emotionen gezeigt. Sie hätte doch heulend zusammenbrechen müssen oder mindestens vor Gram gebeugt sein.»

«Die hat ja sowieso kein Wort gesagt – zu gar nichts.»

Schweigend schauten sie sich den Rest der Wohnung an, zogen Schubladen auf, öffneten Schranktüren und guckten in den Kühlschrank. Darin waren lediglich Schokoriegel, Bier und Energydrinks verstaut.

«Der Junge hat ja nicht gerade gesund gelebt», konstatierte Kurtz und schlug die Tür angewidert zu.

«So wie es ausschaut, war er sowieso nicht oft hier. Der hat sich wahrscheinlich auswärts verpflegt, auf den Touren, wenn sie zum Grillieren an Land anlegten oder auf der Homebase von ‹Rheinrider›.»

Corays Handy signalisierte, dass eine Nachricht eingetroffen war. Meissen hatte Wort gehalten und die Koordinaten seiner Mitarbeiter gemailt. Im Moment interessierte Coray nur eine Person: Alexa. Gemäss den Unterlagen des Inhabers hiess sie Alexandra Curtis, war zweiundzwanzig Jahre alt und wohnte in Vals bei ihren Eltern.

«Die bestell ich für morgen auf den Posten, gleich nach unserem Besuch in der Rechtsmedizin», sagte Coray und wählte eine Nummer. Als die junge Frau antwortete, lud er sie für neun Uhr am nächsten Tag zur Besprechung ins Polizeigebäude an der Ringstrasse in Chur vor. Nachdenklich drückte er nach dem Gespräch die Aus-Taste am Handy.

«Das ist eine komische Frau», sagte er dann. «Sie hat nichts gefragt, nichts gesagt, nur bestätigt, dass sie kommen wird.»

«Ja, ich finde sie auch etwas seltsam. Nun, morgen wissen wir mehr.»

Nachdem sie die Wohnung oberflächlich durchsucht hatten, beschlossen sie, dass es keinen Sinn hatte, noch weiter Zeit in dem muffigen Appartement zu verbringen. Sollte sich die Spurensicherung darum kümmern. Für sie war Feierabend. Als sie ins Freie traten, dämmerte es bereits, doch die Luft war noch immer in Sommerlaune. Es roch nach frisch geschnittenem Gras – und das mitten in der Altstadt von Ilanz. Beschwingt liefen sie zum Auto und drifteten los.

Von unterwegs rief Coray Emilia an und fragte sie, ob sie auch noch für einen einfachen Znacht ins Bahnhofsbeizli nach Valendas kommen wolle. Emilia gab ihm einen Korb, sie steckte bei einem Bauern fest, wo sie sich um ein hochträchtiges Alpaka kümmern musste. Coray war ein bisschen eingeschnappt. Ihm schien, sie verbringe mehr Abende auf irgendwelchen Höfen statt mit ihm. Morgen seien sie ja bei seinen Eltern in Chur eingeladen, tröstete sie ihn. Sie hatte den Tag extra freigenommen, damit sie nicht wieder bis in die Nacht hinein bei einer komplizierten Geburt oder einem plötzlich erkrankten Pferd hängen blieb. Es kam immer mal wieder vor, dass sie Verabredungen kurzfristig absagen musste und er dann gezwungen war, alleine ins Kino oder zu Festen bei Freunden zu gehen. Sie wusste, dass er das hasste, und wollte auf gar keinen Fall den Besuch bei seinen Eltern verpassen. Emilia hatte grossen Respekt vor seiner Mutter, die kein Blatt vor den Mund nahm, wenn ihr etwas nicht gefiel. Das Risiko, dass sie ein Nachtessen bei Madleina Coray stornieren musste, wollte sie unbedingt vermeiden.

Er musste sich etwas schuldbewusst eingestehen, dass er gar nicht mehr an das Nachtessen bei seinen Eltern gedacht hatte. Gegenüber Emilia liess er sich das jedoch nicht anmerken. Er verabschiedete sich von ihr und sagte, er freue sich auf jeden Fall auf sie heute Abend – egal, wann sie von ihrer pelzigen Hausgeburt zu ihm komme. Er werde mit einer Flasche Wein auf sie warten.

«Das wird mir nicht reichen», sagte sie lachend. «Ich brauche unbedingt auch noch etwas zu futtern.»

«Alles wird bereitstehen, Gnädigste», antwortete er. «Ich werde Ihnen ein wunderbares Nachtessen zubereiten.»

«Ein Salsiz, Brot und Käse tun es auch», beschied sie ihm. Wohl mit dem Wissen im Hinterkopf, dass ihr Liebster am Kochherd nicht gerade eine gute Figur zu machen pflegte. Nach ein paar Versuchen, die gründlich schiefgelaufen waren, hatte er es aufgegeben, Emilia kulinarisch verwöhnen zu wollen.

Als sie in der Staziun Valendas ankamen, hob Juri nur kurz den Kopf und wedelte zweimal mit seinem Schwanz. Der Hund schien todmüde zu sein.

«Ah, da seid ihr ja», rief die Wirtin mit einer gefüllten Giesskanne in der Hand. «Juri hatte einen Riesenspass beim Spielen mit den Kindern, und er hat ungeniert bei den Erwachsenen gebettelt.»

Coray konnte sich lebhaft vorstellen, wie sein Hund seinen ganzen Charme eingesetzt hatte, um sich den einen oder anderen Happen zu ergaunern.

«Du bist so ein Gangster», sagte er zu Juri und packte ihn dabei spielerisch an seinem dichten pelzigen Kragen. Der Hund schaute ihn ungerührt an, und Coray glaubte einmal mehr, ein schelmisches Blinzeln in seinen Augen aufblitzen zu sehen. Er war fest davon überzeugt, dass Juri ein sehr humorvoller Hund war.

«Wollt ihr jetzt was essen?», fragte die Wirtin.

«Das wäre super, wenn du uns noch etwas auftischen würdest. Bist du sicher, dass du den Laden nicht dichtmachen willst?», fragte Kurtz zurück.

«Nein, ich habe Zeit. Ich muss nur noch den Garten fertig giessen. Ich lege danach das Fleisch auf den Grill, und in zehn Minuten bin ich bei euch. Die Getränke könnt ihr selber holen.»

Mit «Garten» meinte sie die tausend unterschiedlich grossen Töpfe, die liebevoll um das ganze Gebäude verteilt waren. Nicht nur Blumen und Palmen hatte sie gepflanzt, sondern auch Kräuter. Basilikum gab es in jeder Geschmacksrichtung – eine richtige Basilikumplantage breitete sich da aus. Eine riesige Sonnenblume mit leicht zerzausten Blüten stand vor einer Scheiterbeige, kritisch beäugt von einem bizarren, aus Holz geschnitzten Wesen, das an der Holzwand darüber hing. Das Ding hatte einen rot geschminkten Mund, was einen unwillkürlich lächeln liess.

«Es ist wirklich reizend hier», sagte Kurtz und ging hinein, um zwei Flaschen Safienbier zu holen.

Das ist ein seltsamer Ausdruck für Kurtz, sinnierte Coray. Dieses Wort hatte er aus ihrem Mund noch nie gehört. Egal, er wollte nicht mehr denken.

Unterdessen hatte sich eine samtene Dunkelheit über das Land gelegt. Die Gastgeberin hatte neben den Tischen eine Feuerschale aufgestellt und auf einem der Tische Kerzen angezündet. Das Szenario sah unglaublich einladend aus, und Coray spürte, wie Anspannung und Stress von ihm abfielen. Er wollte nur noch an diesem Tisch sitzen und geniessen: das Essen, die Gesellschaft von Kurtz und der Wirtin und das Ambiente. Er blickte zu seiner Kollegin, die mit dem Bier zurückkam, und stellte fest, dass auch sie in einen anderen Modus geschaltet hatte. Sie liess sich auf einen Stuhl fallen, streckte ihre Beine aus und seufzte wohlig. Juri hatte es sich ihnen zu Füssen bequem gemacht und schaute ihn etwas anklagend an.

«Ja, ich weiss, mein Grosser, du hast Hunger. Aber heute musst du dich mit dem Abendessen noch ein bisschen gedulden.»

Resigniert legte er seinen Kopf auf die Pfoten. Er war unregelmässige Essenszeiten gewohnt. Ausserdem hatte er bestimmt am Nachmittag bei den Gästen und der Beizerin reichlich Beute gemacht. Verhungern würde er nicht.

Die Wirtin trat soeben mit einer Platte grilliertem Fleischkäse, Butterbretzeln und aufgeschnittenen Tomaten an den Tisch. Dazu gab es eine Karaffe Wasser, das so kalt war, dass das Glas beschlagen war. Genüsslich machten sie sich über das Essen her, plauderten mit der Wirtin und spürten, wie sich die laue Luft langsam abkühlte. Über den Fall sprachen sie nicht, Mord und Totschlag hatten keinen Platz an diesem Tisch. Eine selige Mattigkeit hatte von ihnen Besitz ergriffen. Sogar Kurtz, die im Allgemeinen zu vibrieren schien vor Power, hing in ihrem Stuhl und vermittelte den Eindruck, dass sie dort auch zu übernachten gedachte. Irgendwann erhob sich die Wirtin resolut und begann, laut klappernd das Geschirr abzuräumen.

«Du willst uns also loswerden?», fragte Coray und stand mühsam von seinem Stuhl auf. «Warte, ich helfe dir noch schnell beim Tragen.»

Auch Kurtz hatte sich auf die Füsse gestemmt, und zusammen räumten sie den Tisch sofort blitzblank.

«Ciao, meine Freunde, kommt gut durch die Nacht», rief die Wirtin ihnen nach und blies die Kerzen aus. Die beiden gingen zu ihren Fahrzeugen auf dem Parkplatz, und Kurtz schwang sich behände auf ihren Feuerstuhl. Sie schien ihre Energie bereits wieder zurückerlangt zu haben.

«Also bis morgen um acht in der Rechtsmedizin», rief sie Coray zu. «Ich fahr noch schnell auf dem Posten vorbei und bringe das Handy zu Nick.»

Winkend brauste sie davon, den Rossschwanz hatte sie geöffnet, bevor sie den Helm aufgesetzt hatte, und ihre langen Haare flatterten darunter wild im Wind. Seufzend schüttelte er den Kopf, als er beobachtete, wie sie die enge Strasse hochfegte. Er wusste, dass sie jegliche fahrbaren Untersätze im Griff hatte. Sie fuhr zwar schnell, aber auch sehr sicher. Doch für ihn war sie mit der Geschwindigkeit oft am Limit, und wenn er sie so fahren sah wie eben, machte er sich Sorgen. Es könnte ja ein Hase oder eine Katze auf die Strasse springen und sie zu Fall bringen. Sie könnte schwer verletzt in der Nacht auf einer Böschung landen, und niemand würde sie finden. Sie könnte verbluten, erfrieren, an einer Felswand zerschellen oder in einem Gewässer ertrinken. Äusserte er ihr seine Bedenken und bat sie, den Fuss vom Gaspedal zu nehmen, lachte ihn Kurtz regelmässig aus und nannte ihn einen unverbesserlichen Schwarzmaler.

«Warum sollte eine Katze über die Strasse springen? Und die Feldhasen sind sowieso bald ausgerottet, weil sie einfach von jedem Trottel, der ein Gewehr besitzt, abgeknallt werden.

Also solltest du dir vielmehr Gedanken um die Hasen machen statt um mich. Die sind viel gefährdeter als Töfffahrerinnen. Und hör auf, dir immer das Schlimmste auszumalen», hatte sie ihm einmal verkündet, als er sie gebeten hatte, langsamer zu fahren. Aber manchmal konnte er einfach nicht anders, als sich um sie Sorgen zu machen.

Als er in seinem Zuhause in Brigels ankam, waren die Fenster dunkel, und Emilias Wagen stand nicht auf seinem Platz. Er fütterte Juri und öffnete die Terrassentür, damit er im Garten seine Runde drehen konnte. Dann stellte er das gewünschte Salsiz, den Alpkäse und Brot auf den Tisch und öffnete eine Flasche Rotwein aus der «kleinen Gegend der grossen Weine», wie die Winzer aus der Bündner Herrschaft ihre Produkte bewarben. Nachdem er sich ein Glas eingeschenkt hatte, schnupperte er am Inhalt. Der Wein brauchte noch ein paar Minuten, um seinen Geschmack zu entfalten. Er nahm das Glas mit auf die Terrasse, von wo aus er Juri bei seinem Gang durch den Garten zuschaute. In der Schwärze der Nacht konnte er ihn nur schemenhaft erkennen.

Ein Blick auf die Uhr zeigte ihm, dass es auf Mitternacht zuging. Das musste mal wieder eine komplizierte Geburt sein, dachte er und erwog, seine Liebste anzurufen. Gleichzeitig wusste er, dass es sinnlos war – wenn sie an der Arbeit war, blieb das Handy auf stumm geschaltet. Seufzend griff er zum Glas und hielt es prüfend hoch, er wollte schauen, ob sich die Sterne im rubinroten Wein spiegelten. In Gedanken versunken trank er einen ersten Schluck und spürte fast sofort, wie sich eine wohlige Wärme in seinem Bauch und seinem Kopf ausbreitete.

Sein Handy klingelte.

«Bist du noch wach?», fragte Emilia, und er glaubte, einen abgekämpften Ton in ihrer Stimme wahrzunehmen.

«Ja, aber nicht mehr lange, wo bist du?»

«Ich fahre gerade durch Dardin, in ein paar Minuten bin ich bei euch.»

«Okay, ich freue mich auf dich, der Wein ist offen.»
«Glaub mir, ich kann es nicht erwarten.»
Emilia unterbrach die Verbindung. Als hätte Juri ein besonderes Sensorium, hob er den Kopf und schnupperte talwärts. Er brachte Coray immer wieder zum Staunen. Er spürte fast jedes Mal, wenn einer seiner Lieblingsmenschen im Anzug war, auch wenn derjenige noch kilometerweit entfernt war. Nun jagte der Vierbeiner die Treppe zur Terrasse hinauf, schlitterte wie gewohnt über den Holzboden des Wohnzimmers und hockte sich vor der Haustür hin. Coray musste gar nicht hingucken, er wusste, dass Juri ihn vor Ungeduld bebend flehend ansah.
«Ich komm ja», brummte er und stellte sein Weinglas ab.
Nachdem sie gemeinsam aus dem Haus getreten waren, sah er die Scheinwerferlichter des Subaru die Dunkelheit der Nacht durchschneiden. Noch bevor Emilia die Autotür öffnen konnte, war Juri bei ihr und vollführte seinen üblichen Freudentanz. Als sie ausstieg, bemerkte Coray, wie erschöpft sie wirkte, ihre Bewegungen waren langsam und etwas ungelenk. Sie wankte ihm entgegen, und er nahm sie fest in die Arme. Erschrocken sah er Tränen auf ihrem Gesicht glitzern.
«Was ist los?», fragte er.
«Frag nicht, es war schrecklich, das Alpakababy hat es nicht geschafft.»
Emilia war keine, die oft weinte, das wusste er. Also musste es sehr schlimm gewesen sein. Sie kämpfte um jedes kranke oder verletzte Tier, und wenn sie eines nicht retten konnte, dann bedrückte sie das immer eine Weile. Aber so hatte er Emilia schon lange nicht mehr gesehen. Etwas unsicher folgte er ihr ins Haus. Auch Juri hatte gemerkt, dass etwas nicht stimmte mit seiner Freundin. Als Emilia sich auf einen Stuhl am Tisch sinken liess, war er sofort an ihrer Seite, legte seinen mächtigen Schädel in ihren Schoss und sah bittend zu ihr hoch. Als sie nicht reagierte, stupste er sie leicht an und schaffte es damit, sich ihre Aufmerksamkeit zu sichern. Liebevoll legte sie die Hände um seinen Kopf und blies ihm in den Pelz. Coray

hatte ihr ein Glas Wein eingeschenkt, das sie begierig ergriff und von dem sie sofort einen Schluck nahm.

«Es war klar, dass es schwierig werden würde», begann sie zu erzählen. «Aber es sah wirklich nicht danach aus, als könnte es so dramatisch werden. Erst am Schluss hat sich die Geburt zu einer Tragödie entwickelt.»

Coray fragte nichts und kommentierte nichts, er hielt einfach ihre Hand und hörte ihr zu. Als sie zum Ende kam, war auch ihr Glas leer, und er füllte es erneut.

«Sei mir nicht böse», sagte sie. «Ich mag gar nichts mehr essen. Ich will nur noch ins Bett und mich an dich kuscheln.»

Coray lächelte sie liebevoll an. «Ich räum nur noch schnell auf und komm nach.»

Er sah seiner Liebsten zu, wie sie sich Richtung Schlafzimmer schleppte, Juri an ihrer Seite. Als er ein paar Minuten später leise ins Schlafzimmer trat, bot sich ihm ein Bild des Friedens: Emilia lag auf dem Rücken in den Federn und schnarchte dezent vor sich hin. Eine Hand hatte sie auf dem Kopf von Juri, der ganz nahe an sie herangerobbt war und sein Haupt auf ihrem Bauch platziert hatte. Coray wollte ihn aus dem Bett weisen, als ihm bewusst wurde, dass seine Wärme der beste Trost für Emilia war. Also liess er ihn gewähren und schlüpfte zu ihnen ins Bett.

«Ich kann ja froh sein, wenn ich überhaupt noch Platz finde in meinem Bett», murmelte er vor sich hin, zog den Rest Decke, den sie ihm gelassen hatten, über sich und driftete innerhalb eines Augenblicks ins Land der Träume ab.

DREI

Kurz vor sieben wurde er durch das erbarmungslose Klingeln seines Weckers aus tiefem Schlummer gerissen. Erstaunlicherweise hatte er wunderbar geschlafen. Keine Gedanken an erschossene Rafting-Guides oder tot geborene Alpakas hatten ihn verfolgt. Gähnend streckte er seinen Arm auf die andere Seite des Bettes aus – und griff ins Leere. Verdutzt hob er den Kopf: Das Bett war verlassen. Als er all seine Sinne wieder beieinanderhatte, roch er den verführerischen Duft von frisch gebrühtem Kaffee. Rasch zog er sich an und trat in die Küche, wo Emilia Juri fütterte. Lächelnd sah sie ihm entgegen und schob ihm eine volle Tasse über den Tisch.

«Bevor du fragst: Ja, es geht mir wieder besser, viel besser. Ich denke, ich werde heute mit Juri zur Bifertenhütte aufsteigen, einen wunderbaren Zwetschgenkuchen verdrücken, vielleicht noch Gian und Giachen besuchen und dann pünktlich um sieben Uhr bei deinen Eltern auf der Matte stehen.»

Er musste lachen. Er wusste, dass Emilia einen Heidenrespekt vor seiner Mutter hatte und bestimmt nicht zu spät eintreffen würde.

«Das passt mir ungemein, dass du dich heute um Juri kümmerst. Sag Gian und Giachen liebe Grüsse von mir, wenn du sie triffst.»

Seit dem magischen Moment, als nahe der Kistenpasshütte unverhofft zwei majestätische Steinböcke vor ihnen gestanden waren, hofften sie bei jedem Besuch dort oben, dass sie ihnen wieder begegnen würden. Gian und Giachen nannten sie die beiden, die ihnen mehrere Minuten lang furchtlos in die Augen geschaut hatten. Sie waren reglos stehen geblieben und hatten sich geehrt gefühlt, dass die beiden Tiere ihnen eine solch nahe Begegnung erlaubten. Sie hatten auf ihren Bergwanderungen schon öfter Steinböcke gesehen, aber so nahe waren sie ihnen noch nie gekommen.

Coray war erleichtert, dass Emilia ihren Seelenfrieden offenbar wiedergefunden hatte, und freute sich für sie, dass sie einen tollen Tag vor sich hatte. Nach einem Blick auf die Uhr schlürfte er den heissen Kaffee hastig bis zum letzten Schluck und verabschiedete sich von Emilia und Juri. Sie bekam einen Kuss und er einen Pelzkrauler.

«Bis heute Abend, ihr zwei», rief er beim Hinauseilen, «hütet euch vor Jägern, Steinschlag und Klapperschlangen – in dieser Reihenfolge.»

Das mit den Schlangen war kein Witz. Aber natürlich ging es dabei nicht um Klapperschlangen, sondern um Kreuzottern. Im Sommer letzten Jahres war Juri während eines Spazierganges oberhalb von Ruschein von einer gebissen worden, als er mit der Nase direkt neben dem Strässchen einem interessanten Duft nachgegangen war. Coray hatte den Hund aufjaulen hören und nur noch etwas Diffuses im Gras verschwinden sehen. Er hatte sofort geahnt, was passiert war, hatte Juri angeleint und war in ruhigem Tempo zum Auto zurückmarschiert. Zu Hause war Juris Ohr enorm angeschwollen – es hatte ausgesehen, als hinge ein Kissen an seinem Kopf. Zum Glück hatten Juris Grösse und Gewicht Schlimmeres verhindert, er hatte keine weiteren Symptome gezeigt. Wäre es allerdings ein kleiner Hund gewesen, hätte der Biss fatale Folgen haben können. Äusserst besorgt war Coray die nächsten Stunden neben Juris Korb gehockt und hatte versucht, sein Ohr zu kühlen. Emilias Wissen hatte ihn zwar beruhigt, aber er hatte seinen Hund trotzdem nicht aus den Augen gelassen. Erst als Juri energisch aus dem Korb sprang und zu seinem Fressnapf trabte, glaubte Coray, dass tatsächlich nichts Schlimmes mehr zu erwarten war.

«Zum Glück habe ich eine Tierärztin im Haus», hatte er damals gesagt. Doch er hatte den Vorfall nie vergessen und hegte auf jeder Wanderung die Befürchtung, Juri plötzlich wieder aufjaulen zu hören.

Coray brachte die Strecke ins Kantonsspital Chur zügig hinter sich. In einem Seitentrakt war das Institut für Rechtsmedizin untergebracht. Hier herrschte Isidor von Planta über sein Reich. Unterstützt wurde er von einem Assistenten, der es sich in seiner Rolle als «zweite Geige» sehr gut eingerichtet hatte. Er überliess seinem Chef die Bühne und gab sich damit zufrieden, von ihm zu lernen und sich seine eigenen Gedanken zu machen. Als Lehrmeister war von Planta vielleicht ein bisschen gewöhnungsbedürftig, aber in seinem Fach war er genial.

«Ah, da kommen ja meine lieben Kommissare», rief er Kurtz und Coray entgegen und zeigte theatralisch eine kleine Verbeugung an.

«Tretet näher, damit ihr mir folgen könnt.»

Er wusste genau, dass Coray Mühe hatte, sich so früh Leichen anzuschauen, und er liess keine Gelegenheit aus, ihn zu triezen. Eine Marotte des imposanten Mannes war es ebenfalls, sich – milde ausgedrückt – aussergewöhnlich zu kleiden, während er seinem blutigen Handwerk nachging. Sie hatten ihn schon in Schürzen voller bunter Micky-Mäuse gesehen. Oder solchen, auf die ein Frack aufgemalt war, sodass von Planta aussah, als dirigierte er ein Orchester. Heute war sein Outfit einigermassen unspektakulär: Zu seiner nachtschwarzen Schürze hatte er sich lediglich ein Piratentuch voller Totenköpfe und gekreuzter Knochen umgebunden.

Unbeeindruckt von der Szenerie trat Kurtz an den Obduktionstisch heran und wartete darauf, dass von Planta das grüne Tuch von der Leiche zog. Coray seufzte, hoffte darauf, dass sein Magen nicht revoltierte, und trat ebenfalls an den Tisch. Behutsam faltete von Planta das Tuch zurück und legte den Oberkörper des Mannes frei. Auch wenn er den Eindruck eines abgebrühten Mediziners erwecken wollte, ging er immer mit Respekt vor den Toten ans Werk. Er wahrte stets die Würde der Menschen, die er untersuchen musste, und setzte alles daran, die Umstände ihres gewaltsamen Todes aufzudecken und damit zu ermöglichen, dass sie Frieden fanden.

Der junge Mann sah friedlich aus, seine Augen waren geschlossen, die Gesichtszüge entspannt, und blonde Locken umrahmten das hübsche, bleiche Gesicht. Brendan Miller war zu seinen Lebzeiten zweifelsohne ein attraktiver Mann gewesen, und Coray konnte verstehen, dass die Frauen ihn unwiderstehlich gefunden hatten. Unvermittelt überfiel Coray tiefe Schwermut. Er dachte an die Eltern des Jungen, die einen abenteuerlustigen, lebenshungrigen und glücklichen Sohn aus ihrem Haus verabschiedet hatten und jetzt eine Urne aus einem fernen Land zurückbekamen. Er sah die beiden vor sich, versteinert vor Schmerz und sich die Frage stellend, wie um Himmels willen sie in ihrem Leben je wieder einen Sinn sehen sollten.

So ging es Coray immer wieder, wenn er vor Menschen stand, die von einem Moment auf den anderen gewaltsam aus dem Leben gerissen worden waren. Er konnte sich nicht dagegen wehren, sich die Geschichten dieser Toten und von deren Angehörigen vorzustellen. Am Anfang seiner polizeilichen Laufbahn war das sehr belastend gewesen, und er hatte sich ab und zu gefragt, ob dies wirklich der richtige Job für ihn sei. Unterdessen konnte er mit seinen Gefühlen umgehen. Er liess die kurzen, heftigen Trauermomente zu – und machte danach mit seinem Job weiter. Zweifel an seinem Beruf plagten ihn keine mehr, er wusste, dass er seinen Platz gefunden hatte. Und zum Glück musste er ja nicht alle paar Tage hier stehen, sinnierte er und schaute zu Kurtz hinüber. Diese betrachtete interessiert die Stirn des Ermordeten, in deren Mitte das Einschussloch prangte.

«Also», eröffnete von Planta seine Ausführung mit pathetischem Unterton. Nichts liebte er mehr, als seine Erkenntnisse vor Publikum darzulegen. «Seht euch das kleine, runde Loch an. Sieht es nicht perfekt aus?»

Es war klar, dass er auf diese Frage keine Antwort erwartete, seine Einleitung galt ausschliesslich der Steigerung der Spannung.

Nach einem Blick in die kleine Runde fuhr er fort. «Das Loch weist keinerlei Gewebefetzen auf, weil das Gewebe beim Eintritt der Kugel pulverisiert wurde. Die grauen Ablagerungen hier am Rand hat das Projektil hinterlassen –»

«Welches Kaliber wurde verwendet?», fiel Kurtz ihm ins Wort – und erntete damit einen vernichtenden Blick des Rechtsmediziners. Ohne auf ihre Frage einzugehen, machte er mit seiner Ausführung weiter. Er hasste es, unterbrochen zu werden.

«Auch wenn dieses kleine Loch von aussen einen recht harmlosen Anschein erweckt, kann ich euch versichern, dass es im Schädel drinnen ganz anders aussieht.»

Coray wollte das alles gar nicht wissen, vor allem wollte er sich das nicht vorstellen, aber er wusste, von Planta kannte kein Erbarmen, er würde ihnen kein grausiges Detail ersparen.

«Nach dem Eintritt in den Schädel hat sich das Projektil quer gestellt, und wegen der Druckwelle wurde viel mehr Gewebe zerstört, als der Schusskanal erahnen lässt. Es ist zu Hirngewebszerreissungen, Gefässzerreissungen und Frakturen gekommen.»

Bei diesen Erläuterungen beschloss Coray, sein eigenes Hirn auf Stand-by zu schalten. Er lauschte von Planta nur noch mit einem Ohr, ging gedanklich zurück zum Vorderrhein und stellte sich das glitzernde Wasser und den warmen Sand auf der Isla Sut vor. Die beruhigenden Bilder taten ihre Wirkung: Seine Nerven besänftigten sich, und der aufgebrachte Magen schaltete wieder in seinen normalen Modus. Als von Planta mit dem blutigen Gemetzel im Kopf des jungen Mannes fertig war, konnte Coray wieder ganz den interessierten Zuhörer mimen.

«Wie ihr wisst, kann ich als Rechtsmediziner über die Schussdistanz nur dann etwas aussagen, wenn die Waffe aus einer Entfernung von weniger als einem Meter abgefeuert wurde, was in diesem Fall ja ausgeschlossen werden kann. Also haben wir die Ballistiker hinzugezogen, und die haben festgestellt, dass der Schuss aus einer Distanz von etwa zweihundert Metern abgegeben wurde.»

Die beiden Polizisten sahen sich an.

«Ich weiss, was ihr denkt», sagte von Planta. «Und ja, ich stimme euch zu: Wer immer da geschossen hat, versteht sein Handwerk.»

«Das muss man sich mal vorstellen», sagte Kurtz. «Da schiesst jemand aus zweihundert Metern einem Mann in einem Boot auf dem Wasser mitten zwischen die Augen – das muss wirklich ein Scharfschütze gewesen sein.»

In ihrer Stimme konnte Coray so etwas wie Anerkennung mitschwingen hören.

«Aber woran denkst du bei dem Begriff Scharfschütze? An einen Polizisten? Jemanden aus dem Militär? Einen Fremdenlegionär?»

Bei dem Wort Fremdenlegionär musste Kurtz unwillkürlich kichern.

«Nun dreh mal nicht durch, was sollte ein Fremdenlegionär wohl bei uns in der beschaulichen Surselva?»

«Nun, man weiss ja nie», fügte von Planta vieldeutig hinzu und zog das Tuch wieder sanft über das Gesicht des Toten.

«Bei der Waffe handelt es sich übrigens um ein Kaliber von sieben mal sechsundfünfzig Millimetern.»

«Verdammt», sagte Kurtz betroffen, «dann könnte der Typ tatsächlich ein Scharfschütze aus unseren eigenen Reihen sein. Oder aus dem Militär.»

«Oder doch ein Jäger, die benützen diese Gewehre ebenfalls, wenn sie auf weiten, offenen Flächen auf die Jagd gehen», erklärte Coray. «Aber wenn es ein Jäger war, dann war das ganz bestimmt kein Versehen, kein Schuss, der irrtümlich danebenging – dann war das ein geplanter, eiskalter Mord.»

«Es gibt ja auch noch die Möglichkeit, dass jemand sich das Gewehr ohne Wissen des Besitzers angeeignet hat.»

Für ein paar Minuten herrschte Schweigen in dem nüchternen, gekachelten Raum. Coray und Kurtz hingen ihren Gedanken nach und versuchten, das Gehörte einzuordnen.

«Und sonst», fragte Kurtz nach, «gibt es da etwas Auffälliges an der Leiche, das wir wissen sollten?»

«Nichts», antwortete von Planta, «ausser dass der junge Mann in bester körperlicher Verfassung war und es eine verdammte Schande ist, dass er so jung sterben musste. Und auf diese Weise: abgeschossen wie ein tollwütiger Fuchs.»

Coray und Kurtz schauten den Rechtsmediziner erstaunt an. So emotional erlebten sie ihn selten. Etwas betreten wandten sie sich einander zu und dachten laut darüber nach, was denn nun das Kaliber über den Täter aussagte.

«Verzeihung, wenn ich den Plausch störe», unterbrach von Planta, «aber könnt ihr eure Gedanken bitte schön draussen austauschen? Ich für meinen Teil habe meine Arbeit getan, den Rest müsst ihr selber erledigen.»

Coray und Kurtz hatten nichts dagegen, das kalte Reich des Rechtsmediziners zu verlassen. Sie bedankten sich bei von Planta und traten erleichtert hinaus in die Sonne. Coray war froh, dass er Juri heute nicht mitgenommen hatte – das Wetter glaubte sich auch weiterhin unbeirrt im Sommerhoch. Im Wagen wäre es für ihn unerträglich heiss geworden. Obwohl es noch einigermassen früh am Morgen war, zeigte das Thermometer bereits hochsommerliche Werte an.

«Nächste Station Ringstrasse 2», sagte Kurtz, setzte den Helm auf und schwang sich auf ihre Maschine. Noch bevor Coray überhaupt in seinem Auto sass, brauste sie mit einer lässigen Handbewegung an ihm vorbei.

«Verrücktes Weib», knurrte er ihr hinterher, «irgendwann bist du deinen Führerausweis los.» Dann gab auch er Gas und durchquerte die Stadt, ohne seinen Blick auch nur ein einziges Mal von der Strasse zu nehmen.

Als er auf dem Parkplatz vor dem Polizeigebäude eintraf, war Kurtz nirgends zu sehen. Erst als er durch die Eingangstür trat, sah er sie mit Stella einen Schwatz halten. Die kleine, energische Blondine genoss einen legendären Ruf im Polizeichor, weil sie einfach mit jedem Kunden fertigwurde. Sie liebte ihren Job am Empfang und schien manchmal nur darauf zu warten, dass sich jemand mit ihr anlegen wollte. Weil sie klein und zierlich war, wurde sie von den meisten Leuten gnadenlos unterschätzt. Jedoch nur so lange, bis Stella tief Luft holte und loslegte. Egal, ob Betrunkene, überhebliche Snobs oder laute Chaoten – sie alle wurden sehr schnell sehr still und sehr fügsam. Ausserdem war sie vernarrt in Juri und spielte öfter die Hundesitterin, wenn Coray irgendwohin ausrücken musste, wo er ihn nicht mitnehmen konnte.

«Hey, Stella, heute schon jemandem die Leviten gelesen?», fragte er.

«Nein, war noch nicht nötig», gab sie zurück. «Aber ich bin hoffnungsvoll, der Tag ist ja noch jung.»

Nach dem Geplänkel stiegen Coray und Kurtz in den dritten Stock hinauf. Den Lift verschmähten sie wie immer. Allerdings aus unterschiedlichen Gründen: Kurtz, weil sie die Treppe als Fitnessgerät benutzte, und Coray, weil er einmal einen ungeplanten Stopp in der Kabine hatte aushalten müssen. Die Erinnerung an jenes klaustrophobische Erlebnis trieb ihm noch heute den Angstschweiss auf die Stirn.

Sie hatten ihr gemeinsames Büro noch nicht erreicht, als ein Ruf sie stoppte.

«Hallo, Supercops», rief Nick aus einem Büro heraus. «Kommt schnell herein. Ich muss euch was zeigen.»

Als sie in den Raum traten, hielt Nick triumphierend das Handy von Brendan Miller in die Höhe.

«Du hast es geknackt», stellte Kurtz lapidar fest.

«Hast du etwas anderes erwartet?», fragte Nick augenzwinkernd zurück.

«Nicht wirklich», antworteten die beiden unisono.

«Das scheint ja ein rechter Casanova gewesen zu sein, dieser Guide», begann Nick. «Er pflegte regen Kontakt zu Frauen. Per SMS. Und zwar mit mehreren gleichzeitig. Wobei man sagen muss, dass er nicht unbedingt der initiative Part im Spiel war. Es ist vielmehr so, dass er offensichtlich von den Damen umschwärmt wurde und sich nicht dagegen gewehrt hat. Aber lest selber.»

Er hatte von der elektronischen Konversation Brendans einen Ausdruck erstellt und reichte diesen an Coray weiter.

«Ich habe die letzten zwei Wochen ausgedruckt; wenn ihr weiter zurückgehen wollt, sagt es, das ist kein Problem.»

Coray nahm die Papiere entgegen und hielt sie so, dass auch

Kurtz mitlesen konnte. Längere Zeit war es völlig still in dem mit technischen Geräten vollgestellten Raum.

«Mann, wenn das kein Motiv ist», rief Kurtz aus und zeigte auf eine SMS. Sie war von Alexa, und sie war eindeutig.

Wenn du diese Bitch nicht sofort aus deinem Leben streichst, bring ich dich um.

Sie schauten einander verblüfft an.

«Schau mal an, unser Schneewittchen ist gar nicht so scheu, wie es uns gegenüber getan hat», sagte Kurtz.

Aus der Konversation der beiden ging hervor, dass Alexa zu glauben schien, dass er mit ihr zusammen war. Und nur mit ihr. Während sie lange, romantische Texte schrieb, antwortete er meist einfach mit einem Herzchen oder einem Kuss-Emoji. Er war offensichtlich nicht ein Mann der vielen Worte gewesen. Emojis hatte er allerdings auch zwei, drei anderen Frauen geschickt, die mit ihm geflirtet hatten. Trotzdem hinterliess das Ganze einen unschuldigen Eindruck, was den Jungen betraf: Er hatte sich nicht aktiv um Frauen bemüht, er war einfach seinem Job nachgegangen und hatte sie dabei offensichtlich so beeindruckt, dass sie von sich aus den Kontakt gesucht hatten. Und Brendan hatte es geschehen lassen – ohne sich dabei allzu viel zu überlegen.

«Es scheint so, als wollte er wirklich keine feste Bindung», sagte Coray. «Aber dann ist ihm die Sache mit Alexa über den Kopf gewachsen. Sie hat ihn immer mehr bedrängt.»

«Und er war zu feige, ihr zu sagen, dass er seine Gunst nicht nur ihr schenkte. Er hat sich wahrscheinlich gedacht, das regle sich irgendwann von ganz alleine.»

«Hat offenbar nicht funktioniert.»

«Und auf die Drohung hat er, so wie es aussieht, nicht reagiert.»

«Nein. Findest du das nicht etwas sonderbar? Die meisten Leute würden ob einer solchen Nachricht ausflippen.»

«Die Message kam am Abend vor seinem Tod rein, und er hat sie nicht einmal beantwortet. Wahrscheinlich hat er sie schlicht nicht ernst genommen.»

«Aber wir können die junge Dame gleich selber fragen. Sie müsste eigentlich schon hier sein.»

Als sie ihr Büro betraten, sass Alexa auf einem Stuhl und kaute nervös an ihren Fingernägeln, die ziemlich mitgenommen aussahen. Nervös blinzelte sie unter ihren schwarzen Haaren hervor, ohne etwas zu sagen. Sie hatten vor der Tür besprochen, dass Coray mit der Befragung beginnen solle. Vielleicht fiel es Alexa leichter, mit einem Mann zu reden. Durch ihre Eifersucht auf all die Frauen in Brendans Leben war sie wohl auf ihre Geschlechtsgenossinnen derzeit nicht allzu gut zu sprechen.

Während Coray an den Tisch trat und Alexa gegenüber Platz nahm, zog sich Kurtz in den Hintergrund zurück.

«Guten Tag, Alexa, wie geht es Ihnen?», eröffnete Coray das Gespräch mit ruhiger Stimme. Er hatte vom vertraulichen Du auf dem Schlauchboot ins förmliche Sie gewechselt. Ein leichtes Flackern in ihrem Blick zeigte ihm, dass sie das sehr wohl registrierte.

«Nicht sehr gut.»

Obwohl die junge Frau ihre langen Beine gewollt lässig übereinandergeschlagen hatte, bemerkte Coray, dass sie innerlich verkrampft war. Ihre Arme hatte sie zuerst im Schoss liegen gehabt, jetzt verschränkte sie sie unbewusst vor ihrer Brust. Der Blick aus ihren kornblumenblauen Augen war unstet, sie konnte ihm nicht länger als einen Moment in die Augen schauen. Einfühlsam fuhr er mit der Befragung fort.

«Es war sicher schwer für Sie, als Sie von Brendans Tod erfahren haben.»

Alexa gab keine Antwort, sondern blickte zu Boden und zuckte mit den Achseln.

«Er war mehr als nur ein Arbeitskollege, oder?»

Sie hob abrupt den Kopf und starrte ihn erschrocken an. «Was meinen Sie?»

«Wir glauben, dass Sie und Brendan eine Beziehung hatten.»

«Wie kommen Sie auf diese Idee?»

Coray legte Brendans Handy vor sich auf den Tisch. Lange starrte die junge Frau darauf, dann sah sie zu ihm hoch.

«Sie haben all meine SMS gelesen?»

«Ja, das haben wir. Und die Botschaften sind nicht misszuverstehen.»

Wieder schaute Alexa vor sich auf den Boden. Sie schien zu überlegen, welche Strategie wohl die klügere war. Sollte sie weiter mauern oder kooperieren? Die widersprüchlichen Gefühle zeichneten sich auf ihrem Gesicht ab. Sie war keine gewiefte Strategin, sondern eine junge Frau, die mit dem plötzlichen Tod ihres Freundes zurechtkommen musste und zudem begriffen hatte, dass man sie vielleicht sogar als Täterin in Betracht zog. Unvermittelt sank sie in sich zusammen. Sie hielt sich die Hände vor das Gesicht und weinte beinahe lautlos vor sich hin. Coray registrierte ihre bebenden Schultern und die Tränen, die durch ihre schmalen Finger hindurch auf das weisse T-Shirt tropften. Er liess ihr einen Moment Zeit, warf einen Seitenblick zu Kurtz, die hinter ihm an der Wand lehnte, und holte dann eine Schachtel Kleenex aus der Schublade seines Bürotisches. Als er sie vor Alexa auf den Tisch stellte, griff diese hastig danach und zog sich ein Taschentuch heraus. Langsam beruhigte sie sich. Sie trocknete sich das Gesicht, setzte sich aufrecht hin und schaute Coray an. Ihr Blick war fest.

«Was wollen Sie von mir wissen?»

«Seit wann hatten Sie eine Liebesbeziehung mit Brendan Miller?»

«Unterdessen bin ich mir nicht mehr so sicher, ob man das wirklich eine Liebesbeziehung nennen kann», antwortete Alexa.

«Wie meinen Sie das?»

«Ach, kommen Sie, wenn Sie unsere SMS gelesen haben, dann müssen Sie sich doch auch gefragt haben, ob diese Beziehung nicht ein bisschen einseitig war.»

Coray gab keine Antwort, schaute sie einfach an. Den Oberkörper hatte er ihr zugeneigt und signalisierte damit, dass er ihr wirklich zuhörte, dass es im Moment nichts Wichtigeres für ihn gab, als sie zu verstehen.

Alexa zupfte an dem Taschentuch in ihren Händen und

sprach weiter. «Wir waren Ende Juli zusammen auf einer Tour mit den Guides von den anderen Rafting-Anbietern. Viele von uns kennen sich ja, aber da es immer wieder Ab- und Neuzugänge gibt, machen wir das jedes Jahr. So eine Art Schulreise oder Betriebsausflug oder so.»

Und dann erzählte sie, wie sie sich alle an diesem wunderbaren Sommerabend in Ilanz getroffen hatten, sechs Schlauchboote zu Wasser gelassen hatten und den Fluss hinuntergetrieben waren. Normalerweise waren nach neunzehn Uhr keine Boote mehr zugelassen, doch die Guides hatten eine Sonderbewilligung. Es war ein ausgelassener Haufen, der durch die Ruinaulta fuhr. Etwas unterhalb des Bahnhofes Versam legten sie an, machten ein Feuer und feierten. Sie grillierten und tranken, badeten und sangen. Und dabei kamen sich Alexa und Brendan näher.

«Er hat mir schon lange gefallen», erzählte sie weiter, «aber ich hatte nie den Mut, ihm meine Gefühle zu zeigen.»

Doch an diesem Abend war es Brendan gewesen, der sich zu ihr in den Sand gehockt und den Arm um ihre Schultern gelegt hatte. Natürlich hatte er ein, zwei Bier getrunken, die Stimmung war ausgelassen gewesen, und Alexa war es wie die normalste Sache der Welt vorgekommen, dass sie zusammen am Wasser sassen und er sie umarmte. Sie hatte sich eine solche Situation vorher so oft vorgestellt und erträumt, und jetzt war alles ganz einfach. In dieser Nacht war sie mit ihm nach Hause gegangen.

«Es war eine so wunderschöne Nacht», sagte Alexa, und ihr Blick war weit zurück in die Vergangenheit gerichtet. Auf den Zauber jener Stunden in Brendans Armen. «Ich habe geglaubt, es bedeute für ihn das Gleiche wie für mich», sagte sie dann leise.

«War Ihnen damals bewusst, dass Brendan vielleicht ein bisschen ein Casanova war?», fragte Coray weiter.

«Ja, ich habe mitbekommen, dass er ständig mit Frauen flirtete, aber ich habe gedacht, jetzt, wo er mit mir zusammen ist, wäre das vorbei.»

«Aber Sie haben sich getäuscht, nicht wahr?»

«Zuerst hatten wir eine wirklich grossartige Zeit. Wir gingen auf Radtouren, kletterten auf die Berge und hatten jede Menge Spass.» Wieder hielt Alexa inne und kehrte in ihren Erinnerungen zurück in die Vergangenheit.

«Und, wie ist es dann weitergegangen?»

Alexa holte tief Atem und seufzte vernehmlich. «Er hat sein altes Leben wieder aufgenommen. Er hat aber nicht Schluss mit mir gemacht oder so was. Er hat mich einfach spüren lassen, dass ich ihm nicht mehr so wichtig war. Er hat Dates platzen lassen, hat auf meine SMS nur mit diesen doofen Emojis geantwortet und hatte immer weniger Zeit, etwas mit mir zu unternehmen.»

«Haben Sie ihn nie zur Rede gestellt? Nie gefragt, was los ist?»

«Nicht so richtig, ich hatte Angst, dass er mich dann verlässt.»

«Aber wütend sind Sie schon geworden?»

«Erst als er angefangen hat, mit dieser Ella rumzumachen.» Alexa ballte ihre Hände unbewusst zu Fäusten.

«Wer ist Ella?»

«Eine Unterländerin», spuckte sie aus.

Innerlich musste Coray schmunzeln. Eine Unterländerin – um Gottes willen! Auch in der Surselva teilten viele die Menschen noch immer in zwei Kategorien ein: die Einheimischen und die Unterländer. Diese waren zwar gerne gesehen als zahlungskräftige Feriengäste, aber von den Belangen der einheimischen Bevölkerung sollten sie gefälligst die Finger lassen. Und von ihren Frauen – oder Männern – ganz besonders. Er hoffte, dass ihm seine innere Belustigung nicht anzusehen war, und neigte sich erneut der jungen Frau zu.

«Und diese Unterländerin war eine Gefahr für Sie? Die war doch weit weg, und Sie waren da.»

«Ha, weit weg, dass ich nicht lache! Die ist jedes Wochenende nach Ilanz gekommen und hat Brendan richtig überwältigt. Der wollte das gar nicht, dass sie ihm so auf die Pelle rückte.»

«Hat er Ihnen das gesagt?»

«Nein, aber das war offensichtlich.»

«Und was war mit Ihnen, hat er sich noch um Sie gekümmert?»

«Er hat mich immer wieder vertröstet, aber nur, weil ihn diese Ella so in Beschlag nahm. Nur darum hatte er keine Zeit mehr für mich. Dabei weiss ich, dass er mich geliebt hat, das hatte er mir ja vorher deutlich genug gezeigt.»

«Und vor ein paar Tagen ist Ihnen dann der Kragen geplatzt?»

«Ja, am Samstag ist sie wieder auf der Matte gestanden. Ist ständig im Bootshaus rumgewuselt und hat so getan, als ob sie dazugehörte. Zu uns Guides, meine ich.»

«Und wie hat Brendan darauf reagiert?»

«Ich glaube, es war ihm peinlich, und er hat versucht, sie abzuwimmeln. Hat ihr gesagt, dass er den ganzen Tag beschäftigt sei mit Touren und keine Zeit habe für sie. Aber diese blöde Bitch war zu doof, es zu kapieren. Sie hat einfach gesagt, dass sie auf ihn warte. Dabei hat sie ihm zugezwinkert. Hat wohl gedacht, es sehe sexy aus, dabei war es einfach nur nervig.»

Alexas Augen verdunkelten sich vor Wut. Sie krallte ihre abgekauten Fingernägel in die Arme, schien jedoch keinerlei Schmerz zu spüren.

«Ich hätte diese blöde Unterländerin am liebsten ins Wasser geworfen und wäre mit dem Boot über sie gerauscht», stiess sie mit bebender Stimme hervor.

«Doch stattdessen haben Sie beschlossen, Ihren Freund, der Sie vor aller Augen lächerlich gemacht hat, umzubringen?», warf Kurtz mit schneidender Stimme ein. Sie war mit zwei raschen Schritten an den Tisch getreten, stützte sich mit den Händen auf dem Tisch ab und brachte ihren Kopf sehr nahe vor das Gesicht der jungen Frau. «War es nicht so?»

Alexa wich erschrocken zurück und hätte dabei fast den Stuhl umgeworfen.

«Sind Sie verrückt?», schrie sie. «Ich hätte das nie tun können. Ich habe Brendan geliebt.»

Kurtz war keinen Zentimeter von ihrer Position abgewichen. «Ach wirklich? Und warum drohten Sie ihm dann damit, ihn umzubringen, wenn er die Frau nicht zum Teufel schickt?»

«Das habe ich doch nur geschrieben, weil ich so wütend war. Ich hätte nicht im Traum daran gedacht, Brendan tatsächlich etwas anzutun.» Alexa verstummte, schlug sich die Hände vor das Gesicht und begann erneut, bitterlich zu weinen. Ihr verzweifeltes Schluchzen war so laut, dass wahrscheinlich auch die Kollegen in den anderen Büros es hören konnten.

Kurtz fuhr weiter, ohne sie auch nur einen Moment zur Besinnung kommen zu lassen. «Wo waren Sie heute Morgen?»

«Ich war bis fast zum Mittag mit meinem Rad unterwegs.»

«Wo waren Sie?»

«Auf dem Crest da Tiarms, die Tour hat dreieinhalb Stunden gedauert. Ich musste mich einfach auspowern.»

Coray kannte die Tour, aber nicht vom Biken, er verabscheute diese Art der Fortbewegung zutiefst. Immer wieder kam es zu unschönen Begegnungen zwischen Bikern und Wanderern, zwischen Bikern und Wildtieren und zwischen Bikern und der Natur. Auch er und Juri waren mehrmals beinahe über den Haufen gefahren worden. Mittlerweile wurde immer öfter die Polizei gerufen, weil sich Fussgänger und Zweiradfahrer in die Haare gerieten. Ab und zu stieg er mit Juri auf den Crap Sogn Gion, von dort hoch zum Crap Masegn und weiter auf den Crest da Tiarms. Jedes Mal fühlte er eine leise Beklemmung, wenn er den geschundenen Crap Sogn Gion betrachtete. Der ganze Berg war voller abgefahrener Wege, Pfade und Pisten. Im Sommer jagten die Velofahrer hinunter und im Winter die Skifahrer und Snowboarder. Restaurants, Bars und Eventhallen lockten die Leute auf den Berg. Wenn Coray ihn betrachtete, bat er ihn immer um Verzeihung dafür, dass die Menschen ihn derart rücksichtslos behandelten. Manchmal stellte er sich vor, wie der Berg sich zur Wehr setzte – mit einem Felssturz zum Beispiel, so wie es vor über neuntausendfünfhundert Jahren passiert war. Oder dass er sich in einen wütenden, Feuer spuckenden Vulkan verwandelte.

Unterdessen prasselten Kurtz' Fragen auf die völlig aufgewühlte Alexa ein.

«Und wer hat Sie begleitet auf Ihrer Tour?»

«Niemand, ich wollte alleine sein. Ich musste nachdenken.»

«Das heisst, dass Sie kein Alibi haben. Wo haben Sie schiessen gelernt?»

Alexa schaute sie völlig entgeistert an. «Schiessen, sagen Sie? Woher sollte ich schiessen können? Ich habe noch nie in meinem Leben eine Waffe in meinen Händen gehalten. Ich habe nichts mit dem Mord zu tun. Bitte, Sie müssen mir glauben.» Sie hob flehend ihre Hände.

Coray und Kurtz schauten einander an und verständigten sich ohne Worte. Sie waren sich einig, dass Alexa nicht die Täterin sein konnte. Sie glaubten ihr, dass sie nicht schiessen konnte, und abgesehen davon war sie viel zu emotional und wäre im Verlauf der Befragung längst zusammengebrochen. Nein, Alexa war keine kaltblütige Mörderin, sondern eine junge Frau, die sich eingestehen musste, dass ihre Liebe nicht erwidert wurde. Vielleicht würde dieses Wissen ihr über den Verlust ihres Freundes hinweghelfen, sinnierte Coray vor sich hin. Zumindest hoffte er das für sie.

Schweigend hatte Alexa die Blicke zwischen den Polizisten verfolgt. Ein bisschen Hoffnung spiegelte sich in ihren angespannten Gesichtszügen wider.

«Sie glauben mir?», fragte sie dann, hin- und hergerissen zwischen Zuversicht und Verzweiflung.

Kurtz musste sich ein Lächeln verkneifen, als sie das kummervolle Gesicht mit den riesigen blauen Augen betrachtete. Ein Blick zu Coray zeigte ihr, dass auch dieser froh war, dass sie Alexa beruhigen konnten.

«Ja, wir glauben Ihnen», antwortete sie. «Aber können Sie sich jemanden vorstellen, der Brendan so gehasst hat, dass er ihn umgebracht hat? Ein eifersüchtiger Mann vielleicht, der mitansehen musste, wie seine Partnerin sich in den Guide verliebt hatte?»

Alexa war mit einem tiefen Seufzer erleichtert in ihren Stuhl gesunken. Ein bisschen erinnerte sie an eine überdimensionierte Stoffpuppe, jegliche Spannung war aus ihrem Körper gewichen. Dann schüttelte sie den Kopf.

«Nein, das kann ich mir nicht vorstellen. Brendan war bei allen beliebt. Er war ja nicht nur zu den Frauen charmant, er hat sich auch mit den Männern gut verstanden. Er war für alle ein total cooler Kumpel.»

Nun, dachte sich Coray, jemand fand ihn nicht ganz so cool.

Alexa konnte nicht schnell genug aus dem Raum kommen, als sie gehen durfte. Sie hörten ihre Schritte eilig über den Korridor und dann die Treppe hinunterhallen. Anscheinend war auch sie keine Freundin von Personenlifts.

Im Büro öffnete Kurtz weit die Fenster und liess ihren Blick einen Moment lang versonnen über den Bergkamm des Calanda schweifen.

«Was ist los, suchst du das Calanda-Rudel?», fragte Coray, wohl wissend, dass Kurtz beinahe keine Gefahr scheute, aber das Calandagebiet, wenn möglich, grossflächig umging, seit ihr dort einmal ein Wolf über den Weg gelaufen war. Sie war von der Begegnung sowohl fasziniert wie auch schockiert gewesen. Der Wolf hatte von einer Anhöhe auf sie heruntergeblickt und war nach ein paar Augenblicken ruhig seines Weges gegangen; doch Kurtz, die alleine unterwegs gewesen war, hatte der Blick des stolzen Tieres einen Schauder über den Rücken gejagt.

«Ich hatte das Gefühl, als hätte der Wolf mir bis auf den Grund meiner Seele geblickt», hatte sie ihm erzählt.

2011 war am Calanda das erste Wolfsrudel der Schweiz seit rund einhundertfünfzig Jahren entstanden. Es hatte eine Aufregung geherrscht, die Menschen waren fasziniert gewesen, dass das so lange ausgestorbene Raubtier zurückgekehrt war. Schnell hatten sich zwei Lager gebildet: das Pro- und das Kontra-Wolf-Lager. Während die einen es begrüsst hatten, dass die Tiere sich ein Revier in der Natur zurückerobert hatten, fanden die anderen es furchterregend und hätten die Wölfe am liebsten wieder ausgerottet. Bauern bangten um ihre Nutztiere, und als die ersten Schafrisse bekannt wurden, gab es einen

Aufschrei. Unterdessen hatten viele gelernt, ihre Tiere durch Herdenschutzhunde und andere Massnahmen zu bewachen, doch die Kontroverse ging weiter, und es kam immer wieder zu widerrechtlich geschossenen Wölfen. Das Thema spaltete die Gesellschaft und würde es auch in Zukunft tun.

«Ich muss Martin Meissen zurückrufen», sagte Coray, als er auf das Handy schaute. «Er hat mir eine Nachricht hinterlassen.»

Es stellte sich heraus, dass ihm etwas in den Sinn gekommen war, das sich als wichtige Spur erweisen könnte: Imanuel Bühler, ein fanatischer Vogelschützer aus Ruschein, machte den Anbietern von Rafting-Touren auf dem Vorderrhein regelmässig die Hölle heiss. Seiner Ansicht nach waren sie eine Gefahr für «seine» Vögel, die extrem seltenen und geschützten Flussläufer. Nur noch etwa sechzig bis hundertzehn Brutpaare wurden in der ganzen Schweiz gezählt, und der kleine Vogel galt als vom Aussterben bedroht. Gemäss Meissen hatte Bühler mit verschiedenen Aktionen immer wieder die Bootsausflügler gestört. So sei er diverse Male in aggressiver Manier bei den Einwasserungsstellen aufgetaucht und habe die Sportler aufs Übelste beschimpft und eingeschüchtert. Einmal habe er sich gar dazu hinreissen lassen, von der Halbinsel Isla Sut aus mit Steinen auf die Boote zu werfen.

«Meissen hat mir die Adresse des Mannes durchgegeben», sagte Coray. «Dem statten wir heute Nachmittag einen Besuch ab.»

«Ja, aber zuerst sollten wir bei der Chefin vorbeischauen. Sie erwartet uns sicher sehnsüchtig», raunte Kurtz ihm mit einem verschwörerischen Zwinkern zu, bevor sie tänzelnd aus dem Büro verschwand und auf das Reich von Annabelle Cathomas zusteuerte. Er hatte alle Mühe, mit ihr Schritt zu halten.

«Und, was gibt's Neues?», fragte Cathomas ungerührt und ohne Begrüssung, als sie durch die Tür traten. Heute prangte an ihrem rechten Arm ein ungewöhnlich schöner, massiver Armreif mit einem glänzenden grünen Stein. Das ganze Polizeikorps rätselte, wer ihr die teuren Schmuckstücke schenken mochte. Oder kaufte sie sich die Preziosen etwa selbst? Auf jeden Fall liebte sie teure Stücke, ohne jedoch zu übertreiben; meist trug sie nur ein einziges Kleinod, niemals sah es überladen aus. Coray registrierte amüsiert, wie Cathomas blitzschnell abgecheckt hatte, ob er seinen Hund dabeihatte – und auch, dass einen Moment lang Enttäuschung in ihrem Blick aufgeflackert war. Er musste sich ein breites Grinsen verkneifen. Es war allgemein bekannt, dass sie eine Schwäche für Juri hegte, auch wenn sie ständig das Gegenteil behauptete.

«Ich sehe, Sie haben Ihren Hund zum Glück nicht dabei, dann kann er mir auch nicht das Büro verpesten.»

Dabei wussten alle, dass sie keine Hinterlist scheute, um Juri in ihr Büro zu locken, wenn er unterwegs war und den Vierbeiner in seinem Korb zurücklassen musste. Er hatte sie schon angetroffen, als sie ohne Schuhe neben Juri hockte und eine innige Unterhaltung mit ihm führte – während der Verfütterung von Bio-Hundegutzis, die sie speziell für diese Gelegenheiten in ihrem Schreibtisch hortete. In solchen Momenten pflegte sie stets zu behaupten, Juri sei ohne ihre Erlaubnis in ihr Büro eingedrungen und widersetze sich ihren Versuchen, ihn rauszuwerfen. Coray fand das eine rührende Seite der unergründlichen Eisprinzessin.

Coray und Kurtz erzählten abwechselnd von den neuesten Erkenntnissen. Als sie das Kaliber erwähnten, hob sich eine von Cathomas' perfekt nachgezogenen Augenbrauen.

«Das heisst, es könnte auch ein Polizist gewesen sein?»

«Ja, oder ein Militarist oder ein Jäger.»

«Weiter.»

Sie berichteten von Alexa Curtis, die zwar ein Motiv, kein Alibi und jede Menge Emotionen hatte. Cathomas war jedoch mit ihnen einig, dass diese junge Frau als Täterin ausgeschlossen werden konnte.

«Die wäre mit einer solchen Tat überfordert», sagte sie mit einer wegwerfenden Handbewegung. «Haben wir sonst noch jemanden auf dem Radar?»

«Ja, einen militanten Natur- beziehungsweise Vogelschützer, der regelmässig die Anbieter von Rafting-Touren belästigt und offenbar auch vor dem Werfen von Steinen auf die Boote nicht zurückschreckt. Wir gehen ihn heute Nachmittag besuchen.»

«Gut. Die Presseerklärung ist raus, aber Brunner hat trotzdem alle Hände voll zu tun, die Journalisten abzuwehren. Sie wollen mehr Infos, mehr Details, mehr … Ach, ihr wisst schon. Er vertröstet sie in seiner gewohnt professionellen Manier, aber die Meute ist völlig aus dem Häuschen wegen der Geschichte. Na ja, ich kann sie verstehen, ich meine, wann hat man denn je so was gehört, dass ein Guide in einem Boot erschossen wird?» Cathomas schüttelte unwillkürlich den Kopf.

«Ja, es ist wirklich eine verrückte Geschichte», sagte Coray. «Wir melden uns, sobald wir Neuigkeiten haben.»

«Okay, und sagen Sie Bescheid, wenn Sie Unterstützung irgendwelcher Art brauchen.» Damit winkte sie die beiden aus dem Büro.

Dass sie ihnen so offen ihre Hilfe anbot, zeigte Coray, wie dringend ihre Chefin auf die Aufklärung des Mordfalles hoffte.

VIER

«So, und wir gehen erst mal etwas essen, bevor wir nach Ruschein hochfahren», sagte Kurtz. «Und zwar nicht in der Kantine, wir gehen in die Pizzeria.»

«Ich kann leider nicht, Emilia und ich sind heute Abend bei meinen Eltern eingeladen. Da kann ich nicht ohne Appetit aufkreuzen.»

«Oh nein, das kannst du wirklich nicht.» Auch sie wusste, was es bedeutete, bei Corays Eltern zum Nachtessen eingeladen zu sein. Sie war so manches Mal nach einem solchen Anlass pappsatt aus der Wohnung der Corays getaumelt. Die beiden waren leidenschaftliche Gastgeber. Wobei Eric Coray eher für die Auswahl und das Dekantieren der Weine zuständig war und Mattis Mutter Madleina für das Kochen. Es gab einfache, aber köstlich zubereitete Gerichte bei ihnen. Kurtz' Magen begann, laut vernehmlich zu knurren.

«Du hast ja wirklich Hunger, du Arme», sagte Coray. «Was hältst du davon, wenn wir in Ilanz für dich was Richtiges und für mich ein Sandwich kaufen und dann am Rhein unten picknicken gehen?»

«Ich halte das für eine ausgesprochen gute Idee. Komm, auf geht's!» Sie fegte wie ein Derwisch davon, schnappte sich den Autoschlüssel, und als er durch die Tür auf den Parkplatz trat, stand sie bereits vor dem Dienstwagen und öffnete Coray mit einer kleinen Verbeugung die Beifahrertür.

«Ich warne dich», sagte er mit erhobenem Zeigefinger, «wenn du wieder wie eine Irre durch die Gegend bretterst, verhafte ich dich und lege dir Handschellen an.»

«Keine Angst, mein Herr, ich werde mich zu beherrschen wissen. Das tue ich fast immer, wenn ältere Männer an Bord sind.»

«Halt deine freche Klappe, du junges Beeri.»

Er musste zwar lachen, aber irgendwie hinterliess ihre Bemerkung über den älteren Mann doch einen kleinen Stachel in seinem Herzen. Immerhin war er erst zweiundvierzig Jahre alt, das war doch nicht alt! Oder? Nun gut, im Vergleich zu ihr mit ihren achtundzwanzig Jahren war er tatsächlich ein älterer Mann. Und diese Gedanken brachten ihn unweigerlich auf die Frage, ob es wohl bald klappen würde mit dem Baby, das Emilia und er sich wünschten. Also eigentlich war es vor allem Emilia, die sehnlichst auf Nachwuchs hoffte. Ihm pressierte es nicht besonders, ihm gefiel sein Leben ganz gut so, wie es war. Andererseits, wäre ein Kind nicht eine unglaubliche Herausforderung? Und wäre eine solche nicht das Richtige, bevor sich in der Beziehung Routine einschleichen konnte? Wenn er ehrlich war, war es nach über zwei Jahren nicht mehr ganz so prickelnd wie am Anfang – aber so war es bei den meisten Paaren. Er war kein naiver Romantiker, der glaubte, wenn man die Frau fürs Leben gefunden hatte, schwebe man für den Rest des Lebens auf rosa Wolken über dem Planeten. Für ihn war Emilia eine grossartige Partnerin, und er wollte mit ihr zusammen durchs Leben gehen. Ob mit oder ohne Kind.

Während er seinen Gedanken nachhing, war Kurtz zielstrebig Richtung Ilanz unterwegs. Sie bretterte keineswegs, sondern fuhr konzentriert und sicher – einfach geschwindigkeitsmässig am Limit dessen, was erlaubt war. Eben kurvte sie um den Kreisel in Laax und bog bei der Tankstelle mit dem Coop-Shop auf den Parkplatz ein. Kaum war der Wagen zum Stehen gekommen, war Kurtz schon draussen.

«Ich hole uns etwas zu essen. Was hättest du gerne? Ich lade dich ein.»

«Ha, so grosszügig bist du nur, weil du weisst, dass ich nichts Richtiges nehme.»

«Also ich weiss nicht, wie du das sagen kannst – ich bin eine von Grund auf grosszügige Frau.»

«Na, dann bring mir doch bitte ein Käsesandwich und ein Mineralwasser, du nobles Wesen.»

Als Kurtz durch die Glastür in den Shop trat, musste er

unvermittelt an Paola Maria Moretti denken. Sie war die Haushälterin des korrupten und psychopathischen Immobilienhais Peder Casanova gewesen, der in ihrem Mordfall vom Frühsommer die unrühmliche Hauptrolle gespielt hatte. Paola Moretti hatte in ihrem früheren Leben in diesem Shop gearbeitet. Durch die kranken Machenschaften von Casanova hatte sie nicht nur ihre beste Freundin Bigna Casanova – die Ehefrau von Peder Casanova –, sondern auch ihr Zuhause verloren. Zum Glück hatten Bignas Eltern sie mit offenen Herzen aufgenommen. Er fragte sich, wie es Moretti wohl gehen mochte, und nahm sich vor, sie einmal auf dem Weingut, auf dem sie seit der Tragödie mit der Familie ihrer ermordeten Freundin lebte, zu besuchen.

Der Fall liess ihn noch immer nicht zur Ruhe kommen. Immer wieder geisterte die letzte Botschaft von Casanova durch seinen Kopf. Wie der ihm seinen Hass ins Gesicht geschrien hatte, weil er ihn und Kurtz dafür verantwortlich machte, dass sein Weg am Panixer-Staudamm zu einer Sackgasse geworden war. Wie er ihm kurz vor seinem Tod mit diesem Auftragsmörder gedroht hatte. Ihm und seiner Kollegin. Der er nichts davon erzählt hatte. Weil er es als Unsinn abgetan hatte. Weil er sie nicht unnötigerweise beunruhigen wollte. Einmal mehr fragte er sich, ob das die richtige Entscheidung gewesen war. Er redete sich zwar ein, dass die Drohung nur eine letzte Bosheit Casanovas gewesen war. Aber was, wenn er sich irrte? Dann bestand die Möglichkeit, dass nicht nur er sich im Fadenkreuz eines Killers befand, sondern auch Kurtz. Dieser Gedanke trieb ihm eine dunkle, kalte Wolke über die Seele.

Kurtz trat mit einem Papiersack beladen aus dem Shop und steuerte auf das Auto zu. Er schüttelte die Erinnerungen und seine Sorgen ab und lächelte der jungen Frau entgegen, die mit federnden Schritten und wippendem Pferdeschwanz unterwegs war. Zurück im Auto stellte sie den Sack schwungvoll auf Corays Schoss und schob sich wieder hinter das Steuer. Neugierig guckte er in die Tüte und holte einen Behälter nach dem anderen heraus.

«Du scheinst ja mächtig Kohldampf zu haben», sagte er mit Blick auf die verschiedenen Salate, Brötchen, ein Stück Zwetschgenwähe, ein Beerenjoghurt, eine Banane und einen Coffee to go.

«Ja, im Gegensatz zu dir werde ich heute leider nicht zu einem ausgedehnten Essen eingeladen.»

«Was machst du denn heute Abend?»

«Ich gehe mit Emil ins Hapkido.»

Coray riss die Augen auf. «Du gehst ins Kino? Mit Emil Tscharner?»

Sie lachte laut heraus, liess den Motor an und richtete ihren Blick demonstrativ auf die Strasse.

«Nicht ins Kino – ins Hapkido, das ist eine koreanische Kampfsportart. Und ja, ich besuche das Training mit Emil Tscharner. Seit Längerem.» Dabei warf sie ihm einen Seitenblick zu.

«Aha», antwortete er lapidar und dachte über das Gehörte nach. Kurtz ging mit Tscharner ins Training. Was ja nichts bedeuten musste. Vielleicht aber eben doch. Emil Tscharner war einer der Kollegen mit Spezialausbildung. Ein Elitepolizist. Und er sah verdammt gut aus mit seinen strahlenden grünblauen Augen, den vollen hellbraunen Haaren, dem immer gebräunten Teint und seinem durchtrainierten Körper. Ausserdem war er im Einsatz ein hervorragender Mann, auf den man sich blind verlassen konnte. Coray mochte ihn sehr, aber der Gedanke, dass da etwas zwischen den beiden lief, befremdete ihn doch ein bisschen.

«Fragst du dich gerade, ob zwischen Emil und mir was läuft?» Sie steuerte Richtung Ilanz hinunter.

Er fühlte sich ertappt. «Nein, nein. Das geht mich ja auch nichts an.» Wieso fragte sie ihn das? Sie war doch sonst ziemlich verschlossen, was ihr Privatleben anging, und jetzt wollte sie wissen, ob er über eine mögliche Beziehung zwischen ihr und einem Kollegen nachdachte?

«Aber doch, ja, eigentlich interessiert mich das schon», sagte er zu seinem eigenen Erstaunen und spedierte einigermassen verlegen die Esswaren von seinem Schoss hinunter auf den Boden vor ihm.

«Haha, Matti, du bist ja ganz rot geworden. Aber weisst du was? Jetzt fahren wir an den Fluss, schauen nach, ob unser Plätzchen frei ist, und dann erzähle ich dir alles aus meinem Liebesleben.»

Und damit hatte sie es wieder einmal geschafft, ihn in Verlegenheit zu stürzen. Er wusste, dass sie das gerne tat, ihn ein bisschen aus der Fassung bringen mit Themen, über die er nicht so leicht reden konnte. Gefühle, Liebe, Sex, solche Sachen halt. Diesen Bereichen ging er, wann immer möglich, aus dem Weg.

«Muss nicht sein», brummte er und schaute interessiert aus dem Seitenfenster. Er ahnte, dass sich seine Kollegin gerade zurückhalten musste, um nicht zu lachen.

Wie immer, wenn sie ihren Lieblingsplatz am Rhein aufsuchten, bogen sie kurz vor Ilanz in die Industriezone ein und stellten das Auto dicht bei der Brücke, die Schluein und Castrisch verband, unter einen Baum.

Kurtz hatte ihre Sneakers bereits ausgezogen und in den Wagen geworfen. Nun balancierte sie über die vom Rhein seit Tausenden von Jahren glatt geschliffenen Steine hinunter zum Wasser. Coray folgte ihr mit den Esswaren. Er freute sich über die Auszeit an diesem wunderbaren Ort, an dem sie schon oft über Fälle diskutiert hatten. Auch er zog seine Schuhe und Socken aus, krempelte die Hosenbeine hoch und liess die Beine ins kristallklare Wasser gleiten.

«Ah, tut das gut», sagte er zufrieden und liess sich sein Käsesandwich reichen.

Eine Zeit lang herrschte einvernehmliches Schweigen, sie assen, blickten über die kleine Bucht, die sie insgeheim als die ihre betrachteten, und genossen das Farbenspiel des türkisfarbenen Wassers, das vielmehr an die Malediven erinnerte denn an einen Fleck in einem Schweizer Bergkanton. Und Kunst gab es hier auch noch zu bewundern: Dutzende Steinmandli standen stramm und blickten von den Halbinseln stumm über den Fluss. Es war selten, dass man an diesem Platz keine Baumeister der Kobolde antraf. Auch heute gingen sommerlich gekleidete Leute der Leidenschaft des Steinmandli-Errichtens nach. Tief versunken in ihre Suche nach dem perfekten Stein schlenderten sie dem Ufer entlang, bückten sich hie und da, begutachteten ihren Fund, und wenn er nicht optimal war, schleuderten sie ihn ins Wasser oder liessen ihn fallen.

Ob die verschmähten Steine wohl traurig sind?, fragte sich Coray und war froh, dass er diese Frage nicht laut gestellt hatte. Kurtz würde ihn langsam für vertrottelt halten. Er schaute zu ihr hinüber, wie sie das Gesicht in die Sonne und die Füsse ins Wasser hielt. Wie ein Oleander, sinnierte Coray, die strecken ebenfalls ihre Blüten in die Sonne und die Wurzeln in die nasse Erde. Und dann fragte er sich ernsthaft, ob er nicht langsam sonderbar wurde. Was sollten all diese komischen Gedanken? Ob das mit dem Alter zusammenhing?

«Wo bist du mit deinen Gedanken?», fragte Kurtz und schaute ihn an. «Studierst du an meinem Liebesleben herum?»

«Du spinnst doch, ich habe auch noch andere Dinge im Kopf.» Was sogar stimmte.

«Was denn zum Beispiel?»

«Ich denke über den Fall nach.»

Und dann fasste er sich ein Herz und fragte sie tatsächlich, was denn zwischen ihr und dem schönen Emil laufe. Es herrschte einen Augenblick lang Stille, bevor sie antwortete. Und als sie es tat, war sie ungewohnt ernsthaft.

«Wenn ich das wüsste», seufzte sie und suchte offensichtlich nach den richtigen Worten.

Coray betrachtete sie verblüfft, er war darauf gefasst gewesen, dass sie ihm eine flapsige Antwort geben, sich ein bisschen über ihn lustig machen würde. Er blieb ganz still sitzen und schaute über das Wasser hinweg in die Berge hinauf. Er getraute sich kaum, von seinem Sandwich abzubeissen. Dann erzählte sie weiter, ihren Blick ebenfalls hinauf auf den Piz Mundaun gerichtet.

«Wie du weisst, habe ich nie viel über mein Privatleben

geredet. Ich weiss, dass das zu allerlei Spekulationen Anlass gegeben hat. Tatsache ist, dass es gar nie etwas Grossartiges zu erzählen gegeben hat. Ich bin meinen sportlichen Interessen nachgegangen, hatte ab und zu einen Flirt oder eine kurze Affäre, aber so richtig verliebt war ich noch nie.»

«Und das hat sich mit Emil geändert?»

«Ja, es fühlt sich ganz anders an.»

«Seit wann fühlt es sich denn anders an? Du kennst ihn doch schon eine ganze Weile.»

«Ich weiss, wir waren ja zusammen in der Spezialausbildung, und da war er für mich einfach ein Kollege – so wie all die anderen Teilnehmer. Ich wäre nicht im Traum auf die Idee gekommen, mir über ihn Gedanken amouröser Art zu machen.»

«Was ist passiert?»

«Du weisst ja, der Einsatz oben am Panixer-Staudamm, als wir mit dem Heli raufgeflogen wurden, um den durchgedrehten Casanova zu stoppen …»

Ihm stockte der Atem. Merda. Warum kam sie ausgerechnet jetzt auf diesen Tag zu sprechen? Warum zum Teufel holte ihn dieser Fall immer wieder ein?

«Ich erinnere mich sehr gut», sagte er trocken und berührte unbewusst die Narbe an seinem rechten Arm, die ihm von der Aktion geblieben war.

«Also schon während des Fluges hatte ich das Gefühl, dass Emil mich komisch anschaute. So intensiv. Oder fragend. Ich weiss auch nicht – komisch halt. Ich hatte dann keine Zeit mehr, darüber nachzudenken, da ging so die Post ab, dass wir alle damit beschäftigt waren, andere zu retten und selber am Leben zu bleiben.»

Kurtz schwieg eine Weile und nippte versonnen an ihrem Kaffee. Coray hütete sich, sie zum Weiterreden zu drängen. Er schaute ein paar Kindern zu, die zusammen ein Riesen-Steinmandli zu bauen versuchten. Ihr Vater schleppte die grossen Steine herbei, und die Sprösslinge mühten sich damit ab, diese aufeinanderzuschichten. Gerade hatten sie wieder einen geschafft und jubelten über ihren Erfolg.

«Nach dem Einsatz waren wir alle noch völlig überdreht und haben zusammen ein paar Bier getrunken», riss ihn Kurtz' Stimme aus seinen Betrachtungen. «Keine Ahnung, wie es dazu gekommen ist, auf jeden Fall sind wir beide nebeneinandergesessen, haben zusammen angestossen, das Adrenalin rausgebrüllt und mit den andern gefeiert. Da hat er mich wieder so komisch angeschaut. Und ich habe ganz tief in mir drinnen etwas gespürt. Ich fühlte mich so ... so flatterig. Ach, ich weiss auch nicht, du musst mich für verrückt halten.»

«Oh nein, das tue ich ganz sicher nicht. Ich weiss genau, was du meinst. Als ich Emilia kennengelernt habe, hat es sich ganz ähnlich angefühlt. Und wahrscheinlich auch bei ein paar Frauen vor Emilia, aber so genau erinnere ich mich auch nicht mehr.» Er schwieg, weil ihm auf einmal Jacqueline Winterfeld in den Sinn kam. Die Journalistin, die sein Herz ebenfalls ein bisschen ins Stolpern gebracht hatte, auch in Zusammenhang mit dem Casanova-Fall. Rasch verscheuchte er den Gedanken an sie.

«Na, auf jeden Fall sind wir an diesem Abend in meinem Bett gelandet. Und seit dieser Nacht verbringen wir eine Menge Freizeit zusammen, gehen in die Berge, trainieren zusammen und waren sogar ein paar Tage gemeinsam im Urlaub an der französischen Atlantikküste. Es war super dort.»

«Du hast zwar einmal erwähnt, dass du dort ganz tolle Ferien verbracht hast, aber von Emil hast du nichts erzählt.»

«Da war das ja auch alles noch ganz frisch. Ich wollte erst mal schauen, ob diese Geschichte überhaupt weitergeht.»

«Und wo liegt jetzt das Problem?» Das hörte sich doch alles ganz wunderbar an. Coray fühlte sich etwas ratlos.

«Ich weiss nicht, ob ich eine solch enge Beziehung will, und ich weiss auch nicht, ob es überhaupt eine enge Beziehung ist.»

«Wie jetzt?» Er schaute ihr in die Augen. «Das verstehe ich jetzt überhaupt nicht.»

«Manchmal bekomme ich Platzangst, wenn er bei mir in der Wohnung ist. Oder ich in seiner. Ich war so lange allein, dass ich so viel Nähe zu jemandem einfach nicht gewohnt bin.»

«Und was tust du in solchen Momenten?»
«Ich finde einen Grund, um rauszugehen.»
«Was sagt Emil dazu?»
«Das weiss ich eben nicht.»
«Redet ihr denn nicht darüber?»
«Nein, aus irgendeinem Grund scheint es uns nicht möglich, über uns selbst zu reden. Wir quatschen über Gott und die Welt, über das Tagesgeschehen, über unseren Dienst – aber nicht über unsere Beziehung.»
Coray war gerührt, dass Kurtz ausgerechnet ihn ins Vertrauen zog, mit ihm über Emil redete und offenbar von ihm einen Rat erwartete. Noch nie hatte sie ihm dermassen ihre verletzliche Seite offenbart. Dass sie es jetzt tat, empfand er als grossen Schritt ihrerseits, es setzte ihn jedoch auch unter Druck. Er würde ihre Erwartungen, die sie anscheinend in ihn setzte, so gerne erfüllen, fühlte sich dabei jedoch heillos überfordert, weil er selbst nicht gerade der Beziehungsprofi war.
«Oje, ich fürchte, ich werde dir keine Hilfe sein. Du weisst ja, auf diesem Gebiet bin ich alles andere als ein Meister.»
«Aber du scheinst mit Emilia eine wirklich gute Beziehung zu haben. Wie läuft das denn bei euch so?»
Er dachte darüber nach, erinnerte sich an so manchen lautstarken Krach, aber auch daran, dass es zwar seine Freundin war, die schnell explodierte und ihn manchmal auf grobe Weise attackierte, dass es aber auch sie war, die danach sofort das Gespräch suchte. Ausserdem war sie nicht nachtragend. Aber sie tickten zweifelsohne in vielen Bereichen verschieden. Er musste sich eingestehen, dass sie ihn mit ihrem impulsiven Wesen manchmal zur Verzweiflung trieb. Aber sie machte sein Leben auch lebendig.
«Könnte es sein, dass ihr euch zu ähnlich seid? Ihr teilt dieselben Interessen, dieselben Hobbys – ihr habt sogar denselben Beruf.»
Kurtz dachte lange nach. «Gar nicht so schlecht, Herr Paartherapeut», sagte sie dann spottend und hielt den Blick auf ihre Füsse im Wasser gesenkt.

Er war froh, dass sie zu ihrer Flapsigkeit zurückgefunden hatte. «Und noch ein kostenloser Rat: Redet miteinander über das, was in euch drinnen vorgeht. Ich weiss, es ist schwierig, sich dem anderen so zu öffnen, seine wahren Gefühle zu zeigen – weil es einen verletzlich macht. Aber einer von euch muss den Anfang machen und dieses Risiko, verletzt zu werden, eingehen. Und da ich weiss, was für eine Heldin du sein kannst, würde ich dir raten, diese eine zu sein. Sonst wird das nie was.»

Die letzten zwei Sätze hatte er mit gespielt dramatischer Stimme gesagt, und sie quittierte die «Heldin» mit einer Dusche kalten Wassers, die sie durch ihre heftig im Fluss strampelnden Beine auf ihn niedergehen liess.

«Okay, ich werde darüber nachdenken», sagte sie dann und begann, die leeren Tüten und den Becher einzusammeln.

An ihren leichten Bewegungen und dem Leuchten, das in ihre Augen zurückgekehrt war, konnte er erkennen, dass sie wieder auf gewohnt optimistischen Pfaden unterwegs war. Sie würde einen Weg finden, das Problem anzugehen. So wie sie alle Probleme anzugehen pflegte: auf direktem Weg.

Barfuss stiegen sie zum Wagen hinauf, er trug seine Schuhe und Socken in den Händen. Er genoss die Wärme, die von den Steinen und vom Sand ausging, und überlegte, wie gut ihnen diese Auszeit getan hatte – in jeder Beziehung. Für den Moment mit dem Leben zufrieden, schaute er hinter ihr her, wie sie immer noch barfuss zum Kübel marschierte und den Abfall entsorgte. Dann zog sie ihre Sneakers aus dem Auto, streifte sie sich über und schien bereit, den Nachmittag mit Energie anzugehen.

«Ich hoffe, unser Vogelfreund ist zu Hause», sagte sie, jagte den Motor des Wagens auf Touren und startete rasant auf die Strasse hinaus. Nachdem sie Ilanz durchquert hatten, bogen sie rechts auf die Via da Ruschein ab und nahmen den steilen Anstieg unter die Räder.

«Was wissen wir eigentlich über ihn?», fragte Kurtz.

Coray zog seine Notizen zurate. Lange konnte er bei diesem Fahrstil nicht darauf schauen, ihm wurde schnell schlecht, wenn er den visuellen Kontakt zum Horizont verlor.

«Nicht sehr viel: Er ist ein pensionierter Gymilehrer aus Basel, der seit seiner Pensionierung in Ruschein lebt. Zusammen mit seiner Frau. Keine Kinder.»

«Und weil dem alten Sack langweilig ist, geht er ein bisschen auf Touristen los und bedroht die Rafting-Anbieter.»

«Ich weiss nicht, was seine Motive sind. Aber ich glaube nicht, dass er es als Hobby betrachtet.»

Den Rest der rund zehnminütigen Fahrt hinauf nach Ruschein hingen sie ihren Gedanken nach. Unterhalb des Dorfes wies Coray seine Kollegin an, nach rechts in eine schmale, geteerte Strasse einzubiegen.

«Eine deiner berühmten Abkürzungen?», fragte sie glucksend und fuhr vorsichtig über den Weg.

Er musste selbst lachen. In diesem Fall hatte sie recht, wenn sie sich über ihn lustig machte. Obwohl er über exzellente Kenntnisse der Örtlichkeiten in der Surselva verfügte, liess er sich immer wieder dazu hinreissen, spontan in Wege abzubiegen, die sich dann als Sackgasse oder kilometerlange Umwege entpuppten.

«Keine Angst, hier kenne ich mich tatsächlich aus. So können wir uns den Weg durch das ganze Dorf sparen. Du wirst schon sehen.»

Als sie noch ein ganzes Stück vom Ort entfernt nach einem Wäldchen durch Wiesland kamen, erinnerte sich Coray an einen Abend vor vielen Jahren, als er beim Eindunkeln dieselbe Strecke gefahren war und aus dem linken Augenwinkel eine Bewegung wahrgenommen hatte. Reflexartig war er auf die Bremse getreten, und da er sowieso langsam unterwegs gewesen war, hatte der Wagen sofort gestoppt. Was dann geschehen war, würde er sein Leben lang nicht mehr vergessen: Ein Hirsch war über das steile Bord heruntergekommen, hatte ihn durch die Scheibe angesehen, war dann mit ruhigen, sicheren Tritten direkt vor ihm über die Strasse marschiert und auf der anderen

Seite den Hang abwärts verschwunden. Als er ihn erblickt hatte, war sein erster Gedanke: ein Elch! Das Tier war sicher einen Meter fünfzig hoch und dreihundert Kilogramm schwer gewesen. Und sein stattliches Geweih hatte ihn noch imposanter erscheinen lassen. Als der Hirsch in der einbrechenden Nacht verschwunden war, hatte Coray noch ein paar Minuten lang fasziniert hinter ihm hergesehen. Es war einer jener magischen Momente gewesen, die ihm in der wilden Surselva immer mal wieder widerfuhren. Er überlegte, ob er Kurtz davon erzählen sollte, entschied sich dann dagegen. Den Zauber solcher Augenblicke wollte er nicht schmälern, indem er ihn teilte. Verstehen würde das sowieso nur jemand, der es auch erlebt hatte.

Sie erreichten die ersten Häuser, und er hiess Kurtz, bei einem älteren Chalet zu halten. Es war wunderbar gelegen und die Umgebung sorgsam gepflegt, Blumen quollen in Verschwenderlaune über die Töpfe hinaus und über den Balkon hinunter. Tausende Blüten bildeten einen bunten, duftenden, sich fröhlich im Wind bewegenden Vorhang. Ein rundes Tischchen war mit Mosaiken verziert, zwei Stühle standen einladend daneben. Ein roter Sonnenschirm beschattete die Terrasse, die bestimmt eine Wahnsinnsaussicht bot.

«Das sieht mir nicht gerade nach einem Öko-Terroristen aus», bemerkte Kurtz, die sich staunend in dem Paradies umsah. Eine Holzbank stand direkt neben dem Eingang, darauf war ein aus Ton geformter, zierlicher Vogel platziert. Ein Flussläufer, nahm Coray an, dieser fast ausgestorbene Vogel, dem Bühlers ganze Leidenschaft zu gelten schien. Während sie sich auf dem kleinen Anwesen umschauten, war ein Mann auf die Terrasse getreten.

«Suchen Sie etwas?», fragte er nicht unfreundlich.

«Nicht etwas», antwortete Kurtz schlagfertig, «sondern jemanden. Wenn Sie Imanuel Bühler sind, dann sind wir hier richtig.»

«Ich habe mich schon gefragt, wie lange es dauern wird, bis die Polizei hier auftaucht.» Er wies mit einer Kopfbewegung auf den parkierten Dienstwagen.

«Wenn Sie uns bereits erwartet haben, haben Sie sicher auch nichts dagegen, sich ein bisschen mit uns zu unterhalten», sagte Coray mit in den Nacken gelegtem Kopf.

«Ach, kommen Sie hoch auf die Terrasse. So auf Distanz kann man doch keine Unterhaltung führen.»

Flink sprang Kurtz die Stufen hinauf, und Coray beeilte sich, ihr zu folgen. Als sie auf der Terrasse standen, sahen sie sich einem fitten, circa siebzigjährigen Mann mit kurzen grauen Haaren und einem wachsamen, aber auch listigen Blick aus stahlblauen Augen gegenüber, der sie ungeniert musterte.

«Setzen Sie sich», forderte er sie auf.

Sie sassen noch nicht, als eine etwas jüngere Frau mit einem blonden Pagenschnitt auf den Balkon trat und sie fragte, ob sie ihnen etwas zu trinken anbieten dürfe. Im Gegensatz zu der Wachsamkeit des Mannes strahlte sie pure Freundlichkeit aus. Sie hatte ebenfalls auffallend blaue Augen, die jedoch ohne jeden Argwohn auf sie gerichtet waren.

«Ja, sehr gerne, danke», sagte Coray mit einem Blick auf seine Kollegin. Diese schien von so viel Liebenswürdigkeit beinahe erschlagen. Verwundert blickte sie der Frau hinterher.

«Das ist meine Frau Lina», erklärte Bühler.

«Sie sagen, Sie hätten uns erwartet?», fragte Coray. «Aus welchem Grund denn?»

«Ach kommen Sie, ich kann eins und eins zusammenzählen.»

Coray schaute ihn an und wartete auf die Fortsetzung. Als Bühler gerade Luft holte, kam seine Frau mit einem beladenen Tablett zurück. Nebst einer Karaffe Tee, in der die – bestimmt aus dem eigenen Garten geernteten – Pfefferminzblätter noch drinsteckten, hatte sie selbst gebackene Nussstangen auf einem Teller aufgetürmt. Die rochen göttlich, und Coray musste sich beherrschen, nicht sofort darüber herzufallen. Das Sandwich zum Mittagessen hatte gerade mal den grössten Hunger stillen können. Aber der Gedanke an das Nachtessen bei seinen Eltern liess ihn innehalten. Kurtz hingegen griff beherzt zu und verzog nach dem ersten Bissen genüsslich den Mund.

«Schön, dass Ihnen die Stangen schmecken», sagte Lina Bühler. «Ich habe sie vor einer halben Stunde aus dem Ofen geholt.»

«Lina, ich glaube nicht, dass die Herrschaften wegen eines gemütlichen Kaffeeplauschs hier heraufgefahren sind», unterbrach sie Bühler.

«Hast du wieder etwas angestellt?», fragte sie ihn mit gerunzelter Stirn.

«Kommt das öfter vor, dass Ihr Mann ‹etwas anstellt›, wie Sie es nennen?», fragte Kurtz mit vollem Mund.

«Ach, wissen Sie, es ist ja nie etwas Schlimmes», antwortete sie mit einer wegwerfenden Handbewegung. «Es geht ihm nur um die Natur im Allgemeinen und um seine Flussläufer im Besonderen.»

«Würdest du mich bitte selber reden lassen?», fragte Bühler und stellte sein Teeglas auf den Tisch.

Alle Gesichter wandten sich ihm zu. Bühler liess sich noch einen Moment Zeit und begann dann.

«Ich spekuliere jetzt mal über den Grund, der Sie nach Ruschein hat hochfahren lassen.»

Niemand sagte etwas, sie überliessen Bühler die Bühne, und es war offensichtlich, dass er die ungeteilte Aufmerksamkeit genoss. Er lehnte sich entspannt in seinem Stuhl zurück, faltete die Hände vor der Brust und begann zu erzählen.

«Wir sind der Surselva seit vielen Jahren verbunden. Wir haben in Ruschein geheiratet, und kurz darauf konnten wir dieses Chalet erwerben, das seit dreissig Jahren unser Feriendomizil und unser Sehnsuchtsort ist.»

Oje, dachte Coray resigniert, das könnte länger dauern. Ein Hinschauen zu Kurtz zeigte ihm, dass sie die Augen verdrehte und ihm einen gespielt verzweifelten Blick zuwarf. Er ahnte, wie sehr sie sich zusammenreissen musste, um sich ihre Genervtheit nicht anmerken zu lassen. Er zwinkerte ihr unmerklich zu und richtete seine Aufmerksamkeit wieder auf Bühler.

«Diese Verbundenheit bringt es mit sich, dass ich mich seit

jeher für die Erhaltung der Natur in der Surselva einsetze. Vor Jahren, als sich hier noch nicht Krethi und Plethi mit Turnschuhen in den Bergen tummelten, fand man kaum ein Fetzelchen Abfall. Die Wanderer picknickten an einem Plätzchen, genossen die Sonne und das Panorama und räumten danach ihr Zeug wieder zusammen. Und heute: All diese Flip-Flop-Idioten mit ihren Handys, die am liebsten mit einer Bahn auf einen Berg fahren, dort ein Selfie machen, ihr Junkfood vertilgen und danach alles fallen lassen wie die Hühner den Dreck. Oder die Biker, denen es völlig egal ist, dass sie die Wildtiere in Angst und Schrecken versetzen, die auf jedem noch so abgelegenen Pfad hinunterrasen müssen, weil ihnen das offenbar den ersehnten Kick bringt, all diese verdammten egoistischen Typen sollte man dazu zwingen, in Fronarbeit die Zerstörung, die sie anrichten, wieder in Ordnung zu bringen. Aber das interessiert ja niemanden. Es zählt nur das Geld. Die Politiker und die Tourismus-Heinis verzapfen ständig, dass die Natur unser Kapital sei, das man um jeden Preis schützen müsse. Pah, so ein Bullshit! Die wollen einfach möglichst viele Leute in die Surselva karren, damit die Bahnen, Beizen und Hotels profitieren. Aber die Natur ist denen völlig gleichgültig, die interessiert sie nur insofern, als sie sie ausbeuten und dabei Kohle machen können –»

«Herr Bühler», unterbrach ihn Kurtz entschlossen, «wir sind nicht wegen der Natur der Surselva hier –»

«Schon klar», fiel Bühler ihr wiederum ins Wort. «Es tut mir leid, wenn ich mich ein bisschen in Rage geredet habe, aber es geschehen so furchtbare Verbrechen gegenüber der Natur – und keine Sau interessiert es.»

«Imanuel», sagte Lina Bühler in sanftem Ton und nahm seine Hand, «beruhige dich. Die Polizisten wollen mit dir reden. Also hör jetzt bitte einfach mal zu.»

«Ist ja gut», sagte Bühler und schüttelte die Hand unwirsch ab. Aber er beruhigte sich, setzte sich einigermassen entspannt hin und schnappte sich eine der duftenden Nussstangen vom Teller. Dann blinzelte er seiner Frau zu. Alles gut, sollte dieses

Zwinkern wohl bedeuten. Fasziniert hatte Coray das Intermezzo beobachtet. Diese beiden verstanden sich augenscheinlich so gut und waren so perfekt aufeinander eingestimmt, dass er sich unvermittelt fragte, ob er es mit Emilia auch je zu einer solchen Vertrautheit schaffen würde.

«Herr Bühler», begann er, «soviel wir erfahren haben, gilt Ihre Hauptsorge einem speziellen, in der Schweiz geschützten und fast ausgestorbenen Vogel: dem Flussläufer. Und dieser brütet an wenigen Stellen am Rhein, in der Nähe der Plätze, an denen die Schlauchboote der Rafter durch die Schlucht fahren. Auf Kiesinseln und am Ufer. Diese Stellen sind gut ausgeschildert, auch auf der Isla Sut werden die Besucher darauf aufmerksam gemacht. Und wie mir der Besitzer von ‹Rheinrider› erklärt hat, halten sie sich auf ihren Touren streng an die Vorschriften und umfahren diese Brutplätze. Warum also werfen Sie Steine auf die Schlauchboote?»

«Hat er das gesagt?», fragte Bühler und grinste etwas verächtlich vor sich hin.

«Ja, Meissen hat uns glaubwürdig versichert, dass sie den Flussläufern mit ihren Booten nicht in die Quere kommen.»

«Im Grossen und Ganzen mag das sein. Aber es gibt immer wieder Einzelne, die sich um nichts kümmern.»

«Und so erteilen Sie ihnen sozusagen prophylaktisch ab und zu eine Lektion?»

«Es geht ja nicht nur um die Flussläufer. Es werden auch andere Tiere gestört, und die Pflanzen am Ufer werden zertrampelt.»

«Aber ja wohl nicht von den Rafting-Teilnehmern.»

«Doch, auch. Wenn sie anlegen, um zu grillieren, dann latschen die doofen Touris immer wieder durch die Büsche, um überall hinzupissen.»

Coray sagte sich, dass es keinen Wert hatte, hier weiter über Touristen und Vögel zu reden. Nach einem Blick zu seiner Kollegin, die sich eben eine weitere Nussstange geangelt hatte, beschloss er, zur Sache zu kommen.

«Okay. Was glauben Sie, warum wir hier sind?»

«Auf jeden Fall nicht wegen der Flussläufer.»

«Ach, kommen Sie, Sie wissen doch sicher, was gestern passiert ist.»

Bühler verschränkte die Arme vor seiner Brust, neigte sich leicht in Richtung Coray und verengte die Augen zu Schlitzen. «Sie wollen mir aber nicht erklären, dass Sie glauben, dass ich etwas mit diesem Mord zu tun habe?»

«Es geht hier nicht darum, was wir glauben, sondern darum, dass Sie ein Motiv haben», griff Kurtz in scharfem Ton in das Gespräch ein.

«Es gibt wohl einen himmelweiten Unterschied dazwischen, die Touristen ein bisschen zum Denken anzuregen oder einen Menschen umzubringen.»

«‹Zum Denken anzuregen› nennen Sie das? Sie haben die Rafting-Firmen massiv bedroht, dafür gibt es mehrere Zeugen.»

Lina Bühler hatte sich bis anhin jedes Kommentars enthalten. Doch jetzt sah sie den Zeitpunkt gekommen, sich einzubringen. «Wenn Sie glauben, dass mein Mann einen Menschen umbringen könnte, dann liegen Sie völlig daneben. Er ist zwar laut und aufbrausend und schiesst in seiner Wut vielleicht manchmal etwas über das Ziel hinaus. Aber ein Mord – niemals!»

«Haben Sie eine Waffe?», frage Coray unvermittelt und schaute Bühler eindringlich an.

Erschrocken sahen sich die Eheleute an.

«Ja, aber die habe ich nicht hier», antwortete er.

«Was ist das für eine Waffe?»

«Es ist ein Gewehr. Ich bin im Schützenverein von Ilanz.»

«Welche Distanzen schiessen Sie?»

«Verschiedene, ich war schon in Basel in einem Sportschützenverein. Ich schiesse seit meiner Jugend. Das hat gar nichts zu sagen.»

«Wo ist Ihr Gewehr jetzt?»

«Da, wo es hingehört, im Vereinslokal sicher verwahrt in einem abschliessbaren Gewehrschrank.»

«Das geht entschieden zu weit», mischte sich Lina Bühler unvermittelt ein. Mit hochrotem Kopf war sie aufgestanden und blickte Coray und Kurtz mit funkelnden Augen an. «Und ausserdem hat mein Mann ein Alibi. Er war nämlich den ganzen Morgen hier mit mir zusammen zu Hause. Das schwöre ich, wenn es sein muss.» Ihre Stimme bebte vor Empörung, und ihre Hände zitterten leicht.

Coray griff beschwichtigend ein. «Frau Bühler, bitte beruhigen Sie sich. Das hier ist keine Vernehmung, sondern ein Gespräch. Wir müssen jedem Hinweis nachgehen, und sei es nur, um die Verdächtigen ausschliessen zu können.»

«Dann betrachten Sie mich also wirklich als Tatverdächtigen?», fragte Bühler ungläubig. «Sie sind verrückt.»

Kurtz seufzte und schaute ihn an. «Mit Ihren Aktionen haben Sie sich nun mal verdächtig gemacht. Wir klären ab, ob da etwas dran ist oder nicht. Wenn nicht, wird sich das herausstellen, und Sie sind entlastet.»

«Was ist mit meinem Alibi?», fragte Lina Bühler.

«Frau Bühler», sagte Coray sanft, «Sie sind die Ehefrau. Ihr Alibi ist daher nicht gerade das glaubwürdigste.»

«Ich würde in einer solchen Angelegenheit nie lügen, auch nicht für meinen Mann. Das müssen Sie mir glauben.»

«Es geht hier leider nicht um Glauben, sondern um Beweisen», sagte Kurtz noch mal. «Und genau darum werden wir uns jetzt kümmern. Wenn Ihr Mann unschuldig ist, werden wir das herausfinden, und der Spuk ist für Sie vorbei.»

Sie erhob sich, und auch Coray stand vom Tisch auf, nicht ohne einen letzten sehnsüchtigen Blick Richtung Nussstangen zu werfen. Sie verabschiedeten sich, und Coray konnte sich des Eindrucks nicht erwehren, dass der ältere Herr ganz heimlich seinen Spass an der Situation hatte. Wäre das auch so, wenn er den Toten tatsächlich auf dem Gewissen hätte?

FÜNF

Coray rief von unterwegs den Chef des Schützenvereins Ilanz, Mathias Caveng, an. Dieser erklärte sich bereit, sofort ins Schützenhaus zu fahren und mit ihnen zu sprechen. Nein, geschossen werde dort heute nicht, das sei nur zu bestimmten und der Bevölkerung angekündigten Zeiten möglich.

Die Fahrt ins Städtchen hinunter dauerte nur wenige Minuten. Als Coray und Kurtz aus dem Auto stiegen, war es fast unheimlich still bei dem Vereinslokal, das weit ausserhalb des Ortes lag. Wobei sie sich durch das Knallen von Schüssen nicht gestört gefühlt hätten, sie waren das von ihren regelmässigen Schiesstrainings gewohnt. Beide waren nicht gerade versessen darauf, aber sie waren gute Schützen und konnten verstehen, dass jemand aus Freude am Schiessen diesen Sport ausübte. Hoffentlich können das die Wildtiere auch, dachte Coray mit einem Blick in die umliegenden Wälder. Aber wahrscheinlich hatten sich Reh, Hirsch, Fuchs und Wolf schon lange an diese gelegentliche Knallerei gewöhnt.

Schweigend lehnten sie am Wagen und warteten auf Mathias Caveng. In zügigem Tempo holperte er ein paar Minuten später über den schmalen Weg und zog dabei eine dichte Staubfahne hinter sich her.

«So sieht das in einem Krimi aus, wenn der Täter abhaut», sinnierte Kurtz laut, «einfach in die entgegengesetzte Richtung.»

Coray sah sie skeptisch an. «Kannst du dich an eine solche Begebenheit bei einem unserer Fälle erinnern?»

«Nein, natürlich nicht. Aber es sieht trotzdem cool aus, und ich würde mich jetzt gerade zu gerne auf meine Maschine schwingen und einen Bankräuber verfolgen oder so.»

«Katja, erstens raubt man heute die Banken per Hacking aus, und zweitens hast du wohl zu viele Nussstangen vertilgt und leidest unter einem Zuckerschock.»

Während ihres Geplänkels war der schwarze Pick-up neben sie auf den Parkplatz gefahren und hüllte sie in eine Staubwolke.

«Verdammter Cowboy!», stiess Coray hustend hervor.

«Ich sag's ja: filmreif. Soll ich ihm gleich Handschellen anlegen?»

Ein kleiner, dünner Mann sprang behände aus dem Wagen und kam auf sie zu. Als Kurtz sah, dass der Kerl tatsächlich Cowboystiefel, Jeans und ein kariertes Hemd trug, musste sie sich abwenden, um ihr Schmunzeln zu verstecken.

«Mathias Caveng», sagte der Mann mit überraschend tiefer Stimme und streckte die Hand aus.

Coray stellte seine Kollegin und sich ebenfalls vor und zeigte ihm den Polizeiausweis.

«Womit kann ich dienen?», fragte Caveng jovial und präsentierte ihnen eine Reihe nicht mehr ganz perfekter Zähne.

«Wir ermitteln im Mordfall von gestern Morgen in der Ruinaulta und haben ein paar Fragen zu einem Ihrer Vereinsmitglieder. Können wir reingehen?»

«Ja natürlich, kommen Sie.» Caveng zog einen Schlüssel aus seiner Tasche und öffnete die Tür des Gebäudes. Im Innern roch es leicht muffig. Das Lokal hatte seine besten Zeiten hinter sich und machte einen etwas verlotterten Eindruck.

«Es geht um Imanuel Bühler», begann Kurtz. «Er hat uns erklärt, dass er Mitglied in Ihrem Schützenverein ist und dass seine Waffe in Ihrem Waffenschrank eingeschlossen ist.»

«Waffen», verbesserte Caveng.

«Wie bitte?»

«Bühler besitzt mehrere Waffen. Eine Pistole und zwei Gewehre.»

Coray zog die Augenbrauen in die Höhe. «Das scheint mir ein rechtes Arsenal für einen Naturschützer», meinte er trocken.

«Ach was, Imanuel ist einfach ein begeisterter Sportschütze. Der schiesst nur auf Scheiben. Der würde niemals eine Waffe gegen etwas Lebendiges benützen.»

«Ist er ein guter Schütze?», fragte Kurtz.

«Sogar ein ganz ausgezeichneter. Er holt immer wieder Preise für unseren Verein.» Das klang aufrichtig bewundernd.

«Können wir die Waffen sehen?»

«Ja klar, kommen Sie.» Caveng ging nach hinten in den Raum und winkte ihnen, ihm zu folgen. Umständlich klaubte er einen weiteren Schlüsselbund aus seiner Tasche und ging damit zu einer Ecke mit mehreren Schränken. Zielgerichtet marschierte er zu einem von ihnen und öffnete ihn. Dann zeigte er auf zwei Gewehre, eines war mit einem Zielfernrohr ausgerüstet.

«Die Pistole ist in einem anderen Schrank. Wollen Sie die auch sehen?»

«Nein», sagte Coray, «uns interessieren nur die Gewehre.»

Mit geübtem Griff holte Kurtz das mit dem Zielfernrohr aus dem Schrank und roch daran. «Es scheint nicht so, als wäre daraus vor Kurzem geschossen worden.»

«Natürlich nicht, Imanuel hat gar keinen Schlüssel, den haben nur wenige ausgesuchte Personen.»

«Wir müssen die beiden Gewehre trotzdem mitnehmen», sagte Coray. «Wir werden sie der Kriminaltechnik übergeben, die werden sie untersuchen, und danach bekommen Sie sie wieder zurück.»

«Ich habe dagegen nichts einzuwenden», brummte Caveng achselzuckend und nahm die zweite Waffe aus dem Schrank. «Aber eines kann ich Ihnen garantieren: Imanuel würde nie im Leben auf einen Menschen schiessen. Der ist ja nicht mal Jäger. Das ist ein richtiger Pazifist.»

Coray bezweifelte zwar, dass Mathias Caveng wusste, was genau unter einem Pazifisten zu verstehen war, aber er nickte.

«Das war bestimmt so ein durchgeknallter Unterländer», sagte Caveng. «Von uns hier in der Surselva käme sicher niemand auf die Idee, in der Ruinaulta rumzuballern. Sie verschwenden hier definitiv Ihre Zeit.»

Coray merkte, wie ihm allmählich die Geduld ausging. Er wollte nur noch weg aus dem muffigen, düsteren Raum und von diesem Geschwätz.

«Okay, das war's auch schon, danke für Ihre Zeit», sagte er abschliessend, griff sich das zweite Gewehr und marschierte hinaus zum Auto.

«War nicht so ganz dein Typ, oder?», fragte Kurtz und verstaute die Gewehre auf dem Rücksitz.

Corays Handy läutete.

«Die Chefin», kommentierte er und ging ran.

«Guten Abend, Frau Major, Sie sind auf Lautsprecher, Kurtz hört mit.»

«Haben Ihre heutigen Ermittlungen zu einem Ergebnis geführt?»

Die beiden Ermittler sahen sich an.

«Nicht wirklich», antwortete Coray und fasste den Tag zusammen.

«Ich habe hier eine Meute Journalisten, die nach einer Pressekonferenz schreit», fuhr sie ungerührt fort. «Es wäre also schön, wenn Sie den Herrschaften von der schreibenden Gilde etwas zu erzählen hätten.»

Coray blickte auf seine Uhr.

«Brunner soll das machen», sagte er dann. «Der hat das drauf. Er soll ihnen sagen, dass wir verschiedene Spuren verfolgen. Was ja auch stimmt.»

Es herrschte Schweigen.

«Coray, was haben Sie so Dringendes vor, dass Sie nicht persönlich vor die Presse treten wollen?»

Coray seufzte vernehmlich. «Ich bin bei meinen Eltern eingeladen.»

«Oh, ich verstehe.»

Er glaubte, ein leises Kichern zu vernehmen. Auch Cathomas war zu Ohren gekommen, dass es eine ganz schlechte Idee war, bei Familie Coray zu spät zum Essen zu erscheinen. Das wagte niemand – nicht einmal deren Sohn. Madleina Coray verstand in dieser Hinsicht keinerlei Spass. Wenn ihr eines ihrer legendären Gerichte misslang, weil die Leute zu spät kamen, wurde sie zur Furie.

«Gut, dann muss halt Brunner ran», erklärte Cathomas

resolut. «Dafür haben wir unseren Medienchef schliesslich. Ihm wird bestimmt was einfallen.»

Als sie aufgelegt hatte, lachte Kurtz laut hinaus und sagte: «Dabei ist deine Mutter eine total coole Frau. Wie kannst du nur zulassen, dass man sie für einen Drachen hält?»

«Ich gebe dir recht, dass sie eine coole Nummer ist. Aber du weisst genau, dass sie ausflippt, wenn es um ihre Kocherei geht.»

«Hauptsache, wir müssen nicht an der Pressekonferenz teilnehmen. Ich habe auch genug für heute.»

«Dabei hast du dein Hauptprogramm noch vor dir», sagte er unverfänglich und linste zu ihr hinüber.

Sie warf ihm einen Seitenblick zu, kommentierte seine Bemerkung jedoch nicht. Konzentriert fuhr sie Richtung Laax hinauf, und Coray fragte sich ein wenig beklommen, ob er sie verärgert hatte.

«Weisst du was?», fragte sie in die Stille hinein. «Ich freue mich auf heute Abend. Und wer weiss, vielleicht bringe ich sogar den Mut auf und rede mit Emil.»

Erleichtert sah Coray sie an. «Tu das, es wird euch beide weiterbringen. Und wenn du es tatsächlich schaffst, küre ich dich zur Heldin der nächsten zwei Wochen.»

«Wie kommst du gerade auf zwei Wochen?»

«Mehr ist nicht drin für ein bisschen Blabla mit dem Freund.»

Ohne den Blick von der Strasse zu nehmen, ballte sie die rechte Hand zur Faust und verpasste ihm einen Hieb in seine linke Seite. In gespieltem Schmerz klappte er zusammen und drohte ihr, wenn sie nicht aufhöre, ihn zu prügeln, werde er die Polizei rufen – worauf sie beide in spontanes Gelächter ausbrachen.

Wie immer, wenn Coray an der Stelle vorbeikam, von wo aus man einen Wimpernschlag lang das Türkisblau des Crestasees erblicken konnte, schaute er aus dem Fenster. Und ja, heute erhaschte er einen Blick auf den kleinen See, der wie ein Smaragd in der Bergwelt eingebettet lag. Doch dort, wo er noch vor ein paar Jahren regelmässig mit Juri zum Schwimmen gegangen war, tummelten sich jetzt die Selfie-Jägerinnen. Ein paar Posts im Internet hatten genügt, den See und die Umgebung zu einem Vergnügungspark zu machen. Das wäre ein lohnendes Objekt für unseren Naturfreund Bühler, dachte er und stellte sich vor, wie dieser mit einer Steinschleuder bewaffnet aus dem Wald stürmte und das kreischende Partyvolk beschoss. Der Gedanke erheiterte ihn zwar, doch das änderte nichts daran, dass er die Entwicklung um den Cresta- und auch den etwas höher gelegenen Caumasee mit Sorge verfolgte.

SECHS

Es war nach halb sieben, als Kurtz schwungvoll auf den Platz vor dem Polizeigebäude einbog. Ein Blick über den Parkplatz hinweg zeigte Coray, dass die ersten Medienvertreter bereits im Anzug waren.

«Wenn es für dich okay ist, komme ich nicht mehr rein», sagte er.

«Kein Problem, hau ab, viel Spass. Wir sehen uns morgen früh im Büro.»

Coray stieg aus und ging möglichst unauffällig zu seinem Auto. Er wollte vermeiden, dass ihn jemand von der Presse erkannte und aufhielt. Als er an sich runterschaute, bemerkte er, dass er nicht gerade präsentabel daherkam: Seine Schuhe sahen aus, als hätte er einen Marsch durch die Sahara hinter sich, er fühlte sich verschwitzt und hatte in der Nase immer noch diesen muffigen Geruch aus dem Schützenhaus. Egal, er hatte keine Zeit mehr für eine Dusche, seine Eltern und Emilia würden es verstehen. Er klopfte seine Kleidung aus und fuhr mit einem zerknautschten Papiertaschentuch, das er mit etwas Spucke befeuchtete, über seine hellbraunen Lederschuhe. Geht doch, dachte er und begutachtete zufrieden das Ergebnis. Noch mit den Händen durch den dichten dunklen Haarschopf gewuschelt, und er war bereit für den Abend.

Als er Emilia anrief, sagte sie ihm, sie steige eben mit Juri aus dem Auto und gehe hoch zu seinen Eltern, da der Hund es nicht erwarten könne. Coray konnte es sich lebhaft vorstellen. Schon bevor sie jeweils in der Nähe des Mehrfamilienhauses, das mitten in der Altstadt von Chur lag, parkierten, erhob sich der Vierbeiner in seiner Box und hielt prüfend die Nase in die Luft. Sein Herrchen war jedes Mal gerührt, wenn es den riesigen schwarzen Kopf mit diesem Ausdruck von Vorfreude in seinem Rückspiegel auftauchen sah. Sobald Juri klar war, wo sie sich befanden, gab es kein Halten mehr. Er hatte nur noch ein Ziel: hinauf in diese Wohnung, wo es so verführerisch roch und wo immer ein Happen zur Begrüssung auf ihn wartete.

Fünf vor sieben zeigte seine Uhr, als er sich – zwei Stufen auf einmal nehmend – die Treppe hinaufstürzte. Er hatte zwar einen Schlüssel zur Wohnung seiner Eltern, aber den hatte er nie dabei. Er betrachtete ihn eher als Notfallschlüssel, falls mit seinen Eltern mal etwas nicht stimmen sollte. Als er die Hand zur Klingel hob, öffnete sich die Tür wie von Zauberhand, und seine Mutter strahlte ihn an. Irgendwie schien sie immer zu spüren, wann er da war, und stand zum Empfang bereit. Gross, schlank, mit dunklen, dichten Locken und einem breiten Lachen, das ihr Gesicht in unzählige Fältchen warf, stand sie ihm gegenüber. Wie meist trug sie eine Bluse, Jeans und keine Schuhe. Für sie war das Barfusslaufen die einzige Art, ihren Füssen Freiheit zu verschaffen. Freiheit gönnte sie jedoch nicht nur ihren Füssen, sie forderte sie für alle und von allen. Dafür war sie immer wieder auf die Strasse gegangen. Mit Transparenten, Megafon und Gleichgesinnten. Egal, ob es um Kinderarbeit, Menschenrechte oder eingesperrte Journalisten ging, Madleina Coray war immer an vorderster Front anzutreffen. Sie kämpfte stets mit vollem Einsatz, war laut und legte im Notfall das Gesetz auch einmal nach ihren Regeln aus. Als Jugendlichem war es Coray peinlich gewesen, eine Mutter zu haben, die immer wieder auf Demos aufgefallen war. Als er die Polizeiausbildung absolvierte, waren sie ein paarmal aneinandergeraten, weil ihn ihr Verhalten genervt hatte. Aber seine Argumente, ja die ganzen Diskussionen waren sinnlos gewesen, sie hatte es sich entschieden verbeten, dass er ihr in ihr Leben dreinredete. Er hatte gehofft, dass sie mit zunehmendem Alter ruhiger würde, doch diese Hoffnung hatte er längst aufgegeben. Nicht einmal im Ruhestand tat sie, was andere in diesem Lebensabschnitt zu tun pflegten. Sie sei zu jung zum Rosenpflanzen, abgesehen davon, dass sie gar keinen Garten hätten. Auch Kreuzfahrten und Bridgespielen kämen für sie nicht in Frage. Unterdessen fragte sie niemand mehr nach Hobbys. Sie machte einfach mit ihrem Leben weiter.

«Ach, Matti, wie schön, dich zu sehen. Wie es scheint, ist dein Leben gerade mal wieder sehr aufregend.»

Sie liess ihm nur kurz Zeit, sie zu umarmen, ungeduldig wedelte sie mit ein paar Zeitungen, zog die breitrandige schwarze Brille aus ihren Locken und setzte sie sich auf die Nase.

«Hier, schau mal, was meine Kolleginnen und Kollegen sich so alles haben einfallen lassen: Rafting-Guide stirbt durch eine Kugel. Tödliches Drama im Schlauchboot. War der Todesschütze ein Jäger? Und so weiter und so fort. Ha, du musst uns alles erzählen, das tönt ja hochdramatisch.»

«Lass den Jungen doch erst mal reinkommen», liess sich die Stimme seines Vaters vernehmen. Er war in den Flur getreten und umarmte ihn herzlich. «Hallo, Matti, willkommen zu Hause.»

Ja, für Coray fühlte es sich tatsächlich immer ein bisschen so an, als käme er nach Hause. Alles war ihm so vertraut: die Gerüche, die Bücher, die Zeitungen und Magazine, die überall herumlagen. Der Esstisch aus Eichenholz, der Lese- beziehungsweise Fernsehsessel seines Vaters, die Pflanzen, die nur dank ihm überlebten, das alte, zerkratzte Parkett, die Bilder und der riesige Teppich in warmen Farben im Flur. Er folgte Eric ins Wohnzimmer.

Und dann blieb sein Herz stehen.

In einem der Sessel vor dem Cheminée sass Jacqueline Winterfeld mit einem Glas Weisswein in der Hand.

Fassungslos stand er da und starrte die Journalistin an. Die Frau, die ihm bei der Aufklärung des letzten Falles einen heissen Tipp gegeben hatte. Die Frau, deren Lächeln ihm Schmetterlinge im Bauch verursacht hatte. Die Frau, die ungebeten immer mal wieder durch seine Gedanken geisterte. Die Frau, die er nicht wirklich vergessen konnte.

Neben ihr sass Emilia, die ihn etwas irritiert anschaute. Wahrscheinlich fragte sie sich, was ihn zur Salzsäule hatte erstarren lassen. Er hatte während des letzten Falles Winterfelds Namen durchaus erwähnt. Aber eher so nebenher, er hatte ihr ja schlecht erzählen können, dass es da eine Frau gab, die ihn auf ganz spezielle Weise berührte.

Bevor es wirklich peinlich werden konnte, war Juri von seinem Platz an Emilias Seite aufgesprungen und schlitterte nun auf ihn zu. Coray hatte alle Hände voll zu tun, ihn zu beruhigen, bevor dieser die ganze Wohnung umpflügte. Das verschaffte ihm die Zeit, die entgleisten Gesichtszüge wieder einigermassen unter Kontrolle zu bringen. Doch seine Gedanken rasten: Wie zum Teufel kam Jacqueline Winterfeld in das Wohnzimmer seiner Eltern? Bevor er dieser Frage weiter nachgehen konnte, beantwortete sie ihm seine Mutter.

«Ich habe mir gedacht, es wäre eine schöne Überraschung, Jacqueline einzuladen. Ihr hattet ja bei deinem letzten Fall miteinander zu tun.»

Natürlich, Coray fiel es wie Schuppen von den Augen: Seine Mutter war Journalistin, Frau Winterfeld war Journalistin – da war es naheliegend, dass die beiden sich kannten. Aber dass sie aus heiterem Himmel hier auftauchte, setzte ihn gewaltig unter Strom. Besonders als er den befremdeten Blick seiner Liebsten auffing. Er wusste, dass sie über ein sehr feines Sensorium verfügte, er hatte ihr noch nie etwas vormachen können. Reiss dich um Himmels willen am Riemen, trat er sich selbst in den Allerwertesten und schaffte es mit Mühe, wieder normal aus der Wäsche zu schauen.

«Hallo, Frau Winterfeld», sagte er und streckte ihr seine Hand entgegen. «Es ist schön, dass wir –»

«Papperlapapp, ‹Frau Winterfeld›», fiel ihm Madleina ungehalten ins Wort. «In meiner Wohnung wird niemand mit ‹Sie› angesprochen. Das solltest du langsam wissen, herrje!»

Damit drückte sie ihm ein Glas Weisswein in die Hand und stiess gleich selbst noch mal mit allen an.

«Gut, dann prost, Jacqueline», sagte er und liess sein Glas gegen das ihre klingen. Er hatte in seiner Aufregung zu viel Schwung in die Bewegung gelegt, die Gläser schlugen hart aufeinander, und einen bangen Augenblick lang befürchtete er, dass die Gläser in die Brüche gehen könnten.

«Hoppla», sagte Jacqueline und bemühte sich, dem Spritzer Wein, der oben aus ihrem Glas schwappte, zu entgehen. Im Gegensatz zu ihm war sie die ganze Zeit gelassen geblieben und hatte ihn aus ihren unergründlichen Augen lächelnd angesehen.

Sie hat ja auch gewusst, dass sie mich hier antreffen würde, dachte er und war einen Moment lang ärgerlich auf seine Mutter. Wieso hatte sie ihm das nicht angekündigt?

Doch er liess sich nun nichts mehr anmerken, sondern stimmte fröhlich in die allgemeine Anstosserei ein.

«Was machen Sie, äh ... Was machst du in der Surselva?», fragte er dann nach und stellte sich gleichzeitig die Frage, wo denn der Rest ihrer Familie stecken mochte. Oder war sie alleine gekommen? Hiess das vielleicht ...?

«Ferien in Laax», unterbrach Jacqueline seine rasenden Gedankengänge. «Meine Söhne und ihr Vater wollten zusammen Pizza essen gehen, und da Madleina mich schon mehrmals eingeladen hat, habe ich nun die Gelegenheit ergriffen und bin der Einladung gefolgt. Und ich freue mich sehr, euch alle hier zu treffen.»

«Äh, ja, ich freue mich auch sehr», schaffte Coray zu sagen.

Aufmerksam war Emilia dem Intermezzo gefolgt, und Coray spürte förmlich ihre fragenden Blicke. Auch seine Eltern schienen ihn komisch anzuschauen, aber vielleicht bildete er sich das auch nur ein. Wieder entstand eine etwas unangenehme Pause, die energisch von Madleina beendet wurde. «Ich muss mich um meine Kochtöpfe kümmern. Eric, schenkst du unseren Gästen nochmals ein?»

Dankbar für den Wink griff Eric zur Flasche und machte die Runde. Mühelos brachte er das Gespräch wieder in Gang, und bald waren sie in eine lebhafte Diskussion über die Weine aus der Bündner Herrschaft vertieft. Einmal mehr fand Coray seinen Vater einfach wunderbar. Den ehemaligen Lehrer, der noch immer einen Grossteil des Tages damit verbrachte, Zeitungen zu lesen, sich Gedanken über das Gelesene zu machen und diese mit seiner Frau zu teilen. Coray traf seine Eltern oft bei heissen Diskussionen an, beide waren leidenschaftliche Debattierer und liebten es, ihre Argumente gegeneinander vorzubringen. Denn gleicher Meinung waren sie selten. Während Madleina sich – ohne vorher gross darüber nachzudenken – mit Vergnügen in jedes Getümmel warf, war Eric ein sanfter Mensch. Einer, der immer zuerst abwog, der sich die Fakten genau anschaute und sich erst dann eine Meinung bildete. Coray hatte die Besonnenheit seines Vaters immer geschätzt und sich oft gefragt, wie diese beiden Menschen so innig verbunden sein konnten, trotz ihrer Gegensätzlichkeit. Aber vielleicht war es ja gerade das, was sie füreinander so interessant machte.

Er hatte sich ebenfalls in eine impulsive Frau verliebt. Emilia handelte oft bereits, während er noch über etwas nachdenken musste. Und auch Katja war eine selbstsichere, toughe junge Frau. Einmal mehr überlegte er sich, ob das wirklich Zufall sein konnte, dass alle Frauen in seinem gegenwärtigen Leben gleichermassen souverän durchs Leben schritten. Er mochte den Gedanken jedoch nicht vertiefen, sondern widmete seine Aufmerksamkeit Emilia, die vom Besuch eines Weingutes in Maienfeld berichtete und davon, dass er sie bei ihrem ersten gemeinsamen Besuch eines Weinkellers schlicht betrunken gemacht habe.

«Ha, da muss ich Einspruch einlegen», sagte Coray. «Du warst so begeistert von dem Torkel – so nennt man die Keller in der Bündner Herrschaft», fügte er mit Blick auf Jacqueline hinzu, «und vom Wein und vom jungen Winzer, dass ich nur noch zusehen konnte, wie du dem Alkohol erlegen bist.»

«Du selber hast ja gar nichts getrunken an jenem Tag», sagte Emilia kichernd zu ihm und erzählte, wie sie sich im Torkel so amüsiert hatten, dass sie beide auf die Dienste des öffentlichen Verkehrs hatten zurückgreifen müssen, um sicher nach Hause zu kommen. Coray war es bei der Erzählung ganz warm ums Herz geworden, sie hatten zusammen einen wirklich tollen Tag erlebt. Liebevoll betrachte er Emilia; ihre vom Erzählen und Lachen geröteten Wangen, ihre ausdrucksvolle Gestik und ihre wilde Mähne. Und doch schweifte sein Blick hinüber zu

Jacqueline, die mit einem Lächeln interessiert den Erzählungen zuhörte, ohne selbst viel zu sagen.

Was mag in ihrem Kopf vorgehen?, überlegte er, verbot sich den Gedanken jedoch sofort. Was interessierte es ihn überhaupt, was diese Frau dachte?, fragte er sich ärgerlich. Was genau an ihr liess sein Herz immer noch stocken? Schlag dir diese Winterfeld endlich aus deinem Kopf, gebot er sich beinahe ein bisschen verzweifelt und beschloss, seiner Mutter in der Küche Beistand zu leisten.

Als er den Raum betrat, flitzte sie auf ihren Füssen mit den rot bemalten Nägeln zum Schrank und zählte flink fünf Teller hervor.

«Du kommst gerade richtig», sagte sie. «Du kannst die Suppe servieren. Ich habe mir gedacht, dass ich heute ein wunderbares Bündner Menü auftische. Sozusagen zu Ehren unseres Gastes aus Zürich.»

Sie warf ihm dabei einen prüfenden Blick zu, den er durchaus wahrnahm, er hütete sich jedoch davor, ihn zu kommentieren. Er nahm zwei der Teller und trat an den Herd, damit sie die Suppe schöpfen konnte.

«Sag mal», sagte sie, «habe ich da was verpasst? Du hast Jacqueline doch damals nur so im Vorbeigehen erwähnt …»

«Und?»

«Nun ja, ich habe so das Gefühl, als wäre da etwas zwischen euch …»

«Mama, jetzt geht wirklich die Phantasie mit dir durch. Hör auf mit dem Quatsch. Da war nichts, da ist nichts, und da wird nichts!»

«Okay, ist ja gut, brauchst dich doch nicht so aufzuregen.»

Damit richtete sie sorgfältig die Suppe in die Teller an und gab ihm einen Wink, diese ins Wohnzimmer zu tragen. Dort hatten unterdessen alle am Esstisch Platz genommen und plauderten angeregt über familienfreundliche Wanderungen in der Surselva.

«Achtung, heiss», warnte Coray und stellte die ersten beiden Teller vorsichtig vor Emilia und Jacqueline.

«Oh, das riecht einfach wunderbar», schwärmte Jacqueline schnuppernd. «Was ist dadrin? Oder ist das ein Geheimnis?»

«Überhaupt nicht», antwortete Madleina, die eben mit den nächsten zwei Tellern an den Tisch trat. «Das ist eine Rieslingsuppe mit Bündnerfleisch. Keine geheimen Zutaten, einfach gute regionale Küche.»

Eric schaute sie bei diesen Ausführungen lächelnd an. Dann zwinkerte er Coray zu. Er musste innerlich schmunzeln. Er und sein Vater wussten es besser. Zwar machte Madleina kein Geheimnis aus den Zutaten, verschwieg jedoch, dass sie bei fast jedem Gericht eine Prise eines ihrer speziellen Gewürze oder besondere Kräuter untermischte. Manchmal war das eine Messerspitze Kurkuma oder Zimt, manchmal ein Hauch Kreuzkümmel oder Pfefferminze. Je nach Speise und je nach Laune der Köchin.

«Legt los, ich wünsche einen guten Appetit!»

Unterdessen hatte Eric den letzten Teller aus der Küche geholt, und wie auf Kommando tauchten alle ihre Löffel in die Suppe. Für eine Weile verfielen sie in einträchtiges, geniesserisches Schweigen. Ausser dem leisen Klirren der Löffel am Porzellan war nichts zu hören. Es war ein gutes Schweigen, mit dem sich alle am Tisch wohlfühlten.

«Wie war dein Tag mit Juri in den Bergen?», fragte Coray schliesslich und schaute Emilia interessiert an.

Diese erzählte begeistert von der Wanderung ins Val Frisal, von dem steilen Aufstieg, dem etwas aufdringlichen alten Mann in einer Alphütte, der ihr jedes Mal Kaffee aufnötigen wollte, und vom grandiosen Ausblick vom Berg.

«Keine Schlange gesehen?», fragte er sie, und Emilia prustete los und berichtete von jenem ersten Mal, als sie zusammen mit Juri ins Frisal gestiegen waren. Damals war ebenfalls Jagdsaison gewesen, und ein alter Jäger mit Flinte, wildem Blick und einem Umhang in Tarnfarben hatte sie angesprochen und ihnen gesagt, dass sie achtgeben sollten, im Frisal gebe es besonders viele Schlangen. Und zwar giftige. Sie sollten sehr gut auf ihren Hund aufpassen. Mit vielsagendem Blick hatte der alte Mann sein Gewehr geschultert und war weitergegangen, ohne sich umzublicken. Emilia hatte Juri sofort an die kurze Leine genommen und besorgt die Umgebung mit ihren Augen abgesucht, als erwartete sie, jeden Moment auf eine Kreuzotter zu stossen.

Coray hatte nur geschmunzelt und ihr zugeblinzelt.

«Was grinst du denn?», hatte Emilia ihn gefragt. «Halte lieber Ausschau nach den Biestern, du weisst, dass Juri schon einmal gebissen wurde.»

«Keine Angst», hatte er sie beruhigt, «der Alte übertreibt schamlos. Ihm geht es nur darum, dass die Hunde an der Leine sind, damit sie ihm nicht das Wild vertreiben. Das ist seine Masche, damit jagt er den Hündelern Angst ein. Es gibt im Frisal nicht mehr Schlangen als anderswo in der Surselva.»

«Dieser alte Gauner», hatte Emilia dem Jäger fast ein bisschen anerkennend hinterhergemurmelt.

«Bevor ihr noch mehr Berggeschichten erzählt», unterbrach Madleina, «möchte ich Matti auffordern, endlich von seinem neuesten Fall zu erzählen. Die Gerüchteküche brodelt gewaltig. Niemand scheint zu wissen, was da in der Ruinaulta wirklich passiert ist.»

«Weisst du was, liebste Mama? Ich weiss es auch nicht.»

«Ach komm, tu nicht so beamtenmässig. Erzähl doch, was ihr herausgefunden habt.»

Coray klaubte mit dem Löffel das letzte Fitzelchen Bündnerfleisch aus dem Teller und blickte dann widerstrebend auf. Er redete nicht gerne über einen aktuellen Fall. Er durfte sowieso nichts erzählen, aber seine Mutter wischte diesbezügliche Hinweise unter den Tisch und versuchte es immer wieder. Sie war unverbesserlich. Coray seufzte tief auf.

«Ein Guide ist während einer Rafting-Tour auf dem Vorderrhein erschossen worden», sagte er. «Wir wissen noch nicht, wer ihn umgebracht hat. Und wir sind auch noch auf kein Motiv gestossen.»

«Welcher Anbieter war es noch mal?», fragte Eric nach.

«Rheinrider.»

«Es ist schrecklich, dass denen schon wieder etwas so Furchtbares passieren muss», sagte Madleina.

Coray hielt abrupt in seiner Bewegung inne und schaute sie forschend an. «Was meinst du mit ‹schon wieder›?»

«Na, da war doch diese Tragödie im Sommer vor zwei Jahren.»

«Was denn für eine Tragödie? Nun erzähl!»

«Auf einer Tour ist eines der Boote gekentert, alle Insassen sind ins Wasser gestürzt, ein Junge und sein Vater sind dabei ums Leben gekommen.»

«Und der Anbieter war ‹Rheinrider›?»

«Genau.»

«Wieso weiss ich nichts von dieser Geschichte?», fragte Coray erstaunt.

«Du warst damals in Kanada», sagte Eric. «Und wie es so ist mit den Katastrophen: Nach ein paar Tagen werden sie verdrängt von neuen Tragödien.»

«Ich erinnere mich an dieses Drama», warf Jacqueline ein. «Wenn ich mich recht entsinne, war die Mutter in einem der anderen Boote und musste alles mitansehen, es muss für sie ein Alptraum gewesen sein.»

«Ich arbeitete damals noch auf der Redaktion», sagte Madleina, «aber ich habe nicht selber darüber geschrieben. Es war eine junge Kollegin, und ich weiss noch, dass sie halb traumatisiert war von der Geschichte.»

«Gab es eine Anklage?», fragte Coray.

«Ja, es hiess damals, dass ‹Rheinrider› fahrlässig gehandelt habe, dass der Wasserstand des Rheins zu hoch gewesen sei, weil kurz vorher viel Regen gefallen war, und dass sie die Tour deshalb nicht hätten durchführen dürfen.»

«Was ist aus der Klage geworden?», fragte Coray angespannt.

«Sie wurde abgewiesen. Die Witwe hat die Sache weitergezogen bis vors Bundesgericht. Erst vor wenigen Wochen kam das Urteil: Der Anbieter und der Guide des Bootes, das gekentert ist, wurden freigesprochen.»

«Wie hiess der Guide?», fragte Coray atemlos.

«An seinen Namen kann ich mich nicht erinnern, aber ich glaube, es war ein Amerikaner.»

«Nein», widersprach Eric, «es war ein junger Kanadier.»

Coray holte hörbar Luft. «Das gibt's doch nicht», sagte er aufgeregt.

«Was ist los?», fragte Jacqueline verwirrt und schaute Coray an.

«Der Guide, der erschossen wurde, war Kanadier.»

SIEBEN

Für einen Moment herrschte absolute Stille, alle schauten sich perplex an.

«Entschuldigt mich einen Moment», sagte Coray, angelte sein Handy aus der Hosentasche und verliess den Raum. Er ging in sein früheres Zimmer, das nun als Büro für seinen Vater diente, und wählte aufgeregt die Nummer von Kurtz. Doch sie ging nicht ran.

«Merda!», fluchte er vor sich hin und erinnerte sich, dass sie mit Emil Tscharner jetzt wohl diese asiatische Kampfsportart trainierte. Er versuchte es noch einmal. Wieder erfolglos. Nachdem er einen Moment lang nachgedacht hatte, wählte er nochmals dieselbe Nummer. Er wartete, bis die Mailbox anging, und hinterliess eine Nachricht. «He, Kurtz, ruf mich sofort zurück, sobald du das hörst. Es gibt eine unglaubliche Wende in unserem Fall.»

Dann ging er zurück ins Wohnzimmer, wo seine Mutter soeben den Hauptgang – Trinser Birnenravioli – auftrug. Alle blickten gespannt auf, als Coray den Raum betrat.

«Meinst du, die Geschichte hat etwas mit dem Mord zu tun?», fragte Madleina.

«Ich weiss es nicht, aber ich glaube nicht an so viele Zufälle», antwortete er.

Einen Augenblick lang war die Stimmung am Tisch angespannt. Alle schauten zu Coray, doch der sass grübelnd an seinem Platz und schien nicht gewillt, Small Talk zu betreiben. In seinem Kopf überschlugen sich die Gedanken. Am liebsten wäre er auf der Stelle aus der Wohnung gestürmt und hätte sich mit Kurtz getroffen, um sich zu beraten. Er spürte, dass der Fall Tempo aufnahm und sich in eine völlig neue Richtung bewegte. Im Laufe der vergangenen zwei Tage waren ihnen langsam die Verdächtigen ausgegangen, und alle Spuren hatten in eine Sackgasse geführt. Coray vibrierte richtiggehend, er fühlte sich wie ein Jagdhund an der Leine, der mit aller Macht losstürmen wollte. Sogar die faszinierende Jacqueline Winterfeld war durch die neueste Entwicklung an den Rand seines Radars gedrängt worden. Was diese jedoch keineswegs zu stören schien. Seine Tischnachbarn kannten ihn gut genug, um zu wissen, dass mit ihm an diesem Abend als geistreichem Unterhalter nicht mehr zu rechnen war. Der Cumissari hatte übernommen, und der war tief in seine Ermittlungen versunken. Während er sich in Gedanken Notizen machte, verfolgte er die Unterhaltung am Tisch nur noch mit einem Ohr.

Die selbst gemachten Ravioli und vor allem der Merlot mit seinem komplexen Bouquet, der zwölf Monate im Eichenfass – im Barrique – gereift war, taten schnell ihre Wirkung. Während Coray grübelte, genossen die anderen Gäste die Tafel und die Gesellschaft. Bald ging es hoch her, und Jacqueline wollte unbedingt wissen, was denn in diesen himmlischen Teigtaschen stecke. Madleina zierte sich noch eine ganze Weile, bis sie nachgab. «Hör gut zu, meine Liebe, ich werde dir das Rezept auf keinen Fall aufschreiben. Wenn du es nachkochen willst, muss es aus deinem Kopf, aus deinem Herzen und aus deinem Bauch geschehen. Einen Ravioliteig wirst du ohne fremde Hilfe zustande bringen, wenn ich dich richtig einschätze.»

Jacqueline nickte, bestand jedoch auf der Aufzählung der Zutaten für die unvergleichliche Füllung.

«Ja, was hat es denn dadrin, lass mich nachdenken.»

Madleina legte eine Pause ein und runzelte theatralisch ihre Stirn.

«Ach komm, mach schon, sonst sperr ich dich in deine Küche, bis du bereit bist zu reden.» Jacqueline lachte, und die anderen am Tisch sekundierten: «Rede, rede, rede …»

Madleina genoss die Aufmerksamkeit sichtlich, erbarmte sich und gab das Geheimnis preis. «Also, die Füllung besteht aus gedörrten Birnen, Birnentrester, Butter, Brotbrösmeli und diversen Gewürzen.»

«Was für Gewürze?», wollte Jacqueline prompt wissen.

«Ach, so ganz nach Belieben», wiegelte Madleina ab. «Ein bisschen Zucker, ein bisschen Zimt …»

«Du verschweigst mir etwas.»

«Vielleicht möchtest du die Birnen eine Nacht lang in Rotwein einlegen, das gibt dem Ganzen das gewisse Extra.»

Jacqueline schaute sie von unten herauf an.

Madleina hob abwehrend die Hände. «Das war wirklich alles. Ich schwöre es.»

«Na gut, dann will ich mich mal zufriedengeben. Aber wehe, es schmeckt bei mir anders, dann werde ich dich heimsuchen, und du wirst es bereuen», drohte Jacqueline Madleina mit erhobener Gabel.

«Huch, dann flüchte ich in die Küche und hole das Dessert.»

Madleina rauschte ab, Juri eifrig hinterher.

«Der Vierbeiner wittert das grosse Geschäft.» Eric lachte und schenkte allen noch mal die Gläser voll.

Coray winkte ab; wenn er motorisiert unterwegs war, trank er nie mehr als ein Glas.

«Matti, ich fürchte, ich muss mit dir fahren. Ich glaube nicht, dass ich am Ende des Abends noch in der Lage sein werde, nach Hause zu steuern. Ist das okay?», fragte Emilia.

Coray war der Unterhaltung nur noch halbwegs gefolgt und antwortete: «Ja klar, aber nur, wenn du als Gegenleistung morgen Juri nochmals nimmst. Ich werde kaum Zeit für ihn haben.»

Emilia überlegte einen Moment lang. «Okay, Deal. Du nimmst uns beide morgen früh wieder mit nach Chur, und ich fahre dann mit Juri in meinem Auto nach Ilanz zurück, gehe mit ihm spazieren und nehme ihn mit in die Praxis zur Arbeit. Dafür drehst du am Abend eine Runde mit ihm.»

Coray schlug in die dargebotene Hand ein. «Deal.»

Aller Augen richteten sich auf Madleina, als sie mit einer stilvollen Platte zurückkam. Das Ding sah aus wie ein silberner Kerzenständer mit aufgebauter Platte. Über der Platte thronte eine Glocke aus Glas. Es wirkte beeindruckend, nostalgisch und elegant. Aber das Wichtigste war zweifellos der Kuchen, der unter dem Glas ruhte. Madleina, die sich der Wirkung ihres Auftrittes sehr wohl bewusst war, hob mit theatralischer Geste den Glasdeckel hoch, ein bisschen so wie ein Zauberer den Schleier über dem weissen Kaninchen.

«Tataa! Als Dessert serviert das Haus Coray heute eine Kastanientorte …»

«… mit Schlagrahm», ergänzte Eric, der in die Küche geeilt war und nun eine schwarz-weiss gepunktete Schüssel mit goldenem Rand in den Händen trug.

Jacqueline klatschte entzückt in die Hände und wischte sich die Lachtränen aus dem Gesicht. Sie schien sich königlich zu amüsieren, dachte Coray flüchtig und freute sich, dass sie sich im Haus seiner Eltern so wohlfühlte. Er spürte in sich hinein, und dort, wo sonst immer die Schmetterlinge tanzten, wenn er sich in Jacqueline Winterfelds Nähe aufhielt, war es ziemlich ruhig. Einen Moment lang war er verwundert, dachte jedoch nicht weiter darüber nach. Ihn beschäftigten gerade ganz andere Dinge. Er wollte den Abend, der ziemlich ausgelassene Züge angenommen hatte, nicht sprengen, konnte es jedoch kaum abwarten, dass er endete. Er musste herausfinden, wer die überlebende Frau war, musste sie sehen und befragen. Er musste …

«Matti, weilst du noch unter uns?», flachste Madleina, kümmerte sich jedoch nicht weiter um ihn, weil ihr gerade eine geniale Wanderung in den Sinn gekommen war, die Jacqueline mit ihrer Familie machen konnte.

«Die ist so einfach, das schafft sogar ihr Unterländer Stadtkinder», sagte sie zu ihr und prustete wieder los.

«Es tut mir leid», unterbrach Emilia das Gekicher, «aber ich glaube, wir müssen die gesellige Runde verlassen. Ich sehe, dass mein Superdetektiv eine Fährte aufgenommen hat, und da gibt es kein Halten mehr.» Sie zwinkerte den anderen zu. Coray blickte dankbar zu ihr rüber.

«Sorry», antwortete er erleichtert und warf einen Blick auf die Uhr, «aber ja, ich muss mich jetzt wirklich um den Fall kümmern. Bitte verzeiht mir. Als Wiedergutmachung lade ich euch alle nach Brigels ein, sobald er geklärt ist. Was haltet ihr davon?»

«Und was gibt es zum Essen, Salsiz und Brot?», frotzelte Madleina, «oder stellst du wieder mich zum Kochen an?»

«Also wirklich», sagte Coray, «das ist genau ein Mal vorgekommen, und zwar nur, weil ich noch zu einem Tatort gerufen wurde.»

«Stimmt, aber es macht mir Spass, dich immer wieder daran zu erinnern.»

«Du bist eine hinterhältige, boshafte Frau.»

«Und du fällst immer wieder auf mich rein.»

Unter Lachen und mit herzlichen Umarmungen verabschiedeten sich Coray und Emilia mit Juri. Als er Jacqueline umarmte, fühlte er unerwartet den vertrauten Stich in seinem Bauch – so nahe war er ihr noch nie gewesen. Ein Hauch ihres Parfums legte sich über seine Sinne, und einen Atemzug lang versank er in der Umarmung. Verlor Zeit und Raum aus den Augen und sog erstaunt den Duft der Frau ein, die er nie ganz aus seinem Gedächtnis hatte verbannen können. Sie riecht verdammt gut, dachte er etwas benebelt und löste seine Arme von ihr. Ohne ihr noch einmal in die Augen zu schauen, winkte er seinen Eltern zu, nahm Juri an die Leine und wandte sich der Treppe zu.

Emilia brauchte länger für die Verabschiedung, sie hatte eindeutig ein, zwei Gläser zu viel Wein intus und befand sich in jener euphorischen Stimmung, in der man alle lieb hatte, alles toll fand und gerne noch ein bisschen genauso weitermachen würde. Aber schliesslich kam sie hinterher und hängte sich bei ihm ein.

«Deine Freundin ist echt eine tolle Frau», schwärmte sie auf dem Weg Richtung Auto.

«Warum nennst du sie meine Freundin?»

«Weil ihr mir einen sehr vertrauten Eindruck gemacht habt. Ich habe das Gefühl, als würdet ihr euch gut kennen.»

«Ich habe sie im Frühsommer im Zuge unserer Ermittlungen ein paarmal getroffen. Das habe ich dir ja damals erzählt.»

Coray nahm den etwas unbehaglichen Ton in seiner eigenen Stimme wahr und drehte sich ab, um Juri hinten ins Auto springen zu lassen.

«Ist ja alles okay, ich mag sie wirklich. Oder muss ich mir Sorgen machen, dass du ihr verfallen könntest?»

Emilias Ton war immer noch locker und unbeschwert. Aber er machte sich nichts vor: Sie hatte die leisen Schwingungen zwischen ihm und Jacqueline wahrgenommen. Dabei war da wirklich nichts, beruhigte er sich selbst und half Emilia in den Wagen.

«Nein, Liebste, das musst du ganz sicher nicht. Du weisst, du bist die Einzige in meinem Leben und wirst es immer bleiben», sagte er mit einer tiefen Verbeugung, bei der er sogar einen imaginären Hut zog.

Emilia prustete los und warf sich in den Sitz. «Dann fahr los, mein Held. Bring mich nach Hause und ins Bett.»

Coray startete den Motor. «Entschuldige, aber ich muss nochmals versuchen, Katja zu erreichen, ich muss ihr unbedingt mitteilen, was ich heute erfahren habe. Es könnte in unserem Mordfall entscheidend sein.»

«Kein Problem, du telefonierst, und ich halte nach den Hirschen Ausschau.»

Das war kein Scherz von ihr, im Gegenteil, sie meinte es ernst. In ihrem Beruf musste sie so viele von Autos angefahrene Tiere erlösen, dass es für sie der Horror wäre, selbst in eine solche Situation zu geraten. Seit er zwischen Ilanz und Rueun einmal haarscharf einem Zusammenprall mit einem Hirsch entgangen war, fuhr auch er durch gewisse Gebiete äusserst vorsichtig. Zudem hatte ein heftiger Regen eingesetzt. Richtige Sturzfluten fielen vom Himmel.

Bevor Coray auf der Freisprechanlage die Nummer seiner Kollegin antippen konnte, klingelte sein Handy.

«Ha, als hätte sie es gefühlt», sagte er zu Emilia. «Katja ruft an.»

Als er den Anruf entgegennahm, hörte er die Aufregung in ihrer Stimme. Sie war ebenfalls in dieser fiebrigen Phase, wenn man spürte, dass ein Fall eine neue Richtung einschlug, dass es endlich vorwärtsging.

«Was gibt es so Dringendes, dass du mir mein Date versauen willst?», fragte sie, ohne ihn zu begrüssen.

«Langsam frage ich mich, ob der spezielle Umgang mit Telefongesprächspartnern von der Frau Major auf dich abfärbt.»

«Ach komm, spann mich nicht auf die Folter, was gibt es Neues?»

«Apropos Date, wie ist es denn gelaufen mit dem schönen Emil heute Abend?» Coray machte sich einen Spass daraus, seine Kollegin noch ein bisschen hinzuhalten. Ihre Ungeduld war legendär, und er konnte sie vor sich sehen, wie sie herumtigerte mit dem Handy vor dem Gesicht. Wahrscheinlich scharrte sie mit den Füssen.

«Das wirst du nie erfahren, wenn du nicht endlich aufhörst mit dem Geplänkel und mir erzählst, was Sache ist.»

«Okay, okay, beruhige dich und hör zu.» Und dann erzählte er ihr die Geschichte, die er vorhin gehört hatte. Dass es einen tragischen Unfall beim Rafting auf dem Rhein gegeben hatte. Dass ein Vater und ein Junge dabei umgekommen waren und die Ehefrau und Mutter hilflos hatte zusehen müssen. Dass das Gericht erst kürzlich den verantwortlichen Guide und das Rafting-Unternehmen freigesprochen hatte. Dass Guide und Chef ihnen wohlbekannt waren.

«Mann, Mann, Mann, das ist ja ungeheuerlich, was du da erzählst.»

Coray konnte richtiggehend fühlen, wie es in Kurtz' Kopf ratterte. Er gab ihr Zeit, die Informationen zu ordnen.

«Wenn ich mir vorstelle, was diese Frau durchmachen musste, dann könnte ich es sehr wohl verstehen, dass sie ausflippt, dass sie Rache will. Rache für ihren Mann, für ihren Sohn und dafür, dass ihr Leben von einer auf die andere Minute im Elend landete», sagte sie schliesslich, und Coray hörte die Betroffenheit in ihrer Stimme.

Eine Weile lang war es still in der Leitung.

«Ja, das kann ich auch», antwortete er. «Wir können ganz

sicher nicht annähernd nachvollziehen, wie grauenvoll das alles war. Und noch immer ist.»

«Das macht zwar alles Sinn, alles würde passen, aber weisst du was?», fragte Kurtz nach einer Denkpause. Sie erwartete gar keine Antwort, sondern fuhr gleich fort. «Denk doch mal über den Schuss nach. Wie sollte eine Frau, wahrscheinlich aus dem Unterland, so schiessen können? Die ist wohl kaum Jägerin oder Sportschützin – so viel Glück haben wir sicher nicht.»

«Weisst du was, Frau Kollegin? Wir klären das einfach ab. Morgen stehen wir unangemeldet vor ihrer Tür, und dann erfahren wir mehr. Rufst du bitte den Nachtdienst an und machst dem Kollegen ein bisschen Druck? Er soll alle Informationen, die er über diese Frau finden kann, zusammenstellen. Die Polizei war damals sicher in den Fall involviert, und die Zeitungen haben bestimmt ausführlich über die Tragödie berichtet. Morgen früh um acht will ich das alles auf dem Tisch haben. Dann fahren wir los.»

«Ist gut, mach ich. Sag mal, giesst es bei euch auch wie aus Kübeln? Das ist ja wie bei einer Sintflut.»

«Ja, es ist krass, fast ein bisschen so, als würde man Wasserski fahren.»

«Na, dann pass auf, bring Weib und Hund sicher nach Hause. Wir sehen uns morgen früh. Schlaft gut.»

Coray musste sich sehr auf das Fahren konzentrieren. Auf der letzten Teilstrecke hoch Richtung Flims verwandelte sich die Strasse in einen Bach. Als das Wasser gegen den Wagen spritzte, hatte er das Gefühl, als wären sie tatsächlich in einem reissenden Fluss gefangen, als würde das Auto von den Fluten mitgerissen. Zu dieser nächtlichen Stunde waren kaum mehr andere Wagen unterwegs.

«Merda!», fluchte er und fuhr angespannt den Berg hoch. Endlich erreichten sie das Portal des Tunnels Flimserstein, des Crap da Flem, der sie für die nächsten knapp drei Kilometer vor jeglichem meteorologischen Unbill beschützen würde. Normalerweise hasste er Tunnels, sie machten ihm

Platzangst – fast ein bisschen so wie Personenlifts. Doch an diesem Abend war er glücklich, dem Unwetter ein paar Minuten zu entkommen. Er bemerkte, dass er gar nicht mehr richtig geatmet hatte vor lauter Konzentration. Tief sog er die Luft ein und liess die nach oben gezogenen Schultern in ihre natürliche Haltung zurücksinken. Ein rascher Blick zu Emilia zeigte ihm, dass von ihrem Schwips kaum mehr etwas zurückgeblieben war: Sie hatte sich mit beiden Händen an den Sitz gekrallt und schaute angestrengt durch die Frontscheibe.

Beruhigend legte er ihr die Hand aufs Bein.

«Keine Angst, ich habe das im Griff. Wir kommen sicher nach Hause.» Zum Glück hörte sich seine Stimme überzeugend an. Juri hatte sich im Heck erhoben und schien nun, da es draussen nichts mehr zu sehen gab, seinen Chef anzuschauen. Ihre Blicke trafen sich im Rückspiegel, und Coray glaubte, eine gewisse Bedenklichkeit in dessen schwarzen Augen wahrzunehmen.

Na super, dachte er, glaubst du tatsächlich, dein Hund macht sich Sorgen wegen der Strassenverhältnisse? Du spinnst ja.

Entschlossen fuhr er sich mit gespreizten Fingern durch seine Haare und legte dann wieder beide Hände ans Steuer.

Als sie aus dem Tunnel kamen, stürzte der Wolkenbruch erneut auf sie herunter. Zum Glück war das Auto langsam unterwegs. Trotzdem traf es die beiden wie ein Schock, als der Regen wütend auf die Frontscheibe prasselte.

«Wenn das nur nicht in Hagel übergeht», sagte Emilia und blickte besorgt in das Toben ausserhalb ihres sicheren blechernen Käfigs hinaus. «Ich glaube, wenn es jetzt hagelt, dann schlägt es uns die Scheibe ein.»

Das waren exakt die Gedanken, die auch er sich machte, und er fragte sich, ob er irgendwo halten sollte. Sie fuhren eben auf den Kreisel in Laax zu, und er entschloss sich, bei der Coop-Tankstelle rauszufahren und sich unterzustellen. Um diese Zeit hatte die Tankstelle bereits geschlossen, kein Mensch war zu sehen. Coray beeilte sich, den Wagen unter der Überdachung in Sicherheit zu bringen, und stellte den Motor ab. Ungläubig schauten sie in das rasende Element hinaus. Das Wasser fiel in solchen Mengen vom Himmel, dass die Welt ausserhalb ihrer Insel hinter einem nassen Schleier verborgen war. Juri hatte sich wieder hingelegt. Wenigstens er schien für den Moment beruhigt zu sein.

«So etwas habe ich noch nie erlebt», sagte Emilia in das Schweigen hinein.

Der nächtliche Himmel hatte eine gelbliche Färbung angenommen, und plötzlich ging der Regen in Hagel über. Die Körner knallten erst rings um die Tankstelle auf den Boden und sprangen dann wie Golfbälle über den Asphalt. Ein beängstigendes Brausen umtobte ihren sicheren Unterschlupf und wurde mit jedem Augenblick lauter.

Nach ein paar Minuten war der Spuk vorbei. Der unheimliche Lärm ebbte ab, und der Hagel ging wieder in Regen über. Es war keine Sintflut mehr, die da vom Himmel stürzte, sondern einfach starker Regen. Coray und Emilia blieben noch eine Weile sitzen, bis Coray sagte: «Ich glaube, das Schlimmste ist vorüber», und ausstieg.

«Wo willst du denn hin?», fragte Emilia und verliess das Auto ebenfalls.

«Ich will schauen, ob da noch mehr kommt oder ob wir losfahren können.»

Juri hatte sich erhoben und wartete darauf, dass man ihn aus seiner Box holte.

«Nein, Juri, alles in Ordnung, wir fahren gleich weiter», bedeutete ihm Emilia und setzte sich ins Auto. Auch Coray stieg wieder ein und startete den Motor. Langsam fuhr er unter dem Dach hervor und machte sich auf den Weg. Der Regen rauschte nun gleichmässig auf die Strasse herunter, heftig zwar, aber nicht mehr so furchterregend wie noch vor ein paar Minuten.

Es wurde eine angestrengte Fahrt nach Brigels. Beide fragten sich, ob durch das Unwetter Schlammlawinen von den Hängen zu befürchten seien.

«Wenigstens müssen wir keine Angst mehr vor Hirschen

auf der Strasse haben», bemerkte Emilia. «Bei diesem Sauwetter haben die sich hoffentlich ein geschütztes Plätzchen unter einem Felsen oder so gesucht.»

Coray gab keine Antwort, er war vollauf damit beschäftigt, das Fahrzeug über die zum Teil überflutete Strasse zu steuern. Der Weg schien so lange wie noch nie. Schliesslich hatten sie es geschafft, und der Wagen war im Unterstand neben dem Haus. Emilia holte Juri aus dem Auto und rannte mit ihm zur Haustür. Coray warf noch einen prüfenden Blick in die Umgebung und folgte ihnen eilends ins Haus.

«So kuschlig habe ich unser Zuhause schon lange nicht mehr gefunden», sagte Emilia und schüttelte sich ein paar glitzernde Regentropfen aus ihrer Mähne.

«Ich lass Juri noch schnell in den Garten», sagte Coray. «Und dann ab in die Federn, alle drei.»

Er blieb unter der Terrassentür stehen, massierte sich den verspannten Nacken und beobachtete, wie Juri vergnügt seine Runde drehte. Er sah im Schein der Gartenlampe, wie er interessiert an den Büschen schnupperte und an einen der Bäume pinkelte. Dass er auf seiner Tour pflotschnass wurde, kümmerte den schwarzen Riesen offensichtlich nicht. Juri machte seinem Ruf als Wasserhund alle Ehre. Coray zündete sich eine seiner seltenen Zigaretten an und hatte den Hagelsturm schon fast vergessen. Seine Gedanken kreisten um den Fall, und er fragte sich, was sie morgen wohl erwartete. Stimmte sein Bauchgefühl, und sie waren auf der richtigen Spur, oder lag er völlig daneben, und alles würde im Sand verlaufen?

«Wir werden es sehen», sagte er sich, «grübeln macht keinen Sinn.»

Seufzend drückte er seine Zigarette in einem alten tönernen Blumentopf aus und rief Juri zu sich. Er erwischte ihn am Halsband, als er ins Haus schlüpfen wollte.

«Oh nein, zuerst wirst du abgetrocknet, du nasses Monster», schimpfte er und rubbelte ihn mit einem weichen Frotteetuch tüchtig durch. «Und damit wir uns verstehen: Du pennst heute in deinem Bett, sonst versaust du uns die Decke.»

Juri linste ihn an, und Coray wusste genau, wie es laufen würde: Juri würde brav in seinen Korb steigen und warten, bis die Herrschaften tief schliefen. Und dann würde er sich klammheimlich auf die Bettdecke schleichen und sich ganz leise und vorsichtig zwischen ihren Beinen hinkuscheln. Coray musste grinsen.

Eine halbe Stunde später löschte er das letzte Licht im Chalet und horchte noch ein Weilchen in die Stille hinein. Nur noch die Regentropfen auf dem Dach waren zu hören – und Juris behagliches Schnarchen.

ACHT

Der Boden dampfte vor Feuchtigkeit, als Coray vor dem Sonnenaufgang aus dem Fenster schaute, und die Pflanzen sahen mitgenommen aus. Blumenstängel waren von den Hagelkörnern verletzt und ganze Blüten abgeschlagen worden. Immerhin regnete es nicht mehr, und ein Blick in den Himmel zeigte ihm, dass es vorläufig auch so bleiben würde. Wie üblich liess er Juri hinaus und fütterte ihn dann. Emilia war noch nicht aufgetaucht, und er dachte amüsiert, dass sie wohl mit einem netten Kater aufwachen werde.

«Komm, wir gehen Emilia wecken», sagte er zu Juri, und dieser stürmte begeistert ins Schlafzimmer, wo er ungestüm auf Emilia zuschlitterte. Mühsam öffnete sie ein Auge und zog sich sofort entsetzt die Decke über den Kopf.

«Oh nein, lass dieses schreckliche Wesen nicht an mein Bett», rief sie in gespielter Panik und hielt die Bettdecke mit beiden Fäusten umklammert. Coray sah zu, wie sich Juri mit seinem riesigen Kopf problemlos unter die Decke wühlte und über Emilia herfiel, bis sie aus dem Bett rollte. Es war ein altes Spiel zwischen den dreien; ein Spiel, dessen Juri nie müde wurde.

«Komm, beeil dich bitte», sagte Coray zu Emilia und drückte ihr einen Kaffee in die Hände. «In zehn Minuten ist Abfahrt.»

Noch etwas wacklig auf den Beinen suchte sie sich ihre Kleider zusammen und bändigte ihren rotblonden Schopf mit einem breiten Haarband. Schminke benutzte sie selten und schon gar nicht zum Arbeiten.

«Das ist einer der Vorteile an meinem Job», hatte sie ihm einmal erklärt. «Den Tieren ist es völlig egal, wie ich daherkomme. Die bewerten mich nicht nach meinem Aussehen. Wenn ich in einem Büro arbeiten würde, sähe das ganz anders aus.»

Coray liebte ihre Natürlichkeit und ihr unkompliziertes

Wesen. Sie spielte keine Spielchen, bei ihr wusste er immer, woran er war. Gut, manchmal erschreckte ihn ihre Hitzköpfigkeit immer noch, und wenn es ihm zu viel wurde, packte er seinen Rucksack, rief Juri und verschwand für zwei, drei Tage in die Berge. Besuchte Freunde auf dem Maiensäss oder wanderte zu einer SAC-Hütte. Kam er zurück, hatte Emilia meist vergessen, was eigentlich der Auslöser für den lauten Streit gewesen war. Sie hockten sich auf die Terrasse oder vor das Cheminée und freuten sich darüber, dass sie einander wiederhatten. Dass alles wieder gut war.

«Ich bin bereit», sagte sie und steckte sich noch schnell ein Stück Bündner Birnenbrot in den Mund.

Schon stand Juri vor ihr und sah sie vorwurfsvoll an. «Ist ja gut – hier, du verfressene Bestie.» Sie warf ihm einen Happen zu, den er geschickt auffing.

«Der Kerl hat ein Gebiss wie ein Hai», sagte sie kopfschüttelnd zu Coray, der bereits an der Haustür war.

«Aber er sieht viel kuschliger aus», antwortete er und schritt voraus zum Auto.

Emilia blinzelte in den Morgenhimmel. «Ich kann es nicht glauben. Gestern haben wir befürchtet, dass die Welt untergehen könnte, und heute trübt kein Wölklein den Himmel.»

«Zum Glück, eine solche Fahrt möchte ich nicht noch einmal erleben.»

Sie gelangten ohne Zwischenfall nach Chur, wo Coray Emilia und Juri bei ihrem Auto aussteigen liess.

«Vergiss nicht», sagte Emilia, bevor sie die Tür zuknallte, «heute Abend machst du den Seerundgang mit Juri.»

Er hob den Daumen in ihre Richtung, winkte und fuhr los. Wenige Minuten später traf er im Polizeikommando ein, parkierte direkt neben dem Eingang und trat ein. Stella war an diesem Morgen nicht da, sondern eine junge Kollegin, die er noch kaum kannte. Er hätte sowieso keine Musse gehabt für einen Schwatz mit Stella, seine Gedanken waren ganz woanders, und auf dem Weg nach oben ins Büro nahm er zwei Stufen auf einmal. Kurtz war bereits da und studierte die Informationen, die der Kollege vom Nachtdienst zusammengetragen hatte.

«Ich hatte recht», begrüsste sie ihn. «Die Frau kommt aus dem Unterland.»

«Dir auch einen wunderschönen guten Morgen», antwortete er süffisant.

«Ja, ja, guten Morgen. Wobei, so richtig Unterland ist es eigentlich nicht.»

«Also was jetzt?»

«Sie kommt aus Glarus. Also aus dem Städtchen Glarus. Und das ist eigentlich auch ein bisschen in den Bergen.»

«Ein bisschen in den Bergen? Kurtz, du hast keine Ahnung von Geografie.»

«In diesem Punkt gebe ich dir recht. Aber dafür habe ich ja dich.»

Coray schüttelte den Kopf. Seine Kollegin, die so tough durchs Leben schritt, war in Sachen Geografie wirklich eine Katastrophe. Er erklärte es sich damit, dass sie ursprünglich aus dem Kanton Aargau kam. Wie sollte sie sich da in den Bergen zurechtfinden? Die hatten ja keine in dieser Region.

«Also, was wissen wir von der Frau?»

Kurtz schaute auf das Papier in ihren Händen. «Sie heisst Caroline Luchsinger, ist einundvierzig Jahre alt, arbeitet als freiberufliche Architektin und wohnt, wie gesagt, in Glarus. Sie hat eine absolut weisse Weste, abgesehen von ein paar Parkbussen ist sie polizeilich nicht bekannt.»

«Gut, schauen wir uns die Dame an.»

Coray machte auf dem Absatz kehrt und marschierte zum Büro der Frau Major. Nach dreimal Klopfen trat er ein, gefolgt von Kurtz.

Annabelle Cathomas schaute von den Papieren auf, in die sie vertieft gewesen war, und hob eine ihrer perfekt gestylten Augenbrauen.

«Was gibt's, Coray?», fragte sie nicht unfreundlich.

«Wir fahren nach Glarus», begann dieser und brachte Cathomas auf den neuesten Stand der Ermittlungen.

Sie runzelte die Stirn und lehnte sich in ihrem Bürostuhl zurück.

«Interessant», sagte sie und liess ihren Blick zwischen den zwei Ermittlern hin- und herschweifen. «Sie glauben also tatsächlich, dass eine Frau, eine Architektin, in der Lage sein könnte, einen Mann in einem fahrenden Schlauchboot aus einer solchen Distanz zu erschiessen?»

«Ich weiss, es ist schwer vorstellbar», antwortete Coray, «aber um genau das herauszufinden, fahren wir ja nach Glarus.»

Cathomas hatte die Hände unter dem Kinn aneinandergelegt und blickte aus dem Fenster. Schliesslich wandte sie ihren Blick wieder den Polizisten zu.

«Wir haben ja schon die verrücktesten Geschichten erlebt», sagte sie, «also warum sollte dann diese nicht möglich sein. Viel Glück.»

Damit waren die beiden entlassen. Cathomas hatte sich bereits wieder in ihre Akten vertieft. Coray ging noch bei den Kollegen vorbei und bat sie, den Glarner Kollegen Bescheid zu sagen, dass sie auf ihrem Territorium Ermittlungen durchführten.

Als sie in den Morgen hinaustraten, fühlte sich die Luft immer noch sehr feucht, ja beinahe ein bisschen klebrig an.

«Heute darfst du fahren», bestimmte Kurtz und warf ihm den Schlüssel des Dienstwagens zu.

«Oh, so viel Grossmut von deiner Seite. Wie kommt's?»

«Ich bin einfach ein netter Mensch und gönne dir ein bisschen Spass.»

«Ha, du grossmütiger Mensch, ich weiss genau, warum du mich fahren lässt.»

«Ach ja, warum denn?» Kurtz riss ihre Augen weit auf und schaffte es damit, einen total unschuldigen Anblick zu bieten, sodass er laut lachen musste.

«Du weisst, dass du dich im ‹Zigerschlitz› nicht auskennst und dich auf der Suche nach der richtigen Adresse furchtbar blamieren würdest. Nicht einmal mit dem Navigationsgerät würdest du den Weg finden. Und nur aus diesem Grund lässt du mich ohne Diskussion fahren.»

Auch Kurtz musste lachen. «Okay, du hast mich ertappt. Ich bin aus Eigennutz grossmütig und nicht wegen meines edlen Charakters.»

Coray stellte den Sitz in die richtige Position und startete den Wagen. Sie waren noch keine hundert Meter gefahren, als sich sein Magen mit einem Knurren meldete.

«Hast du auch noch nicht gefrühstückt?», fragte er.

Sie verneinte.

Sie beschlossen kurzerhand, beim Tankstellen-Shop zu halten und sich mit Verpflegung einzudecken, bevor sie auf die Autobahn einfuhren. Man konnte ja nie wissen, wann sich wieder eine Gelegenheit zum Essen bieten würde.

«Eigentlich hätte ich ja gedacht, dass das üppige Nachtessen von gestern länger herhalten würde», sagte Coray, als er mit einem Sack voller Fressalien aus dem Shop zurückkam.

«Ach, wir haben uns gestern auch die Bäuche vollgeschlagen, und ich habe schon wieder Kohldampf», sagte Kurtz und fiel gierig über den Sack her. Zufrieden schob sie sich einen Bissen Schokocroissant in den Mund und seufzte voller Behagen.

«Du siehst aus und tönst wie Juri, wenn er eine Wurst zerlegt», bemerkte Coray, bevor er selbst genüsslich in das süsse Gebäck biss. Ein paar Minuten lang waren nur das Singen der Reifen auf dem Asphalt und das Kauen der beiden zu vernehmen.

«Apropos gestern», begann Coray dann vorsichtig, «bist du mit Emil weitergekommen?»

Er schaute sie bei dieser Frage nicht an, sondern beobachtete aufmerksam den Verkehr im Rückspiegel, als er beschleunigte und auf die A 13 einfuhr.

Kurtz besann sich einen Moment und wandte ihr Gesicht ihm zu. Als sie zu sprechen begann, tönte sie ungewohnt ernsthaft.

«Ich habe allen Mut zusammengenommen und ihn geradeheraus gefragt, wie er sich unsere Beziehung vorstellt. Also für die Zukunft, meine ich. Aber ich kann dir sagen, mir ist echt der Arsch auf Grundeis gegangen, als ich das rausgelassen habe.»

Coray musste grinsen, das klang wieder ganz nach Kurtz. Er hütete sich, eine Bemerkung zu machen. Seinen Blick hielt er auf die Strasse gerichtet.

«Dass einem der Schweiss ausbrechen kann, ist nicht nur so eine Redensart, das weiss ich seit gestern genau», fuhr sie fort. «Ich sass also da und habe mich kaum getraut, ihn anzusehen. Aber eigentlich war die ganze Aufregung umsonst – er hatte sich nämlich genau die gleichen Gedanken gemacht und hatte Angst, mit mir darüber zu reden. Er dachte sich, ich wolle keine feste Sache, und hat sich darum immer so ein bisschen cool und kumpelhaft gegeben. Ist denn das zu fassen? Einfach deshalb, weil wir beide Schiss hatten, unsere Gefühle dem anderen zu offenbaren, haben wir uns so viele unnötige Gedanken gemacht.»

Sie schüttelte leicht genervt den Kopf, holte das nächste Gebäck aus der Papiertüte und schaute dabei stur geradeaus.

Coray warf ihr einen schnellen Blick zu und war ein bisschen ergriffen, dass sie ihm ihre Geschichte mit Emil so freimütig erzählt hatte. Er ahnte, wie schwer ihr das gefallen sein musste. Über Gefühle zu reden lag ihnen beiden nicht, und er wusste auch nicht so recht, was sie von ihm erwartete. Fieberhaft suchte er nach einer passenden Antwort.

Das Autoradio enthob ihn dieser schwierigen Aufgabe, wenigstens für den Moment.

«Hör mal», sagte er und stellte lauter. Die Sprecherin berichtete von Überschwemmungen und Murgängen. Der sintflutartige Regen von gestern hatte in diversen Regionen zu schwierigen Verkehrsverhältnissen geführt. So waren sowohl im Bündner- wie auch im Glarnerland Schlammlawinen auf Strassen niedergegangen, und die Flüsse waren gefährlich angeschwollen. Es wurde davor gewarnt, zu nahe an Gewässer zu gehen. Auch der Rhein führte Hochwasser.

«Das tönt ja bedrohlich», sagte Kurtz und nippte an ihrem Kaffee. «Meinst du, wir kommen überhaupt bis nach Glarus?»

«Na, so schlimm wird es schon nicht sein. Ich sehe jedenfalls keine Wellen, die uns verschlingen könnten.»

Schweigend fuhren sie weiter. Vorbei an der höchsten Windenergieanlage der Schweiz in Haldenstein. Das riesige Windrad war für Coray immer ein bisschen ein Gradmesser, ob der Tag gut oder schlecht werden würde. Heute drehte es sich mit beachtlicher Geschwindigkeit, und er bildete sich ein, ein leichtes Rauschen wahrzunehmen. Zufrieden zwinkerte er dem Windrad im Vorbeifahren zu. Auf der rechten Seite kamen die Dörfer der Bündner Herrschaft in Sicht. Coray kannte die Gegend gut; nicht nur von seinen Besuchen in den Weinkellern, sondern auch von Spaziergängen, die er zusammen mit Juri immer mal wieder unternahm. Maienfeld zum Beispiel, wo die Immobilienpreise derzeit zu schier unglaublichen Höhenflügen ansetzten. Oder Fläsch, das Dorf, das keine einzige Bausünde zugelassen hatte. Kein hässlicher Wohnblock verdarb das harmonische Bild, welches die Gemeinde bot. Einige Architekten hatten sich hier gleich selbst ein Zuhause errichtet. Hatten alte Häuser mit viel Gespür umgebaut und dabei den Charakter des Dorfes unangetastet gelassen.

Bei seinen Rundgängen durch das Dorf fragte er sich immer wieder, wie es wohl aussehen mochte in diesen Häusern, die nach aussen völlig unspektakulär daherkamen und innen wahrscheinlich jeglichen Komfort aufwiesen. Ausserhalb des Ortes lagen die Rebberge, durch die endlose Spazierwege führten. Die hohen Felsen boten Schutz, und alte Kiefern unter blauem Himmel liessen die Illusion zu, sich an der französischen Atlantikküste zu befinden. Für Coray war die Bündner Herrschaft eine magische Region, und auch Emilia, die unterdessen auf den Wanderungen dabei war, fühlte sich sehr angezogen von der Gegend. Vielleicht wegen der Rebberge, die sie an die Heimat ihrer Eltern im Tessin erinnerten. Und damit an ihre eigene Kindheit. So manchen Sonntag hatten ihre Ausflüge sie dahin geführt.

Den Walensee entlang ging es immer wieder durch Tunnels, und er war froh, als sie Richtung Glarus abbiegen konnten. Das Glarnerland – wegen der Käsespezialität Schabziger liebevoll-spöttisch «Zigerschlitz» genannt – verengte sich nach ein paar Kilometern, und die Berge rückten immer näher zusammen.

«Weisst du, wie der heisst?», fragte Kurtz und blickte an der Felswand hinauf, die zu ihrer Rechten bis in den Himmel zu steigen schien.

«Das sind zwei Gipfel, der Wiggis und der Rautispitz, aber frag mich nicht weiter. Ich kenne sonst nur noch den Glärnisch, den siehst du da vorne, und direkt darunter liegt Glarus.»

«Du wirst es nicht glauben, aber ich war noch nie in Glarus.»

«Dann warst du auch noch nie am Klöntalersee?»

«Nein, war ich tatsächlich noch nie.»

«Das ist einerseits schade für dich, weil es ein unglaublich schöner See ist, andererseits ist es gut für die Glarner.»

«Wieso ist das gut für die Glarner?»

«Weil der See inzwischen so bekannt ist, dass er unter den Horden von Besuchern beinahe erstickt. In den Sommermonaten müssen sie an den Sonntagen die Strasse, die zum See hochführt, schon am Morgen schliessen, weil oben schlicht kein Platz mehr zu finden ist.»

«Warum weisst du darüber so gut Bescheid?»

«Weil das Glarnerland für uns Bündner aus der Surselva nur ein Tal weit entfernt liegt. Ich bin mehrmals zu Fuss über den Panixer- oder den Kistenpass marschiert …» Coray begann unvermittelt zu lachen.

«Was ist denn so lustig?», fragte Kurtz.

«Mir ist eine Geschichte in den Sinn gekommen, die ich mit Juri vor ein paar Jahren auf dem Panixer erlebt habe.» Und wieder lachte er laut.

«Erzähl diese Geschichte, ich will auch lachen.»

«Okay. Also, es war an einem 1. August, als ich mich mit einem Freund von der Glarner Seite her auf den Weg gemacht habe. Seine Freundin hatte uns mit dem Auto nach Wichlen gefahren, von wo aus wir mit Juri starteten. Wichlen ist ein Militärübungsgelände ganz hinten im Tal, noch weiter als Elm. Es war früh am Morgen, und die Wetterprognosen waren gut, sie versprachen den ganzen Tag bestes Bergwetter. Es war eine grandiose Wanderung. Wir haben weit entfernt Steinböcke gesehen, und die Murmeltiere haben Juri mit ihren Warnrufen total verwirrt. Sie haben von allen Seiten gepfiffen und den armen Kerl völlig aus der Fassung gebracht. Man hätte meinen können, die Nager treiben ein böses Spiel mit ihm. Ich bin mir noch heute sicher, dass sie sich köstlich amüsiert haben.» Bei der Erinnerung an den armen Juri, der ständig in eine andere Richtung gerannt war, musste Coray wieder schmunzeln. «Nach etwa drei Stunden fing es aus heiterem Himmel an zu stürmen, und ein Gewitter brach direkt über uns los. Es war furchterregend, und wir waren total überrumpelt. Nie hätten wir bei diesen Prognosen an so etwas gedacht. Zum Glück gibt es auf dem Gipfel eine Schutzhütte, die hat uns vor dem Unwetter gerettet. Wir hockten also in dieser engen Hütte und beschlossen, uns zu verpflegen, solange wir warten mussten. Mein Kollege packte einen Pfirsich aus und verdrückte ihn. Du weisst, wie verfressen Juri ist, und er wusste es eigentlich auch. Es war ihm klar, dass man Sandwiches und dergleichen nicht in Juris Kopfhöhe positionieren darf. Aber er hätte nie damit gerechnet, dass dieser Hund auch auf Pfirsiche scharf sein könnte. Also hat er ihm aus Spass den Rest der Frucht samt Stein vor die Nase gehalten …»

«… und Juri hat ihm das Teil aus der Hand geklaut», beendete Kurtz den Satz.

«Genau, aber das Schlimme war, dass er den ganzen Rest Pfirsich mit einem Biss runtergeschluckt hat. Samt Stein.»

«Oh mein Gott, war das gefährlich für ihn?»

«Das wusste ich eben nicht. Er hatte ja schon allerlei gefressen, aber einen Pfirsichstein – das war eine Premiere.»

«Und was hast du gemacht, da draussen in der Wildnis?»

«Ich hatte Panik, dass er einen Darmverschluss bekommen

könnte. Wäre ja nicht das erste Mal gewesen. Mein Kumpel und ich hockten da und schauten einander fassungslos an. Er begann, sich zu entschuldigen, dass er doch niemals geglaubt habe, dass Juri so was tun würde und so weiter. Er war ausser sich. Ich habe ihn beruhigt, ihm gesagt, dass er nichts dafürkönne, und dann habe ich versucht, den Tierarzt in Ilanz zu erreichen, der an diesem Feiertag Notfalldienst hatte. Damals kannte ich Emilia ja noch nicht. Aber ich hatte keinen Empfang auf dem Berg oben. Unterdessen war das Gewitter glücklicherweise weitergezogen, und ich bin raus aus der Hütte und über die Felsen gerannt und gestiegen und habe verzweifelt ein Netz gesucht. Schliesslich wurde ich fündig und konnte den Tierarzt erreichen.»

«Und, was hat er gesagt?»

«Ich werde seine Worte niemals vergessen.» Coray begann wieder zu grinsen. «Zuerst hat er gelacht, und dann hat er gesagt, ich brauche keine Panik zu schieben, dieser Stein komme hinten wieder so raus, wie er vorne reingegangen sei.»

Auch sie brach in schallendes Gelächter aus. «Ich sehe dich vor mir, wie du über die Felsen kletterst, mit der nackten Angst im Nacken, hahaha, und dabei mit deinem Handy wild in der Luft rumstocherst.»

Kurtz konnte sich bei dieser Vorstellung kaum mehr einkriegen. Sie wischte sich Tränen der Erheiterung aus den Augen. «Oh Mann, dieser Juri, was der schon alles verbrochen hat.»

«Ja, es war wirklich eine Show da oben auf dem Panixer. Aber richtig beruhigt war ich erst, als der Stein dann tatsächlich auf besagtem Weg wieder ans Tageslicht kam.»

Als Coray den Schluss der Geschichte erzählt hatte, waren sie in Glarus angekommen, der «kleinsten Hauptstadt», wie eine Tafel am Ortseingang verkündete.

«Die kleinste Hauptstadt wovon?», fragte Kurtz. «Von der Schweiz? Von Europa? Von der Welt?»

Er konnte nur die Achseln zucken. Doch sein Wissen über den Ort war noch lange nicht ausgeschöpft.

«Weisst du eigentlich, dass die Glarner ihre Hauptstadt ‹Glaris› nennen und auch so aussprechen?»

«Natürlich weiss ich das als Unterländerin nicht.»

«Nun, eine Unterländerin würde ich dich in der Zwischenzeit nicht mehr nennen. Du bist schon ein bisschen eine Berglerin geworden, seit du bei uns bist.»

Sie fuhren in das Städtchen hinein, und Kurtz schaute sich staunend um. Betrachtete den imposanten Glärnisch, der den Ort zu bewachen schien; die Stadtkirche, die in perfekter Symmetrie das Bild beherrschte, und die Läden an der Hauptstrasse.

«Bitte rechts abbiegen», wies die Stimme des Navigationsgerätes an.

Coray tat wie geheissen und bog in eine der vielen Seitenstrassen ab. Schmale farbige Reihenhäuschen säumten auf beiden Seiten die Trottoirs. Mit den Blumen in den Vorgärten vermittelten sie ein unbeschwertes Bild. Beinahe so, als lebten in dieser Strasse nur fröhliche Menschen.

«Das sieht ja cool aus», kommentierte Kurtz und drehte den Kopf hin und her. «Da denkt man aber eher an einen Ort im Süden, am Meer, nicht an ein Städtchen in den Schweizer Bergen.»

Coray parkierte den Wagen in der blauen Zone und stellte den Motor ab.

«Hier ist es», sagte er und zeigte auf ein in zartem Grün gestrichenes dreistöckiges Gebäude. Oben auf dem Dach konnte man eine Terrasse mehr erahnen als sehen, und ein gekiester Weg führte zu der alten Holztür. Obwohl das Häuschen gepflegt wirkte, schien ein Schatten darüber zu liegen – als ob die Sonne unvermittelt hinter einer Wolke verschwunden wäre, und Coray spürte, wie eine Beklommenheit nach ihm griff. Er räusperte sich und stieg aus. Zusammen gingen sie auf die Tür zu, und Kurtz betätigte den Klopfer, eine Klingel war nirgends zu finden. Es blieb gespenstisch still, sie hörten keine Schritte, keine Stimme, nichts.

Unvermittelt öffnete sich die Tür, und eine Frau stand ihnen mit fragendem Gesichtsausdruck gegenüber. Sie hatte kurze blonde Haare und grosse dunkelbraune Augen, die von langen schwarzen Wimpern eingerahmt wurden. Coray war zuerst etwas irritiert und dann fasziniert von diesem Gegensatz. Er starrte die Frau einen Moment zu lange an.

«Ja bitte?», fragte diese und verschränkte abwehrend die Arme vor der Brust. Ihre Aufmachung war völlig unspektakulär. Sie trug ein grünes T-Shirt zu verwaschenen Jeans und nicht mehr ganz weisse Turnschuhe.

Coray räusperte sich erneut, stellte sich und Kurtz vor und streckte ihr seinen Dienstausweis entgegen. Auch Kurtz zeigte ihren Ausweis.

«Polizei? Was wollen Sie denn vor mir?»

Sie schien aufrichtig überrascht, machte jedoch keine Anstalten, von der Tür zurückzutreten und sie hereinzubitten.

«Sind Sie Caroline Luchsinger?», fragte Kurtz.

«Ja, aber ich verstehe nicht, was die Polizei hier will.»

«Bitte, Frau Luchsinger, können wir uns drinnen unterhalten?»

Als Luchsinger noch immer zögerte, schritt Kurtz entschlossen auf sie zu und drängte sie beinahe zum Rückzug.

«Na gut, dann kommen Sie halt rein.» Damit machte sie einen Schritt ins Haus, liess sie hinein und schloss die Haustür hinter ihnen.

Coray und Kurtz schauten sich unauffällig um. Sie folgten Luchsinger durch einen engen Korridor an einer kleinen Küche vorbei in das Wohnzimmer. Das Zimmer war ebenfalls nicht gross und sah irgendwie steril aus, keinerlei persönliche Gegenstände schmückten den Raum. Auf dem Holztisch befand sich ein Laptop, und Papiere lagen in geordneten Stapeln daneben. Eine Karaffe Wasser und ein halb leeres Glas. Sonst nichts. Davor stand ein Drehstuhl halb vom Tisch abgewandt, so als ob jemand eilig daraus aufgestanden wäre. Eine Couch, ein niedriges Tischchen und ein Flatscreen-TV vervollständigten die Einrichtung. Es gab keine Bilder an den Wänden, keine Zimmerpflanzen und keine Bücher.

Es wirkte auf Coray so, als hätte sich Caroline Luchsinger bewusst dafür entschieden, sehr karg zu leben; ein bisschen wie in einer Klosterzelle. Ob es vor der Tragödie auch so ausgesehen hatte? In ihrem früheren Leben, als das Haus noch von Stimmen und Lachen erfüllt war. Von Wärme, dem Getrappel von Kinderfüssen und von pulsierender Aktivität. Als sie mit ihrer Familie noch Pläne geschmiedet, Rucksäcke gepackt und Fahrräder auf das Auto geladen hatte. Coray wagte nicht, sich vorzustellen, wie sein Leben weitergehen sollte, wenn Emilia und Juri vor seinen Augen in einem Fluss ertrinken würden. Über ein solches Szenario auch nur eine Sekunde nachzudenken weckte das nackte Grauen in ihm. Er spürte, wie ihm eiskalt wurde, und verbot sich entschieden weitere Vorstellungen in diese Richtung. Als er sich nach seiner Kollegin umsah, erkannte er auch in ihrer Miene ein gewisses Unbehagen. Sie hatte die Schultern leicht hochgezogen und liess den Blick über das unbeseelte Wohnzimmer gleiten. Sie schauten sich in die Augen und tauschten sich wortlos aus: Hier stimmt etwas ganz und gar nicht.

«Wollen Sie sich setzen?», fragte Caroline Luchsinger.

Nur schon dieser eine Satz schien sie ungeheuer viel Kraft zu kosten. Coray setzte sich ihr gegenüber hin. Kurtz blieb stehen, und er wusste, sobald er die Frau in ein Gespräch gezogen hätte, würde Kurtz unauffällig durch den Raum schlendern. Obwohl er sich nicht vorstellen konnte, was sie in diesem spartanisch eingerichteten Zimmer entdecken könnte. Jetzt, wo Coray Caroline Luchsinger aus der Nähe betrachtete, nahm er eine unendliche Erschöpfung in ihren Zügen wahr. Eine Müdigkeit, die von ihrem ganzen Wesen Besitz ergriffen hatte. Ihre Augen spiegelten keine Regung wider, sie wirkten nicht kalt, sondern einfach leer. So als gäbe es nichts mehr auf dieser Welt, wofür es sich lohnte hinzuschauen.

Coray erschauerte unter diesem Blick, und gleichzeitig fühlte er grenzenloses Mitleid mit dieser Frau in sich aufsteigen. Weil er nun mal ein empathischer Mann war, konnte er sich durchaus in ihre Lage versetzen. Annähernd jedenfalls.

Andererseits war ihm ebenso klar, dass er sich derartige Gefühle als Ermittler nicht leisten konnte. Es war nicht seine Aufgabe, diese Frau zu trösten, so schlimm ihr Leben auch sein mochte. Sein Job war es, herauszufinden, ob sie einen Menschen getötet hatte. Emotionslos hielt sie seinem Blick stand.

«Frau Luchsinger, wir wissen von der Katastrophe, die vor gut zwei Jahren über Ihre Familie hereingebrochen ist …»

Sie machte es ihm nicht leicht, gab keinerlei Kommentar dazu ab, sah ihm nur weiterhin regungslos in die Augen.

«Wir können uns vorstellen, dass es furchtbar gewesen sein muss, dass es immer noch furchtbar ist –»

«Sie haben keine Ahnung», sagte sie tonlos und kniff ganz leicht die Augen zusammen. «Seit diesem Tag liegt mein Leben in Trümmern – und das wird sich nie mehr ändern. Nie mehr.»

Coray fühlte sich hilflos und überlegte fieberhaft, wie um Gottes willen er diese Befragung weiterführen sollte. Er suchte Kurtz' Blick, doch diese war zum Fenster getreten und blickte hinaus.

«Sie haben recht», sagte er, «es liegt ausserhalb meiner Vorstellungskraft.»

«Sie sind gekommen, weil der Mann, der für den Tod meiner Familie verantwortlich ist, ermordet worden ist.»

«Ja. Woher wissen Sie davon?»

«Machen Sie Witze? Das steht nicht nur im ‹Bündner Tagblatt›, das ist derzeit *die* Geschichte in der Schweiz.»

«Sie machen den Guide für die Tragödie verantwortlich. Da sollte es Sie nicht überraschen, dass wir hier bei Ihnen auftauchen. Sie haben ein Motiv. Und zwar ein sehr starkes.»

«Meine Liebsten sind seit über zwei Jahren tot. Warum sollte ich jetzt diesen Menschen erschiessen? Nach so langer Zeit?»

Wir müssen unbedingt überprüfen, ob sie einen Waffenschein hat, ging ihm durch den Kopf. Und er sagte: «Weil das Gericht erst vor wenigen Wochen sein Urteil gesprochen hat.

Es hat sowohl den Guide als auch den Geschäftsführer von ‹Rheinrider› freigesprochen.»

Caroline Luchsinger ging nicht auf diese Feststellung ein. Doch Coray registrierte, wie sich ihre Augen um eine Spur verdunkelten, wie sie die Lippen zusammenpresste und sich ihr Kiefer verspannte. Es waren also durchaus noch Gefühle in ihr vorhanden.

«Dieses Urteil haben Sie als dermassen ungerecht empfunden, dass Sie es nicht ertragen haben. Sie mussten es korrigieren.»

Sie schaute ihn an mit einem hoffnungslosen, erschöpften Blick. «Das Urteil ist ungerecht, denn beide sind schuldig. Der eine, weil er bei diesem Wasserstand überhaupt eine Tour veranstaltete, und der andere, weil er meinen Mann und mein Kind nicht rettete. Er hat es nicht einmal versucht, er hat nur sein eigenes Leben retten wollen.»

«Gemäss unseren Recherchen hat er alles dafür getan, dass sich die Passagiere an dem gekenterten Boot festgehalten haben. Ihr Sohn Lukas aber wurde von der Strömung beim schwarzen Loch unter die Felsen gezogen, und Ihr Mann ist ihm nachgeschwommen, um ihn zu retten. Dabei ist auch er in den tödlichen Sog geraten. Er hatte keine Chance. Keiner hat dort eine Chance. Es war ein Unfall.»

Caroline Luchsinger schaute ihn mit unergründlichem Blick an.

«Ja, ein Unfall», sagte sie dann bitter. «Ich lebe nun schon so lange damit, und ich habe nicht wirklich damit gerechnet, dass am Schluss ein gerechtes Urteil gesprochen wird. Ich habe nicht einmal an dem Prozess teilgenommen. Wozu auch? Nichts auf dieser Welt kann etwas daran ändern, dass mein Leben diese Wendung genommen hat.»

Coray hätte dieser Frau gerne versichert, dass es wieder besser kommen würde mit diesem Leben. Dass es irgendwann ein Licht gäbe in dieser Finsternis. Dass diese absolute Hoffnungslosigkeit und Leere nicht für immer bleiben würden. Dass das Leben weiterginge und dass sie irgendwann wieder lächeln würde. Aber als er Caroline Luchsinger ansah, blieben ihm jegliche Trostversuche im Hals stecken. Diese Frau hatte aufgegeben, sie hatte keine Kraft mehr für die Hoffnung, und sie wollte auch keinen Trost. Sie war in ihrer Hölle gefangen, ohne Aussicht auf Befreiung. Coray wäre am liebsten auf der Stelle aufgestanden und gegangen, er wollte nicht noch mehr Last in ihr Leben bringen. Andererseits war es sein Job, jedem Verdacht nachzugehen. Und Caroline Luchsinger hatte nach wie vor ein starkes Motiv. Es galt, diesen Verdacht auszuräumen oder ihm weiter nachzugehen, wenn er sich erhärten sollte.

«Frau Luchsinger, wo waren Sie am Montagmorgen?»

«Da, wo ich immer bin, hier zu Hause am Computer beim Arbeiten.»

«Gibt es jemanden, der das bestätigen kann?»

«Nein. Gibt es nicht. Aber dass ich tatsächlich am Computer gearbeitet habe, lässt sich sicher nachweisen. Die Arbeit ist übrigens das Einzige, was mich am Leben hält.»

Kurtz trat zu ihnen an den Tisch. «Dürfte ich mir Ihr Handy ausleihen?», fragte sie Caroline Luchsinger. «Wenn Sie zustimmen, würde ich das gerne überprüfen lassen.»

Diese schaute sie erstaunt an und zeigte dann auf das Gerät, das anscheinend achtlos auf dem Tisch abgelegt worden war.

«Ja, bitte sehr, bedienen Sie sich.»

Kurtz nahm das Handy und entfernte sich damit aus dem Zimmer. Coray hörte, wie sie in der Küche telefonierte.

Ihm kam nichts mehr in den Sinn, was er Caroline Luchsinger noch fragen sollte. Für ihn schien es immer klarer, dass sie zu einer solchen Tat nicht fähig war. Wie auch? Sie hatten eine gebrochene Frau in einem trostlosen Haus angetroffen, die sich offensichtlich aus dem Leben zurückgezogen hatte.

«Gut, danke, Frau Luchsinger, unsere Computerspezialisten werden Ihre Angaben betreffend Ihres Alibis überprüfen, dazu müssen wir Ihr Gerät mitnehmen. Ist das okay?»

«Tun Sie das.»

Coray erhob sich von seinem Stuhl und wandte sich dem

Ausgang zu. Erneut empfand er das Bedürfnis, etwas zu ihr zu sagen, irgendetwas. Doch alles, was rauskam, war die Bemerkung, dass sie ruhig sitzen bleiben solle, sie fänden alleine hinaus. Er raufte sich innerlich die Haare ob seiner Hilflosigkeit.

Unter der Tür drehte er sich doch noch einmal zu ihr um. «Frau Luchsinger, es tut mir sehr leid, dass Ihnen dieses Unglück zugestossen ist. Ich hoffe, es wird Ihnen trotzdem irgendwann wieder besser gehen. Ich wünsche Ihnen alles Gute.»

Sie sah ihn an, mit diesem hoffnungslosen Blick, der ihn zutiefst erschütterte.

«Danke», sagte sie.

Zusammen mit Kurtz, die den Laptop im Arm trug, verliess er das Haus und ging auf den Dienstwagen zu. Schweigend fuhren sie los, durchquerten das Zentrum von Glarus und bogen auf die Hauptstrasse Richtung Netstal ein. Es war lange Zeit still, bis sich Kurtz räusperte und sagte: «Das war ein deprimierender Besuch. Die Frau tut mir sehr leid. Ich möchte nicht in ihrer Haut stecken.»

«Nein, ihr Leben muss der wahre Horror sein.» Coray war noch immer von dem Eindruck dieser totalen Hoffnungslosigkeit in den Augen von Caroline Luchsinger befangen.

«Trotzdem.»

«Trotzdem was?»

«Trotzdem müssen wir ihr Alibi überprüfen, obwohl ich kaum glauben kann, dass sie mit einem Gewehr in die Surselva fährt und dort einen Guide in einem Schlauchboot erschiesst.» Coray machte in Kurtz' Stimme eine leichte Unsicherheit aus.

«Nein, das kann ich mir auch nicht vorstellen. Sie macht vielmehr den Eindruck, als hätte sie kaum genug Kraft, am Morgen aufzustehen und den Tag in Angriff zu nehmen.»

Kurtz' Handy klingelte, und sie meldete sich. Das Gespräch dauerte nicht lange, bevor sie dankend auflegte.

«Ich habe unsere Kollegen gebeten, zu überprüfen, wo Frau Luchsingers Handy am Montagmorgen eingeloggt war.»

«Und?»

«Sie scheint die Wahrheit gesagt zu haben. Sie hat das Haus nicht verlassen.»

«Eigentlich bedeutet es nur, dass ihr Handy das Haus nicht verlassen hat.»

Wieder herrschte Schweigen. Coray steuerte den Wagen auf die Autobahn Richtung Chur.

«Könnte es sein, dass die Frau uns eine Riesenshow vorgespielt hat?», fragte Kurtz plötzlich.

«Wie meinst du das? Auf mich hat das alles sehr echt gewirkt.»

«Ja, aber stell dir Folgendes vor: Sie hat das Schrecklichste erlebt, was einer Mutter zustossen kann. Ihr Kind ist gestorben. Und nicht nur das, auch ihr Mann. Und das beim Versuch, den Sohn zu retten. Es war jedoch kein Unfall, den eines der Opfer selber verursacht hat. Denn das Boot ist auf einer Tour im Fluss gekentert, auf dem sie wegen des hohen Wasserstandes gemäss ihrer Überzeugung gar nicht hätten sein dürfen. Sie gibt dem Geschäftsleiter und dem Guide die Schuld. Sie hofft auf den Prozess …»

«Der Prozess und die Hoffnung, dass die Verantwortlichen zur Rechenschaft gezogen werden, sind das Einzige, was sie am Leben hält», fuhr Coray fort.

«Mehr als zwei Jahre lang zieht sie es durch, macht irgendwie weiter.»

«Es ist für sie jedoch unerträglich, dass sie weitermachen muss. Dass sie noch am Leben ist.»

«Daher beschliesst sie, sich jegliche Freuden zu verbieten. Sie verbannt alles, was sie an eine glückliche Zeit erinnert, aus dem Haus. Baut sich sozusagen ihre eigene Zelle, gönnt sich kein bisschen Glück. Sie will leiden, weil sie sich schuldig fühlt, dass sie noch hier ist, während ihre Liebsten in einem Grab liegen.»

Coray schaute zu Kurtz rüber, die den Faden weiterspann.

«Sie will nur das Urteil abwarten, will wissen, ob die – in ihren Augen – Schuldigen bestraft werden. Für danach hat sie keine Pläne, braucht vielleicht auch keine, da sie mit diesem Leben gar nicht weitermachen will.»

Er schaute sie an. «Du glaubst, sie will sich etwas antun?», fragte er dann.

«Hältst du das wirklich für so abwegig?»

Coray dachte über die Frage nach. Nein, er hielt das für durchaus denkbar.

«Aber wenn sie sich umbringen will, warum hat sie das nicht schon lange getan? Jeder einzelne ihrer Tage scheint ein Martyrium zu sein», fragte er dann mehr sich selbst als seine Kollegin.

«Weil sie noch etwas zu erledigen hat.»

Wieder herrschte Schweigen. Diesmal hatte Coray keinen Blick für die Bündner Herrschaft oder das Windrad. In seinem Kopf rotierten die Gedanken.

«Sie hat es sich zum Ziel gesetzt, das Urteil des Prozesses abzuwarten. Wären die in ihren Augen Schuldigen verurteilt worden, hätte sie die Tragödie vielleicht irgendwann überwinden können. Mit dem Leben weitermachen können. Als jedoch das Urteil gesprochen wird, verliert sie die letzte Hoffnung auf Gerechtigkeit. Sie beschliesst, selber dafür zu sorgen, Rache zu nehmen und damit den Weg zu Ende zu gehen.»

«Sie hat nichts mehr zu verlieren. Doch sie ist entschlossen, ihren Plan durchzuführen. Es ist das Letzte, was sie tun will. Danach kommt nichts mehr.»

«Und für diesen Plan mobilisiert sie nochmals all ihre Kräfte.»

Coray und Kurtz schauten sich an. Das ergab alles Sinn, und dass sie beide mühelos den Gedankengang des anderen verstehen und weiterführen konnten, zeigte ihnen, dass sie mit ihren Schlussfolgerungen nicht völlig danebenlagen.

«Trotzdem bleibt die Frage, wie sie rein physisch in der Lage sein soll, diesen Plan durchzuführen. Woher soll sie schiessen können, sie ist Architektin und keine Scharfschützin?», fragte Kurtz. «Spinnen wir jetzt komplett, oder was?»

«Wir fahren erst mal auf den Posten, klären ab, ob sie einen

Waffenschein hat, und sortieren unsere Gedanken. Wir reden mit der Chefin. Es wäre ja nicht das erste Mal, dass sie die entscheidende Erleuchtung hat.»

Entschlossen gab Coray Gas und achtete nach ihrem Brainstorming wieder voll auf die Strasse. Ihm war, als glühte sein Hirn, und er fragte sich, ob es Kurtz auch so ging. Ein rascher Blick offenbarte ihm jedoch nur ihren konzentrierten Ausdruck. Sie zeigte keinerlei Anzeichen, dass ihr Kopf gleich explodieren könnte. Allerdings hatte sie bereits zwei Flaschen Wasser geleert. Auch er verspürte Durst und griff sich eine Flasche und dazu einen Schokoriegel. Wieder einer dieser Tage, in denen sie nicht mal Zeit zum Essen hatten, dachte er und erinnerte sich mit Wehmut an das Essen bei seinen Eltern.

Ohne jede weitere Konversation fuhren sie in die Ringstrasse, parkierten den Wagen und eilten in ihr Büro. Dort lag ein Ausdruck ihres Kollegen auf dem Tisch, der weiter nach Informationen über Caroline Luchsinger gesucht hatte. Kurtz las das Papier und hielt es ihm triumphierend unter die Nase.

«Ha, ihr Mann Pirmin Luchsinger war IT-Spezialist. Also weiss sie bestimmt, wie sie die Software so manipulieren kann, dass es ausschaut, als hätte sie während der Tatzeit tatsächlich am Computer gearbeitet.»

«Und sie war Biathletin», tönte es von der Tür her.

Coray und Kurtz erstarrten und drehten sich gleichzeitig zu der Stimme um. Cathomas stand mit vor der Brust verschränkten Armen im Türrahmen und schaute sie ruhig an.

Sie hat schon wieder neuen Schmuck – wieso hat sie ständig neuen Schmuck? Dieser Gedanke irrlichterte durch Corays Hirn, und er wäre ob dieser absurden Feststellung beinahe in ein hysterisches Kichern ausgebrochen. Wieso zum Teufel kam ihm immer solcher Quatsch in den Sinn?

Cathomas trug einen schweren goldenen Armreif, den er noch nie registriert hatte. Ein in den Reif eingearbeiteter grüner Stein blitzte im Sonnenlicht auf. Fasziniert folgte er den Farbreflexen, der Anblick erinnerte ihn an das Wasser des Rheins unter der Sommersonne.

«Coray, ist Ihnen etwa die Stimme abhandengekommen?», fragte sie und trat gelassenen Schrittes in den Raum hinein.

Auch Kurtz schaute ihn etwas befremdet an. Allerdings kannte sie seine manchmal abstrusen Gedankengänge und machte keine Bemerkung über sein Verhalten.

«Wieso wissen wir nichts darüber?», fragte Kurtz Cathomas beinahe etwas aggressiv.

Diese marschierte in aller Ruhe zum Bürotisch von Coray und lehnte sich mit immer noch verschränkten Armen dagegen.

«Weil sie nicht mehr aktiv ist und diese Tatsache deshalb beinahe übersehen wurde.»

«Lassen Sie mich raten», sagte Coray, «sie ist seit gut zwei Jahren nicht mehr aktiv.»

«So ist es. Was aber nicht heisst, dass sie nicht weiter trainiert hätte.»

«Wie kommen Sie darauf?»

«Nun, ich habe einen Spezi bei der Glarner Kripo, der ein ausgezeichneter Sportler ist. Der hat Ihre Mitteilung an die Glarner Behörde mitbekommen, dass wir Caroline Luchsinger befragen wollen. Er hat sich so seine Gedanken gemacht und mich kontaktiert.»

Einmal mehr starrten Coray und Kurtz sie leicht fassungslos an. Wie war es möglich, dass diese Frau, die man kaum je in der Öffentlichkeit sah, in den verzwicktesten und manchmal auch scheinbar aussichtslosesten Momenten das Zauberstöckchen schwang und einen Trumpf aus dem Ärmel zog? Überall hatte sie ihre «Spezis», wie sie sie nannte. Leute, die ihr offenbar nur zu gerne einen Gefallen taten oder eine Information zusteckten. Coray schüttelte resigniert den Kopf.

«Und?», fragte Kurtz ungeduldig und starrte Cathomas an.

«Und dann hat er mir erzählt, dass sie eine ausserordentlich erfolgreiche Biathletin war, bis ...»

«Bis zu dem Tag, als das Unglück geschah», beendete Coray den Satz.

«Richtig. Danach trat sie aus dem Verband aus und ging nicht ein einziges Mal mehr zum Training. Dort hat sie niemand mehr gesehen.»

«Aber da kommt doch noch was, oder täusche ich mich?» Coray sah Kurtz an, dass sie Cathomas am liebsten gepackt und geschüttelt hätte; die Gemächlichkeit, mit welcher diese ihre Informationen weitergab, trieb Kurtz beinahe in den Wahnsinn.

Natürlich wusste Cathomas dies und machte sich ihr ganz privates Vergnügen daraus, sie noch ein bisschen hinzuhalten.

«Aber sie ist einem Schützenverein in Zürich beigetreten. Glarus war ihr dann wohl doch zu nahe», fuhr sie endlich weiter. «Trotzdem hatte mein Spezi über einen Kumpel davon Kenntnis, und so wie er sagt, hat sie völlig besessen trainiert. Und zwar nicht nur in der bei Biathleten üblichen Distanz von fünfzig Metern. Sondern auch auf weite Distanzen.»

Es folgte Schweigen.

«Sie hat trainiert wie eine Scharfschützin», folgerte Coray.

«Offensichtlich ja.»

«Moment», sagte Kurtz, «mir kommt noch etwas in den Sinn. Als ich bei Luchsinger zu Hause aus dem Fenster geschaut habe, stand da ein Auto. Ein Kombi. Und auf diesem war ein neu aussehender Gepäckträger montiert.» Während des Redens schritt sie hektisch durch den Raum und gestikulierte wild mit Armen und Händen. «Wozu braucht eine Frau, die kaum mehr aus dem Haus geht, einen Gepäckträger auf ihrem Auto? Was transportiert sie darauf?»

Fragend schauten sich die drei an.

«Scheisse, Matti, wir müssen zurück, sie plant was. Etwas, das kurz vor der Ausführung steht!»

«Sie hat uns eine tolle Show geboten», sagte Coray. «Dabei hat sie nur den Plan verfolgt, uns so schnell wie möglich loszuwerden.»

«Das dauert zu lange. Ich rufe den Kommandanten der Glarner Kripo an, die sollen sofort zu ihr fahren», sagte Cathomas und eilte aus dem Büro.

«Was hat sie vor?» Coray stellte die Frage eher sich selbst als Kurtz.

Kurtz drehte noch immer ihre Runden durch das Büro. Plötzlich blieb sie stehen und schaute Coray elektrisiert an.

«Sie hat noch mit einem zweiten Menschen eine Rechnung offen», sagte sie dann. «Den in ihren Augen Hauptschuldigen hat sie getötet. Aber da ist noch der Geschäftsführer des Tourenanbieters.»

«Martin Meissen.»

Wortlos nahm Coray sein Handy hervor und wählte eine Nummer.

«Mailbox», sagte er und schaute Kurtz an.

«Vielleicht sind wir ja völlig daneben, aber wenn es stimmt, müssen wir Meissen schützen.»

«Was haben wir zu verlieren? Mein Gefühl sagt mir, dass wir auf der richtigen Spur sind.»

«Also los, wir gehen.»

Beide steckten ihre Dienstwaffe ein und eilten zu Cathomas ins Büro. Diese beendete eben ein Telefongespräch.

«Beamte in Glarus sind sofort zu Frau Luchsinger gefahren. Aber sie ist weg.»

«Die hat keine fünf Minuten nach uns das Haus verlassen», mutmasste Coray.

«Und wir ahnen, wohin sie unterwegs ist», fuhr Kurtz fort.

Cathomas drehte gedankenverloren an ihrem goldenen Reif. Ihr Blick war nach innen gerichtet.

«Ich denke, ihr müsst so schnell wie möglich an den Rhein, zu diesem Tourenanbieter in Schluein, oder wo haust der mit seiner Bude?», sagte sie dann.

Coray musste schon wieder ein unpassendes Kichern unterdrücken, als er sich Annabelle Cathomas in Neoprenanzug und Helm vorstellte. Niemals würde sie sich zu einem solchen Abenteuer hinreissen lassen. Diese Frau würden sie immer nur in perfekter Aufmachung zu Gesicht bekommen.

«Ja, wir fahren sofort los und können nur hoffen, dass sie nicht schneller dort ist. Zeitlich wäre es möglich.»

«Ich rufe die Kollegen in Ilanz an. Die können in fünf Minuten vor Ort sein», rief Cathomas über ihre Schulter und eilte in die Einsatzzentrale.

«Auf geht's, Cumissari!» Kurtz rannte Richtung Treppe.

Coray war nur froh, dass es kein Geländer gab, auf dem sie wie ein Kind hätte hinuntergleiten können – sie hätte bestimmt keine Hemmungen gehabt, genau das zu tun. Er beeilte sich, nicht den Anschluss zu verpassen, und sprang in Sätzen hinter ihr her. Die Beamtin, die heute Dienst am Schalter hatte, zog nur die Augenbrauen ein klein wenig in die Höhe. Sie war solch überstürzte Aufbrüche der Polizisten gewohnt.

«Viel Glück, was immer ihr vorhabt!», rief sie ihnen hinterher. Doch die beiden waren bereits draussen und stiegen hastig in den Dienstwagen.

NEUN

Mit geübtem Griff montierte Coray das Blaulicht auf dem Wagendach, schnallte sich an und trat aufs Gaspedal.

«Versuch es weiter bei Meissen», sagte Coray und warf Kurtz sein Handy in den Schoss. Mit ein bisschen mehr als der zugelassenen Höchstgeschwindigkeit fuhren sie Richtung Ilanz. Sie sprachen kein Wort, sondern schauten geradeaus auf die Strasse. Schnell hatten sie die Steigung Richtung Flims hinter sich gelassen und fuhren in das Portal des Tunnels ein.

«Jetzt bloss kein Unfall in der Röhre», murmelte Coray beschwörend vor sich hin. «Ich flippe aus, wenn wir aufgehalten werden.»

«Hey, Matti, wieso sollte ausgerechnet heute dort etwas passieren? Ich habe überhaupt noch nie von einem Unfall im Flimserstein gehört.»

«Du hast keine Ahnung. Einmal ist dort zum Beispiel eine Fahrerin mit zwei Eseln im Anhänger ins Schleudern geraten und umgekippt. Beide Fahrstreifen waren für über eine Stunde gesperrt.»

«Ist den Eseln etwas passiert?»

«Sie wurden leicht verletzt. Die Fahrerin übrigens auch.»

«Wie ist denn die gefahren, dass der Anhänger mit den Tieren umgekippt ist?»

Coray registrierte ihren leicht aggressiven Tonfall. «Katja, es war ein Unfall, sie hat die Tiere nicht absichtlich in Gefahr gebracht.»

Sie schaute ihn nur von der Seite an und schnaubte durch die Nase. Dann griff sie erneut zum Handy.

«Meissen meldet sich nicht», sagte sie resigniert und liess das Handy sinken. «Mann, wieso kann der Typ nicht an sein Telefon gehen?» Frustriert schlug sie mit der Faust gegen die Tür.

«Bleib cool, noch eine knappe Viertelstunde, und wir sind vor Ort.»

Der Rest der Fahrt verlief schweigend. Sie durchquerten problemlos den Tunnel und bretterten nach Laax mit grenzwertiger Geschwindigkeit hinunter Richtung Ilanz. Die Bäume links und rechts der Strasse flogen nur so an ihnen vorbei. Kein Gedanke an Bären und kein Blick hinauf zum Piz Mundaun. Gleich nach einer Rechtskurve tauchte das Heck eines Postautos vor ihnen auf.

«Oh nein», fluchte Coray und ging vom Gas.

Doch der Fahrer des gelben Ungetüms war ein Profi, der bereits seinen Wagen nach rechts in eine Ausweichbucht steuerte. Die eine Hälfte des Postautos ragte zwar noch immer in die Strasse hinaus, doch das war kein Problem für Coray. Mit einem Schlenker liess er das Postauto hinter sich. Kurtz öffnete das Fenster und hob dankend die Hand. Im Rückspiegel sah Coray, dass der Chauffeur ihre Geste erwiderte.

«Ich habe gar nicht gewusst, dass du so rasant fahren kannst», sagte sie und klopfte ihm anerkennend auf die Schulter.

«Ha, du weisst zum Glück noch vieles nicht», erwiderte Coray, ohne seinen Blick von der Strasse zu heben.

Links kam der Rhein in ihr Blickfeld. Trotz des Hochwassers glitzerte er türkisfarben, und das Wasser suchte sich unbeirrt von menschlichen Nöten seinen Weg immer weiter hinunter, bis der Fluss nach seiner langen Reise in die Nordsee münden würde. Sie flitzten an den ersten Häusern von Schluein vorbei, und bevor sie die Ortstafel passierten, stieg Coray entschlossen auf die Bremse. Nur Minuten später bog er nach links in das Industriegebiet ab und lenkte den Wagen Richtung Rhein hinunter. Das Martinshorn stellte er ab.

Auf dem Vorplatz der alten Schreinerei, welche den Geschäftssitz von «Rheinrider» beherbergte, standen zwei Streifenwagen.

«Aha, die Kollegen aus Ilanz sind schon da», sagte Kurtz und schwang sich behände aus dem Wagen. Zusammen eilten sie zum Gebäude. Doch da war niemand. Sie spurteten weiter, auf das offene Tor zu, das oberhalb des Flusses lag. Von dort führten die Holzplanken, auf welchen man die Boote nach unten gleiten liess, direkt hinunter ins Wasser. Als sie aus dem Gebäude kamen, sahen sie vier uniformierte Polizisten, die gestikulierend auf den Chef von «Rheinrider» einredeten. Dabei schauten sie sich immer wieder prüfend in der Umgebung um. Martin Meissen mühte sich damit ab, auf der kleinen Wiese unterhalb des Abhanges Schlauchboote und Kajaks umgedreht zu platzieren. Wahrscheinlich wollte er das Wasser, das sich in der Sturmnacht darin gesammelt hatte, ablaufen lassen. Ungläubig starrte er die Beamten an und schüttelte den Kopf.

«Meissen», schrie Coray, um das Tosen der schäumenden Wassermassen zu übertönen. «Kommen Sie rauf!»

«Was ist denn los? Ich habe zu tun und verstehe nicht, was der Aufstand hier soll.» Er wandte sich wieder seinen Booten zu.

«Verdammt, der kapiert es wirklich nicht», fluchte Kurtz und stieg das steile Bord hinunter. Auch Coray kletterte zum Wasser hinab.

Kurtz packte Meissen an der Schulter und redete mit lauter Stimme auf ihn ein. Die vier Polizisten traten eingeschüchtert zurück, als sie den schneidenden Ton in ihrer Stimme hörten.

«Was genau von dem, was unsere Kollegen Ihnen erklärt haben, ist bei Ihnen nicht angekommen?» Kurtz starrte Meissen aus zusammengekniffenen Augen böse an.

Als Coray hinzutrat, registrierte er, dass sie echt wütend war, und fürchtete, dass sie sich in ihrer Impulsivität zu Handgreiflichkeiten könnte hinreissen lassen. Wenn jemand partout nicht einsehen wollte, was zu seinem Besten war, konnte das schon mal vorkommen.

«Meissen, seien Sie vernünftig und gehen Sie sofort in Ihr Büro», griff er ein.

Auch sein Intervenieren beeindruckte Meissen nicht. «Das ist doch dummes Zeug, was mir da eben Ihre Kollegen weismachen wollten. Dass eine Frau Brendan auf dem Wasser erschossen haben soll. Und warum sollte die es auch noch auf mich abgesehen haben?»

«Vielleicht, weil diese Frau Sie für schuldig am Tod ihrer Familie hält?», warf Kurtz ihm an den Kopf.

Meissen schwieg betroffen und starrte sie stumm an.

«Warum haben Sie uns verschwiegen, dass es vor zwei Jahren zu einer Tragödie auf dem Wasser gekommen ist?», hakte Coray nach.

«Ach, hören Sie doch auf, das ist Schnee von gestern. Das ist doch schon lange vergessen.» Meissen machte eine wegwerfende Handbewegung und suchte im Gras nach einem Tau, das er an einem der Boote befestigte.

«Glauben Sie das wirklich?», schrie ihn Kurtz an. Sie hatte sich vor dem Mann aufgebaut und stemmte ihre Arme kampflustig in ihre Seiten. «Würden Sie es vergessen, wenn Sie Ihre Frau und Ihre Tochter vor Ihren Augen würden ertrinken sehen?»

Nun war Meissen doch etwas betreten. «Nein, natürlich würde ich das nicht vergessen, aber ich würde auch nicht zu einem Gewehr greifen und Leute erschiessen. Das mit Brendan muss einen anderen Grund haben. Ich habe diese Frau nach dem Vorfall gar nie mehr gesehen.»

«Würden Sie auch so reden, wenn es statt einer Frau um einen Mann ginge?»

Meissen hielt einen Moment in seiner Tätigkeit inne und schien nachzudenken. «Hören Sie, ich kann einfach nicht glauben, dass diese Frau auf einen Rachefeldzug geht. Das Gericht hat uns ja in allen Punkten freigesprochen.»

«Eben genau deswegen, Sie Ignorant», sagte Kurtz und tippte ihm mit dem Zeigefinger nicht eben sanft gegen die Brust.

«Na los, kommen Sie, wir gehen in Ihr Büro und reden dort weiter», forderte Coray Meissen auf.

«Okay, ich komme», antwortete er. «Ich muss nur noch schnell dieses Schlauchboot sichern.»

«Danke, Kollegen», wandte sich Coray an die Polizisten aus Ilanz. «Ich denke, ihr könnt wieder abziehen. Im Moment scheint die Situation unter Kontrolle zu sein.»

«Gut, ciao, Matti, ciao, Katja, bis zum nächsten Mal.»

Die vier Beamten begannen den Aufstieg über das Bord.

«Kommen Sie», sagte Kurtz noch mal. «Wir sollten endlich unsere Ärsche aus der Gefahrenzone schwingen.»

«Ich glaube, Sie liegen völlig daneben», sagte Meissen kopfschüttelnd, wandte sich ihr jedoch zu und legte das Tau widerstrebend aus den Händen.

Coray war ein paar Schritte näher ans Wasser getreten. Er fühlte eine vage Unruhe in sich, einen warnenden Ton, der drängend aus seiner unterbewussten Ebene an sein Bewusstsein klopfte. Alarmiert warf er einen prüfenden Blick rundum. Sein Blick glitt flussaufwärts, dem Bord entlang und schliesslich flussabwärts. Nichts. Er konnte nichts Ungewöhnliches ausmachen. Und trotzdem verspürte er eine starke Bedrohung, etwas würde passieren, das sagten ihm all seine Sinne. Fieberhaft suchte er erneut die Gegend ab, wissend, dass da irgendwo ganz nahe etwas – jemand – lauerte.

Plötzlich sah er es: Am gegenüberliegenden Ufer blitzte etwas auf. Nur ganz kurz. Sein Instinkt reagierte schneller als sein Hirn. Er wusste sofort, dass es sich um einen Gewehrlauf handelte, der da in der Sonne aufgeleuchtet hatte.

«Hinlegen, sofort!», brüllte er zu Meissen und lief los, auf ihn zu. Doch dieser schaute ihn nur verblüfft an und blieb erstarrt stehen.

Kurtz reagierte, ohne auch nur eine Sekunde zu zögern. Sie vertrauten einander blind, und wenn der eine es für nötig hielt, dermassen zu schreien, war Gefahr im Verzug. Ein Blick zu Meissen zeigte ihr, dass er zu einer Salzsäule erstarrt war. Die Aufforderung von Coray, sich sofort auf den Boden zu werfen, war nicht wirklich bei ihm angekommen. Die Distanz zu ihm betrug höchstens vier Meter, und sie setzte zu einem ihrer spektakulären Sprints aus dem Stand heraus an. Sie würde ihn einfach anspringen und damit zu Fall bringen. Aus den Augenwinkeln sah sie, dass auch Coray vom Fluss her losgerannt war. Sie wollten auf jeden Fall und unter allen Umständen einen weiteren Toten verhindern. Kaum war Kurtz losgejagt, knallte ein Schuss durch die Luft.

Sie benützt nicht mal mehr einen Schalldämpfer, dachte Coray. Und bevor er diesen Gedanken zu Ende gedacht hatte, wusste er mit absoluter Gewissheit, dass weder er noch seine Kollegin es schaffen würden, Martin Meissen zu beschützen. Sie würden zu spät kommen. Er stand noch immer am selben Ort, schaute sie noch immer verwundert an und begriff nichts. Meissen schien nicht einmal Angst zu haben – er stand einfach da und bot ein perfektes Ziel. Coray war, als liefe alles in Zeitlupe ab. Hilflos mussten sie mitansehen, wie sich Meissen an die linke Brust griff, ungläubig das Blut an seinen Fingern betrachtete und dann zusammenbrach.

Bei dem Knall hatten sich die vier Ortspolizisten, die auf dem Bord oben angekommen waren, wieder dem Fluss zugewandt und waren bis an die Bordkante zurückgerannt. Mit schreckgeweiteten Augen blickten sie hinunter auf die Szenerie, die sich ihnen bot: Meissen lag in Schockstarre in seinem Blut, Kurtz hatte sich neben ihn auf den Boden geworfen und versuchte, ihn mit ihrem Körper vor weiteren Kugeln zu schützen. Adrenalin raste durch Corays Adern, und er hatte das Gefühl, die Szenerie von aussen zu betrachten wie in einem Film. Kurtz funktionierte präzise nach Lehrbuch, presste eine Hand auf die Wunde und bemühte sich mit aller Kraft, das Blut zu stoppen.

«Ruft einen Krankenwagen», rief sie den vier Polizisten zu. «Meissen lebt noch, aber es sieht schlecht aus. Er verliert viel Blut. Los, nun macht schon!»

Einer der Polizisten, ein junger Typ, dem die zurückgegelten gepflegten Haare bis tief in den Nacken fielen, überwand seinen Schrecken als Erster. Hektisch griff er zum Handy und bemühte sich, seine Meldung so professionell wie möglich zu formulieren. Dann stieg er in rasender Eile zusammen mit seinen drei Kollegen wieder Richtung Fluss hinunter.

Coray war vom Ufer hergerannt, hatte seine Pistole gezogen und sich vor den Verletzten und seine Kollegin gestellt. Sein Blick glitt ans andere Ufer hinüber, und er sah, dass dort eine Frau aus dem Gebüsch getreten war. Eine Frau mit kurzen blonden Haaren und einem grünen T-Shirt. Er hätte erwartet, dass sie sofort fliehen würde, versuchen würde, sich in Sicherheit zu bringen. Abzutauchen, vielleicht sogar ins Ausland zu fliehen und ein neues Leben anzufangen. Doch Caroline Luchsinger stand einfach da und blickte zu ihnen rüber. Das Gewehr hatte sie sinken lassen. Unverwandt schaute sie Coray direkt in die Augen. Es sah aus, als hätte alle Kraft sie verlassen. Als wäre ihr sportlicher Körper nur noch eine Hülle. Eine Hülle, die den Menschen darin knapp aufrecht halten konnte.

Obwohl sie zwei furchtbare Verbrechen begangen hatte, konnte Coray sich nicht dagegen wehren, dass ihn tiefes Mitgefühl mit dieser gebrochenen Frau überfiel. Es vergingen nur wenige Sekunden, in denen sie sich über den reissenden Fluss hinweg anstarrten, doch Coray kam es vor, als wäre eine Ewigkeit vergangen, bis er sich endlich aufraffen konnte. Ein Blick auf den am Boden liegenden Meissen zeigte ihm, dass dieser schwer verletzt war. Seine Augen waren geschlossen, und seine Gesichtsfarbe wies einen beinahe bläulichen Ton auf.

«Merda!», sagte er gepresst zu Kurtz, die immer noch verzweifelt versuchte, die Blutung zu stoppen. «Das sieht nicht gut aus.»

«Nein, tatsächlich nicht. Wir müssen einen Druckverband machen, sonst verblutet er uns unter den Händen.»

Hilfesuchend wandte sie sich den Ortspolizisten zu. Der junge Typ kam mit einem ganzen Stapel Badetücher aus dem Gebäude auf sie zugerannt.

«Ich kann übernehmen», rief er noch im Laufen, «ich habe vor zwei Wochen ein Notfallseminar abgeschlossen.»

Er ging neben Kurtz in die Knie. Das viele Blut schreckte ihn nicht ab. Behutsam löste er Kurtz' verschmierte Hände von Meissen, legte ein gefaltetes Frottiertuch auf dessen Wunde und presste fest darauf. Die wächserne Gesichtsfarbe des Angeschossenen blieb unverändert.

«Der Krankenwagen muss jeden Moment da sein», sagte der Polizist und liess keinen Blick von dem Verletzten. Seine drei Kollegen standen unbehaglich um sie herum. Es war klar, dass sie in diesem Moment überall lieber gewesen wären als an diesem Tatort.

«Gut, du bleibst bei ihm, bis er auf der Bahre liegt», befahl ihm Coray, «und ihr helft ihm dabei.» Damit meinte er die drei Kollegen, die langsam aus ihrer Erstarrung erwachten. Sie waren erleichtert, dass einer von ihnen die Sache in die Hand genommen hatte.

«Ich fahre mit ihm mit ins Spital, vielleicht hilft ihm das», sagte der junge Mann, ohne seinen Griff auf der Wunde zu lockern.

«Okay, danke.»

Nachdem Coray das Opfer in guten Händen wusste, richtete er sich auf und wendete sich zurück ans andere Ufer. Er war kein bisschen erstaunt, als er Caroline Luchsinger noch immer dort stehen sah. Auch Kurtz hatte sie entdeckt. Einen unendlichen Moment lang starrten sich alle an. Dann verschwand Luchsinger im Gebüsch, kam jedoch gleich wieder zurück. Sie hatte ein gelbes Kajak geschultert und schritt gemächlich damit zum Wasser. Sie trug keinen Helm, keine Weste, keinen Neoprenanzug.

Kurtz griff nach Corays Arm und packte ihn. «Jetzt weiss ich, wofür der Gepäckträger auf dem Auto war. Die hat ihr Kajak damit transportiert.»

«Ja, und nun will sie abhauen. Verdammt, wir müssen ihr nach. Wir müssen sie einholen, sonst entkommt sie uns.»

Hektisch drehten sie sich zu den Booten um, die nur ein paar Schritte entfernt von ihnen im Gras lagen.

«Hol uns sofort zwei Paddel», herrschte Kurtz einen der Kollegen an. Dann drehte sie mit Coray eines der Kajaks um. Es war ein offenes Zweierkajak, ein beliebtes Boot für Tagestouren – genau das Richtige für ihre Zwecke.

Der Kollege kam mit den Paddeln angerannt. Coray packte sie und warf eines weiter zu seiner Kollegin, die es mit einer Hand geschickt auffing. Dann griffen sie sich das Boot und eilten zum Fluss. Sie arbeiteten Hand in Hand, ohne sich verständigen zu müssen.

Zum Glück ist Kurtz hier, dachte Coray dankbar, als er realisierte, wie geschmeidig ihre Zusammenarbeit funktionierte. Mit niemand anderem wäre das möglich gewesen. Ein rascher Blick an das andere Ufer zeigte ihm, dass sich Caroline Luchsinger soeben routiniert in ihr Sportkajak gleiten liess, das Paddel ergriff und sich vom Ufer abstiess.

«Schnell, spring rein», drängte Coray und sah mit Befriedigung, wie sich Kurtz in das wacklige Ding schwang. Sie hatte das Paddel ins Wasser getaucht und versuchte, das Kajak so lange vor Ort zu halten, damit auch er einsteigen konnte. Er konzentrierte sich voll auf dieses Unterfangen. Scheiterte es, würden sie entweder kentern, oder Caroline Luchsinger würde ihnen entkommen.

Auch er glitt problemlos auf seinen Sitz, und sie paddelten auf den Fluss hinaus. Nicht lange und die Strömung erfasste sie. Solche Verhältnisse hatte Coray noch nie erlebt auf seinen Ausflügen auf dem Vorderrhein, und er zweifelte nicht daran, dass diese schnelle Flut auch für Kurtz eine Premiere bedeutete. Sie schossen in beängstigender Geschwindigkeit über das Wasser.

Hoffentlich schrammen wir nirgends über einen überfluteten Felsen, betete er. Sie würden unweigerlich in die Fluten stürzen. Ohne Helm, ohne Neoprenanzug – aber vor allem ohne Schwimmweste. Er hielt sich selbst für einen guten Schwimmer, wollte jedoch nicht herausfinden, ob das auch für dieses Hochwasser galt. Verbissen paddelten sie hinter der Frau her, darum bemüht, die Balance zu halten. Caroline Luchsinger durchschnitt die Wellen spielend, es wirkte absolut mühelos, und Coray fragte sich, wie oft und auf welchem Gewässer sie wohl trainiert haben mochte.

«Wir bleiben einfach hinter ihr», rief ihm Kurtz vom vorderen Sitz zu. «Die scheint zu wissen, wie es geht.»

Coray fand dies eine gute Idee: Solange die Frau problemlos paddelte, ohne über oder an einen Felsen zu schrammen, waren sie in ihrem Kielwasser sicher unterwegs. Doch obwohl sich die beiden abmühten, an ihr dranzubleiben, war sie viel schneller. Fast sah es aus, als flöge sie in ihrem schnittigen Kajak knapp über der Oberfläche dahin. Plötzlich stoppte sie in ihrer Bewegung und schaute zurück. Ihr Blick suchte das Boot ihrer Verfolger, und als sie registrierte, dass sie weit abgeschlagen dahintrieben, hörte sie auf zu paddeln. Sie verlangsamte das Kajak, versuchte, sich so weit als möglich an Ort und Stelle zu halten.

«Was macht sie da?», fragte Kurtz, als sie das Manöver verfolgte.

Auch Coray war verblüfft. Für ihn wirkte es so, als wartete die Frau auf sie, und nicht, als wäre sie auf der Flucht vor ihnen. Was sollte das?

«Ich weiss nicht», schrie er nach vorne. «Aber es scheint, als wollte sie, dass wir sie einholen.»

«Warum zum Teufel sollte sie das tun?»

Tatsächlich verringerte sich der Abstand zwischen den beiden Booten schnell. Coray registrierte, wie das Ufer an ihnen vorbeiflog. Die Isla Sut, auf der er so gerne mit Juri im Sand lag, und der Fels auf der anderen Seite, der völlig mit gelben Blumen, deren Namen er nicht kannte, überwachsen war, rasten an ihnen vorbei. Er nahm das alles aus dem Augenwinkel wahr. Er hatte keine Zeit, auch nur einen einzigen Blick auf die Plätze zu werfen, die er so liebte und immer wieder aufsuchte. Auch Kurtz sass hoch konzentriert in ihrem Sitz und versuchte, mit dem Paddel jeden Schwenker auszugleichen. Ihr Blick war stur nach vorne gerichtet, ihre Bewegungen entschlossen und ihr Körper angespannt.

Ob sie auch nur einen Moment daran denkt, dass wir hier ganz schnell absaufen könnten?, fragte er sich. Er hegte Zweifel daran. Seine Kollegin sann nicht über «wäre», «könnte» oder «hätte» nach. Sie marschierte einfach drauflos. Oder raste drauflos. Sie nahm das Ziel ins Visier und steuerte es, ohne zu zögern, an. Sie machte sich keine Gedanken darüber, was für Konsequenzen ihr Handeln nach sich ziehen könnte. Ob es gefährlich war oder nicht, kümmerte sie nicht. Sie tat einfach, was sie für nötig befand.

Es war diese unglaubliche Unerschütterlichkeit ihres Tuns, welche ihn immer wieder verblüffte. Diese Konsequenz, mit der sie beendete, was sie begonnen hatte. Er fragte sich manchmal, ob er sich wünschte, so zu sein wie sie. Und kam dann jeweils zum gleichen Schluss, nämlich dass es genau so passte, dass sie deshalb ein geniales Team abgaben: Weil sie beide so waren, wie sie eben waren. Verschieden.

Unterdessen hatten sie beinahe zu Caroline Luchsinger aufgeschlossen, und Coray konnte ihr Gesicht deutlich erkennen. Ihre Gesichtszüge, die wie in Stein gemeisselt wirkten; die dunklen Augen, die ihnen auf ihrem wilden Ritt in dem knallroten Boot ohne erkennbare Regung folgten. Mühelos hielt sie der Strömung stand, das Kajak wie verwachsen mit ihrem Körper. Kaum waren sie in ihrer Nähe angelangt, stiess sie wieder in die Strömung hinein, nahm Tempo auf und liess sie zurück.

«Was für ein beschissenes Spiel soll das sein?», schrie Kurtz. «Fang den Hut, oder was? Verdammt, Matti, gib Gas!»

Wütend stiess sie ihr Paddel ins Wasser und brachte mit der unkoordinierten Bewegung das Kajak ins Wanken.

«Hör zu, du Durchgeknallte», brüllte sie in das Brausen der Wassermassen hinaus, «wir kriegen dich. Ich verspreche es dir!»

«Reiss dich zusammen, wir kentern, wenn du so weitertobst», warnte Coray und versuchte, das Boot wieder zu stabilisieren.

Er war froh um jeden Trip den Vorderrhein hinunter, den er mit seinen Kumpels gemacht hatte. Er spürte, wie er Sicherheit gewann, wie er die Kontrolle zurückerlangte und das Vertrauen in seine Fähigkeiten. Auch Kurtz schien zu fühlen, dass das Kajak viel geschmeidiger durch die Wellen schnitt. Sie hatte ihre Wut hinausgeschrien und war wieder voll auf das Geschehen fokussiert.

In hohem Tempo fuhren sie auf die Stelle zu, wo am Montag der Guide erschossen worden war. Doch die Sandbank, auf der die Boote angelegt hatten, war überflutet – es war nichts von ihr zu erkennen. Sie schossen unter der hohen Brücke hindurch und liessen die Staziun Valendas hinter sich. Die scharfe Rechtskurve kam, hinter der der Carreratobelbach in den Rhein mündete. Sie mussten all ihre Fähigkeiten aufwenden, um die Kurve zu kriegen. Wasser spritzte in das Boot, und er sah aus dem Augenwinkel, dass auch Caroline Luchsinger Mühe hatte, ihr Kajak in der Spur zu halten. Der normalerweise zahme Bach hatte sich in einen gefährlichen Strom verwandelt, der Baumstämme und Geröll mit sich riss. Das sonst klare Wasser hatte die Farbe von Beton angenommen und schien sie wütend anzubrüllen.

Wir schaffen das nicht, dachte Coray verzweifelt. Er hatte das Gefühl, dass ihr Boot ausser Kontrolle geriet und sie nur noch darum kämpften, nicht zu kentern. Das Kajak schlingerte, und sie paddelten wie verrückt. Nur mit grösster Mühe gelang es ihnen, das Boot daran zu hindern, sich zu drehen, es einigermassen auf Kurs zu halten. Vor ihnen tauchte das schwarze Loch auf. Die Stelle, an der das Schlauchboot mit Mann und Sohn von Caroline Luchsinger gekentert war. Auf Coray wirkte es, als reisse es in rasender Wut den dunklen Schlund auf, um sie erbarmungslos zu verschlingen. Sie kämpften, um die Gewalt über das Kajak nicht zu verlieren. Er spürte, wie seine Muskeln gequält aufschrien, wie seine Beine sich versteiften. Auch Kurtz schien mit letzter Kraft gegen die Naturgewalt anzukämpfen. Als sie nach links schaute, registrierte er ihre verkrampften Gesichtszüge. Er sah aber auch die Entschlossenheit darin. Den absoluten Willen, diesen Kampf gegen die reissende Strömung zu gewinnen. Es flackerte Bewunderung für diese Frau auf, die einfach nie aufgab. Das verlieh auch ihm noch einmal neue Energie, eine Zähigkeit, die ihn beflügelte, und die Hartnäckigkeit, über sich hinauszuwachsen.

Caroline Luchsinger drehte ihren Kopf zu ihnen um. Sie suchte seinen Blick. Und plötzlich wusste er, was sie vorhatte. Diese Gewissheit traf ihn wie ein Schlag, verschlug ihm den Atem und lähmte seine Glieder. Erstarrt blickte er zu ihr hinüber. Sie sah ihm direkt in die Augen. Es war, als bliebe die Zeit stehen. Er konnte den Schmerz in ihren Augen erkennen. Diese abgrundtiefe Trauer, die sie nie würde überwinden können. Sie wollte nicht mehr in dieser Welt, die sich für sie in ein sinnloses Dasein voller Leid und Qual verwandelt hatte, leben. Sie hatte schon vor langer Zeit beschlossen, sich auf den Weg zu ihren Liebsten zu machen. In der Hoffnung, sie irgendwo zu finden, sich wieder mit ihnen vereinen zu können. Sie hatte nur noch das Unrecht, das ihnen ihrer Überzeugung nach widerfahren war, irgendwie gutmachen wollen. Als würde das den Weg zu Mann und Kind ebnen. Das alles las er in ihrem Blick. Er konnte das nicht zulassen. Er wollte nicht, dass sie starb, dass für sie alles zu Ende war.

«Nein», schrie er mit aller Kraft, die ihm geblieben war, zu ihr hinüber. «Tun Sie das nicht, bitte!»

Sie sah ihn an, als wollte sie ihn um Verzeihung bitten. Dafür, was sie den zwei Männern angetan hatte, und dafür, dass sie ihm nun das antat. Dass er mitansehen musste, wie sie starb.

Dann war der Moment vorbei. Sie liess das Paddel ins Wasser fallen, wo es sofort von der Strömung mitgerissen wurde. Langsam neigte sie sich nach links, hob die Arme und liess sich fallen. Das Kajak kippte, und die Frau verschwand in den Fluten. Das kieloben treibende Boot triftete direkt in das schwarze Loch hinein und blieb in einer Wasserwalze hängen. Fassungslos starrte Coray hinterher. Dann schossen sie in ihrem Kajak haarscharf an den Felsen vorbei. Sie war weg. Weg aus seinem Blickfeld und weg aus diesem Leben. Ihm war, als würde er ohnmächtig. Langsam liess er das Paddel sinken. Er hörte das Toben des Wassers nicht mehr. Er hörte gar nichts mehr. Er fühlte sich, als wäre er selbst in den Fluten versunken.

Erst die Hilferufe von Kurtz brachten ihn wieder ins Jetzt zurück.

«Matti, Matti, los, paddle, verdammt noch mal, paddle!»

Er nahm die Panik in ihrer Stimme wahr und riss alarmiert

den Kopf hoch. Ihre Lage war schier aussichtslos: Ihr Boot drohte, sich um sich selbst zu drehen, da nur noch Kurtz auf dem vorderen Sitz gepaddelt hatte. Überall tauchten Baumstämme in den Wellen auf, die gierig nach ihnen zu greifen schienen. Da überkam ihn der pure Überlebenswille. Nein, er würde hier nicht sterben, nicht in diesem Fluss, den er so liebte. Und er würde nicht zulassen, dass Kurtz hier starb. Niemals.

Entschlossen nahm er den Kampf auf. Sie würden beide lebend aus diesem Boot steigen. Mit zitternden Muskeln stiess er das Paddel ins Wasser, immer wieder. Kurtz unterstützte ihn mit aller Kraft. Er wusste, dass nach der nächsten Kurve zwei Sandbänke auftauchen würden. Die eine lag direkt am Ufer. Darauf mussten sie zusteuern. Als sie in Sicht kam, bemerkte er, dass sie zwar weitgehend überflutet war – aber nicht komplett. Sie konnten es schaffen. Sie würden es schaffen. Seine Arme arbeiteten wie Maschinen, er spürte keinen Schmerz mehr, keine Anstrengung, keine Erschöpfung. Er sah nur noch das Ziel vor Augen.

Kurtz musste seine wilde Entschlossenheit, die ihn überkommen hatte, auch spüren. Sie übernahm sein Tempo und seine Bewegungen, als wären sie eins. Instinktiv wusste sie, wo er hinsteuerte, er musste nichts sagen. Mit voller Konzentration hielten sie auf den Sandstreifen zu, der sie retten würde. Ihm wurde leicht ums Herz, er wusste, dass sie es schaffen würden.

Mit voller Wucht schoss das Kajak auf den rettenden Streifen Land. Sie wurden so heftig hinaufkatapultiert, dass es sich anfühlte, als wären sie mit einem Kleinflugzeug oder einem Ballon die letzten paar Meter abgestürzt. Dann kippte das Boot und spie sie förmlich auf den Strand, wo sie liegen blieben wie zwei Fische auf dem Trockenen. Sie regten sich nicht, so als wüssten sie nicht, ob sie das überhaupt versuchen sollten. Dann spuckte Kurtz Sand aus und setzte sich auf. Auch er kam langsam in eine aufrechte Haltung. Völlig durchnässt und erschöpft hockten sie nebeneinander und schauten sich an – erstaunt darüber, dass sie nach diesem Höllenritt noch am Leben waren.

«Das war verdammt knapp», konstatierte Kurtz in ihrer unaufgeregten Art, klopfte sich den gröbsten Dreck von den Klamotten und schaute auf den Rhein hinaus, der schäumend an ihnen vorbeidonnerte.

«Wir sehen aus wie zwei Schiffbrüchige», sagte Coray mit einem Blick auf die Szenerie um sich herum.

«Was wir ja auch sind», entgegnete Kurtz. «Warum hat sie das getan?»

Coray wusste nicht, ob die Frage an ihn gerichtet war oder ob sie einfach laut gedacht hatte.

«Warum hat sie uns auf den Fluss gelockt, um sich dann vor unseren Augen ins Wasser zu stürzen? Ich verstehe das nicht», fuhr sie kopfschüttelnd weiter.

«Vielleicht wollte sie genau das: dass wir verstehen.»

«Was verstehen? Dass sie sich umbrachte?»

«Dass es für sie keinen anderen Weg mehr gab. Dass sie aber vorher Gerechtigkeit für ihre Liebsten herstellen musste.»

«Das ist verrückt.»

«Natürlich ist das für uns rational Denkende verrückt, aber vielleicht war es für sie völlig logisch.»

Es herrschte Schweigen. Die beiden hingen ihren Gedanken nach. Versuchten, Antworten zu finden. Vor allem eine Antwort auf dieses drängende Warum.

Dann sagte Kurtz: «Vielleicht wollte sie einfach nicht alleine sterben.»

Es verblüffte ihn, diese Schlussfolgerung aus ihrem Mund zu hören. Er drehte den Kopf und schaute zu ihr rüber, doch sie sah weiter starr hinaus auf den Fluss. Er räusperte sich und folgte ihrem Blick in die Ferne.

«Ja, dieser Gedanke ist mir auch schon gekommen.»

«Weisst du was, wenn es wirklich so war, dann hoffe ich, dass es diesen furchtbaren Tod für sie ein bisschen leichter gemacht hat.»

Wieder schwiegen sie einvernehmlich, schauten hinaus

in die wilde Landschaft und dachten über ihre Worte nach. Sie wussten beide, dass sich das Geschehene nicht mit einem Gespräch verarbeiten liesse. Sie würden dieses Erlebnis noch einige Zeit mit sich herumtragen, sich fragen, was da wirklich abgegangen war und ob sie nicht doch eine Möglichkeit hätten finden müssen, die Tragödie abzuwenden. Aber für den Augenblick war es gut, sie waren bereit, dem Leben wieder ins Gesicht zu schauen. Kurtz war wieder auf den Beinen und suchte in den Hosentaschen nach ihrem Handy. Schliesslich beförderte sie es ans Tageslicht.

«Es ist pflotschnass, aber es funktioniert.»

«Na, dann ruf mal die Kavallerie, damit sie uns abholen.»

ZEHN

Es war früher Abend geworden, als Coray und Kurtz von einer heissen Dusche aufgewärmt und mit trockenen Kleidern versorgt ins Büro von Cathomas traten. Diese schaute ihnen mit besorgtem Blick entgegen. Coray war immer ein bisschen gerührt, wenn er sah, dass die Eisprinzessin sich zwar sehr bemühte, ihrem Spitznamen gerecht zu werden, aber nicht verhehlen konnte, wie sie um ihre Leute bangte, wenn sie diese in Gefahr wusste.

«Coray, Kurtz, da haben Sie ja mal wieder mächtig über die Stränge geschlagen. Immer wieder predige ich Ihnen, sich nicht blindlings in jedes Abenteuer zu stürzen. Wie würden Sie denn das heute nennen? Warum zum Teufel mussten Sie ein solches Risiko eingehen? War es wirklich nötig, dass Sie Ihre Hintern in ein Kanu schwingen und sich in einen Fluss stürzen, der nicht, aber grad überhaupt nicht befahrbar ist? Verdammt, was haben Sie sich dabei bloss gedacht?»

Coray und Kurtz liessen die Standpauke mit stoischer Ruhe über sich ergehen. Sie wussten, wie so etwas ablief: Sie hörten der Chefin einfach zu, bis sie gesagt hatte, was sie zu sagen hatte, und sich wieder beruhigt hatte. So lange war es allerdings ratsam, sie nicht zu unterbrechen. Coray hatte es einmal getan und bitter bereut. Das hatte er in dem Moment begriffen, als Annabelle Cathomas sich aus ihrem Stuhl erhoben, die Fäuste auf ihrem Schreibtisch abgestützt und sich in seine Richtung gebeugt hatte. Und dann hatte er die Abreibung seines Lebens erhalten. Sie hatte ihn dermassen zerlegt, dass er danach das dringende Bedürfnis hatte, seine Knochen und seine Gedanken zusammenzusuchen und zu sortieren.

Das war am Anfang ihrer Zusammenarbeit vor rund elf Jahren gewesen, und Ähnliches war seither nie mehr vorgekommen. Mit Kurtz, die sowieso ein Problem mit Respekt gegenüber ihren Vorgesetzten hatte, war Cathomas erstaunlicherweise nachsichtiger als mit allen anderen. Coray hatte es schon lange aufgegeben, herauszufinden, warum das so war. Vielleicht hatte sie instinktiv erkannt, dass sich die junge Polizistin sowieso von niemandem einschüchtern liess. Noch für viel wahrscheinlicher hielt er es jedoch, dass sie insgeheim ganz einfach von ihrer Verwegenheit und ihrem Draufgängertum beeindruckt oder sogar ein bisschen berührt war. Er sah, wie sich die Augenbrauen der Chefin nach oben bewegten, das war üblicherweise der Moment, in dem sie Antworten wollte.

«Also, ich höre, meine Herrschaften!» Cathomas lehnte sich zurück, verschränkte die Arme vor der Brust und liess ihren Gletscherblick über sie gleiten.

«Nun», begann Coray bedächtig, «wir haben tatsächlich keine andere Möglichkeit gesehen, Caroline Luchsinger zu stoppen. Wir wussten ja auch nicht, ob sie noch Waffen bei sich trug und auf dem Weg zu jemand anderem war. Ob da noch weitere Namen auf ihrer Liste standen.»

«Ist das nicht ein bisschen weit hergeholt? Mit dem Kajak auf Rachetour den Rhein hinunter?»

«Nein, sie hätte ja auch noch irgendwo ein Auto parkiert haben können. Sie hat uns dermassen irregeführt, dass wir danach alles für möglich gehalten haben.»

Cathomas schüttelte den Kopf und legte ihre Hände an die Schläfen, so als verursachte ihr die Geschichte Kopfschmerzen.

«Wir haben einfach getan, was nötig war», warf Kurtz dazwischen. «Wie geht es übrigens Martin Meissen?»

«Er wird noch immer operiert», antwortete Cathomas. «Wir werden benachrichtigt, sobald sie im Spital mehr wissen.»

Alle schwiegen und dachten an den Inhaber von «Rheinrider», der sich nicht hatte vorstellen können, dass er in Gefahr schwebte, und der jetzt auf einem Operationstisch um sein Leben kämpfte. Coray fragte sich, warum Caroline Luchsinger ihn nicht auch mit einem Kopfschuss niedergestreckt hatte. Hatte sie ihn für nicht ganz so schuldig gehalten wie den Guide Brendan Miller? Hatte sie ihm deshalb eine Überlebenschance einräumen wollen? Oder hatte sie einfach nicht präzise geschossen? An dieser Version zweifelte er allerdings. Er war überzeugt, dass sie Meissen problemlos auf der Stelle hätte töten können, wenn sie das gewollt hätte. Diese Frau hinterliess so viele unbeantwortete Fragen. Er nahm sich vor, darüber mit Kurtz zu reden, er wollte wissen, wie sie darüber dachte.

«Ich wollte noch erwähnen, dass die Kollegen aus Ilanz einen guten Job gemacht haben», liess sich Kurtz eben vernehmen, «vor allem Gion, der junge Kerl mit dem gegelten Haar. Ich weiss nicht mal, wie er mit Nachnamen heisst ...»

«Camenzind», warf Cathomas ein.

Coray musste grinsen, als er sah, dass Kurtz aus dem Konzept geriet. Wie oft hatten sie ob des phänomenalen Gedächtnisses von Cathomas gestaunt.

«Oh, okay», nahm Kurtz den Faden wieder auf, «also auf jeden Fall hat dieser Gion Camenzind beherzt eingegriffen und, ohne zu zögern, die Verantwortung für Meissen übernommen, bis der Krankenwagen gekommen ist.»

«Wie ich gehört habe, ist er sogar mit ihm im Helikopter mitgeflogen. Er war es auch, der die Rega gerufen hat, noch bevor der Krankenwagen eingetroffen ist. Er hat erkannt, dass jede Minute zählen würde.»

Kurtz und Coray schwiegen.

«Gut, damit ist diese Geschichte wohl erledigt, der Mord und der Mordanschlag sind aufgeklärt, und die Schuldige ist ermittelt», sagte Cathomas. «Alles, was noch fehlt, ist ein schöner, detaillierter Bericht.» Damit lehnte sie sich entspannt zurück und lächelte sie an.

Die beiden sahen sich an und seufzten hörbar. Es war unschwer, aus ihren Mienen zu lesen, wie versessen sie auf diese Aufgabe waren. Sie konnten es gar nicht abwarten, diesen Rapport zu schreiben.

Annabelle Cathomas warf einen schnellen Blick auf sie und zog diesmal nur eine ihrer perfekt gestylten Augenbrauen in die Höhe.

«Keine Angst, das hat Zeit bis morgen», fügte sie dann hinzu. «Sie machen, dass Sie nach Hause kommen.» Und damit wendete sie sich wieder ihren Dokumenten zu. Sie schien mit ihren Gedanken bereits weit weg zu sein.

Erleichtert erhoben sich die beiden etwas steif und ungelenk aus den Stühlen und gingen Richtung Tür.

«Wenn Sie morgen sowieso Bürodienst schieben müssen, könnten Sie ja Ihren Hund mitnehmen», sagte Cathomas beiläufig zu Corays Rücken. «Ich werde nicht da sein, dann stört er ja niemanden.»

Coray konnte sich ein breites Grinsen nicht verkneifen, sie konnte es von hinten ja nicht sehen. Er war sich ganz sicher, dass sie morgen im Büro sein würde und dann unter einem Vorwand bei ihnen auftauchen und Juri verstohlen zu sich locken würde. Er kannte ihre Tricks.

«Und lassen Sie das Grinsen.»

Coray und Kurtz machten, dass sie ausser Hörweite der Chefin kamen, damit sie ihrer Heiterkeit endlich freien Lauf lassen konnten. Kaum hatte sich die Tür ihres eigenen Büros hinter ihnen geschlossen, brachen sie in hemmungsloses Lachen aus.

«Sie ist schon eine spezielle Nummer, unsere Chefin», sagte Kurtz und wischte sich eine Träne aus dem Augenwinkel.

«Haha, ihre Finten werden immer durchschaubarer. Aber ich werde Juri morgen mitbringen und keine Sekunde aus den Augen lassen. Bin ja gespannt, welche raffinierten Machenschaften sie anwenden wird, um ihn zu ködern.»

Urplötzlich und völlig aus dem Nichts fühlte Coray, wie ein kalter Schatten ihn streifte. Es war nur ein Hauch und sofort wieder vorbei. Trotzdem war ihm, als hätte ein schwarzer Engel an sein Unterbewusstsein geklopft, ihm eine Warnung zugewispert, ihn an etwas erinnern wollen. Abrupt hielt er in seiner Bewegung inne und runzelte die Stirn.

«Was ist mit dir?», fragte Kurtz, die sich noch immer von ihrem Lachanfall zu erholen suchte.

«Äh, nichts. Mir ist nur gerade in den Sinn gekommen, dass

ich noch für das Nachtessen einkaufen muss, bevor ich nach Hause fahre.»

«Aha. Ich glaube dir nicht ein Wort. Du hast eben so erschreckt ausgesehen, als ob dir ein Geist begegnet wäre. Also versuch nicht, mich mit so einer Lüge abzuspeisen. Du weisst, dass ich dich durchschaue, als wärst du eine Glasskulptur. Raus damit, was hast du?»

«Ich weiss nicht, mir ist innerlich plötzlich eiskalt geworden.»

Kurtz sah ihm prüfend ins Gesicht. «Aber es hat nichts mit der Kälte des Vorderrheins zu tun, richtig?»

Coray schüttelte den Kopf und schaute sie ratlos an. «Nein, es war nicht so eine Kälte. Nicht von aussen. Es war mehr wie eine Alarmglocke, die für einen Sekundenbruchteil in meinem Hirn losgegangen ist.»

«Warum sollte dein Unterbewusstsein dich vor etwas warnen? Der Fall ist gelöst, die Täterin kann dir nichts mehr antun. Es gibt nichts, was dich noch beunruhigen müsste. Ausser du verschweigst mir etwas.» Sie schaute ihm direkt in die Augen. Er wich ihrem Blick aus. «Es sei denn, die schöne Frau Winterfeld geistert in deinem Kopf herum und verdreht dir das Hirn.»

«Du spinnst doch!»

Er hatte ihr von der Begegnung mit der Journalistin bei seinen Eltern erzählt. Was er soeben bereute, denn Kurtz würde ihn gnadenlos triezen.

«Ha, bist du da ganz sicher? Bist du nicht gerade ein bisschen verlegen geworden, mein Lieber?»

Foppend tanzte sie um ihn herum und liess ihren Gedankengängen freien Lauf.

«Das ist es. Du denkst ein bisschen zu oft an sie, und weil du dann ein schlechtes Gewissen bekommst, verdrängst du diese Gedanken wieder, und die kommen dann an die Oberfläche und –»

«Kurtz, jetzt hör aber auf. Wenn ich im Moment an jemanden denke, dann ist es Caroline Luchsinger, die in den

Fluten versinkt. Der Blick, den sie mir zugeworfen hat, das gelbe Kajak, von dem nur noch der Boden zu sehen war, das Paddel, das –»

«Matti, jetzt hörst du aber bitte auf. Egal, wie oft du dir diese Bilder noch vor die Augen holst, du kannst nichts mehr ändern. Du hättest auf keinen Fall etwas ändern können. Niemand hätte etwas ändern können. Caroline Luchsinger hatte alles lange geplant. Es gab keinen Plan B für sie. Den wollte sie gar nicht. Sie war auf einem Weg, auf dem es keine Abzweigung und keine Umkehr gab. Und sie ist diesen Weg konsequent zu Ende gegangen. Egal, was irgendjemand getan hätte – für sie gab es kein Happy End. Das ist einfach Tatsache.

«Ja, ich weiss, aber –»

«Kein Aber. Ich weiss, dass du mit solchen Geschichten Mühe hast, dass sie dir persönlich viel zu nahegehen. Was dich übrigens nicht daran hindert, der beste Ermittler und Lehrmeister zu sein, den ich kenne. Aber wir wissen beide, dass du auch über diesen Fall hinwegkommen wirst. Im Gegensatz zu uns ‹harten Kerlen› brauchst du einfach ein bisschen mehr Zeit. Du wirst es mit Emilia besprechen, du wirst deine Wanderungen in die Berge machen, mit Juri rumtoben, und in einer Woche bist du wieder der alte Matti.»

Er schaute sie verlegen an und nestelte am Reissverschluss seiner Jacke rum.

«Danke», sagte er dann einfach.

Aber sie hörte am Tonfall seiner Stimme, dass er verstanden hatte und dass es okay war und dass sie sich keine Sorgen mehr machen musste. Sie warf ihm einen aufmunternden Blick zu.

«Na, dann komm. Wir hauen ab, ich hab die Schnauze voll für heute.»

«Was machst du heute Abend?»

«Oh, ich werde das Handy ausschalten, meine überstrapazierten Beine hochlegen und mir zusammen mit Emil einen Film anschauen. Dazu werde ich mir meine Lieblingspizza und ein oder zwei oder drei Gläser Wein genehmigen und danach hoffentlich überirdischen Sex haben.»

Bei diesen Worten blickte sie ihn frech und ein bisschen erwartungsvoll an. Und wie üblich bei diesem Thema schaute er peinlich berührt weg. Sie brach in ein fröhliches Lachen aus, sie liebte es, ihn in Verlegenheit zu bringen.

«Ach, Matti, du bist so leicht zu durchschauen. Manchmal finde ich das richtig süss.»

«Ja, ja, mach dich nur lustig über mich», knurrte er und suchte seine Sachen zusammen. «Lass uns von hier verschwinden.»

Zusammen verliessen sie das Gebäude, traten in den Abend hinaus, der immer noch sehr mild war, und gingen zu ihren Fahrzeugen. Vor dem Einsteigen blickten sie einander über das Parkfeld hinweg an, und beide hoben grüssend die Hand.

«Ciao, mach's gut, bis morgen.»

Auf dem Heimweg konnte Coray gar nicht anders, als den Tag noch einmal Revue passieren zu lassen. Er dachte an den Besuch bei Caroline Luchsinger, das Theater, das sie ihnen vorgespielt und mit dem sie sie dermassen getäuscht hatte. Die Erleichterung, als sie Martin Meissen unversehrt angetroffen hatten, der Schock, als er vor ihren Augen niedergeschossen worden war. Die lebensgefährliche Jagd den gewaltigen Fluss hinunter, der Kampf gegen das wütende Element, der letzte Blick aus Caroline Luchsingers unsäglich traurigen Augen und schliesslich die harte Landung auf der Sandbank.

Er drehte und wendete die Geschichte auf alle Seiten – und konnte nichts finden, was sie hätten besser machen können. Nichts, was verhindert hätte, dass sich diese Frau in die Fluten gestürzt hatte. Coray seufzte laut auf, es konnte ihn ja niemand hören. Nein, Kurtz hatte recht: Er würde eine Zeit lang an der Geschichte herumnagen und sie irgendwann verdauen. Später würde sie in der Schublade in seinem Kopf landen, wo er solche Geschichten abzulegen pflegte. Er würde sie weder verdrängen noch vergessen, er würde sie einfach an ihren Platz verweisen, wo sie mit all den anderen Erlebnissen, die eine Weile seinen Kopf vereinnahmt hatten, eine friedliche Koexistenz führen würde. Coray nickte gedankenverloren vor sich hin. Ja, so würde es laufen. Und jetzt musste er einkaufen gehen, sonst würde ihm seine Liebste die Hölle heissmachen.

Da er beinahe den ganzen Heimweg zurückgelegt hatte, beschloss er, in Brigels einkaufen zu gehen. Beschwingt fuhr er den Wagen in den Carport, holte von drinnen seinen Rucksack und machte sich auf den Weg ins Dorf. Er fand es immer ein bisschen befremdlich, ohne Juri zu Fuss unterwegs zu sein. Ein Blick auf die Uhr zeigte ihm, dass er sich ranhalten musste, die Läden würden in einer Viertelstunde schliessen. Zum Glück musste er weder bei der Mazlaria noch bei der Pasternaria noch in der Cascharia anstehen. Das sah während der Ferienzeit jeweils ganz anders aus, da standen die Kunden für einen Brigelser Alpkäse Schlange bis auf den Platz hinaus. Das waren die Momente, in denen es für seinen Geschmack viel zu viele Leute in «seinem» Dorf gab. Wenn es nur so wuselte auf den Strassen, in den Geschäften und Beizen, wenn er sogar am späten Abend am See über Touristen stolperte. Dann kam es vor, dass er an seinen freien Tagen mit Juri in die Berge verschwand. Sich zurückzog, wanderte, mit niemandem redete. Abends auf einem Felsen hockte, die Füsse baumeln liess und die Sterne bewunderte.

Auch Juri liebte diese Ausflüge, wenn er spürte, dass sein liebster Mensch nur ihn an seiner Seite haben wollte, wenn er auf den Bergrouten gefordert wurde, wenn Coray ihm seinen Sicherungsgurt umlegte. Geduldig sass er an den Abenden neben ihm und lauschte in die einbrechende Nacht hinaus. Nahm die Witterung der Wildtiere auf, die sich beinahe geräuschlos durch die Dunkelheit bewegten. Schnupperte aufmerksam, ob etwa ein Wolf in der Nähe war, und stellte knurrend den Pelz auf, falls dies wirklich so war. Coray wusste genau, wann eines der Raubtiere in der Nähe herumschlich. Juri verwandelte sich dann selbst in ein solches, zog die Lefzen hoch, und sein Blick, ja seine ganze Körperhaltung wurden bedrohlich. Coray konnte ihn dann kaum mehr beruhigen.

Auf dem Heimweg vom Dorf hielt er noch den einen oder

anderen Schwatz mit einem seiner Kumpels oder einer Nachbarin. Er mochte diesen Austausch mit den Leuten. So ein Plausch auf der Strasse oder ein kleiner Tratsch gaben ihm immer das Gefühl, richtig zu den Bewohnern dieses Bergdorfes zu gehören. Ein Teil von ihnen zu sein. Beschwingt eilte er auf sein Haus zu und kam just an, als Emilia in die Strasse einbog. Beglückt nahm er das Aufleuchten in ihren Augen wahr, als sie seiner ansichtig wurde. Auch Juri schien zu grinsen und konnte es nicht erwarten, dass er die Heckklappe öffnete. Mit einem Riesensprung hechtete er direkt auf ihn zu. Coray war gewappnet, sonst hätte ihn das Riesentier in seiner Begeisterung kurzerhand umgeworfen. Er umarmte seinen Hund und sprach beruhigend auf ihn ein. Schliesslich liess dieser von ihm ab, und er wandte sich Emilia zu.

«*No excuses*, ich bin es ja gewohnt, dass ich nach Juri komme», sagte sie lachend und umarmte ihn. «Nun, wenigstens küsst du ihn nicht auf den Mund», fügte sie hinzu, den Blick über den Rucksack gleiten lassend. «Warst du etwa einkaufen?»

«Allerdings, meine Liebe, und ich habe einen Sack voller guter Sachen, denen du nicht widerstehen kannst.»

«Was machen wir dann noch hier draussen? Lass uns reingehen und reinhauen.»

Leichtfüssig tänzelte sie Richtung Eingang und sperrte die Tür auf. Juri drängte sich rücksichtslos an ihr vorbei, noch bevor sie einen Fuss in das Haus setzen konnte.

«Dein Hund ist ein richtiger Rüpel. Da ist wohl einiges schiefgelaufen bei der Erziehung. Was nicht passiert wäre, wenn es mich damals in deinem – oder besser gesagt eurem – Leben schon gegeben hätte.»

«Ha, das hätte ich sehen wollen, du bist ja noch nachgiebiger als ich, wenn es um Juri geht. Hättest du von Anfang an mitgemischt, wären seine Manieren noch lausiger.»

Mit Geplänkel waren sie bis in die Küche gekommen, wo Coray den Hund fütterte und dann begann, den Rucksack auszupacken. Emilia stand daneben, sie konnte es nicht erwarten, all die feinen Sachen in die Hände zu bekommen. Als sie nach dem Brot greifen wollte, schlug Coray ihr spielerisch auf die Finger.

«Hände weg, zünde du auf der Terrasse die Kerzen an und öffne die Weinflasche. Ich komme dann mit dem Rest.»

«Sehr wohl, mein Herr.» Sie schnappte sich eine Flasche «Herrschäftler», zwei Gläser, den Flaschenöffner und marschierte auf die Terrasse, kam jedoch gleich wieder ins Haus zurück.

«Es dünkt mich ein bisschen frisch draussen, wir brauchen einen Pullover.»

Sie verschwand im Schlafzimmer und kehrte mit zwei dicken Pullis zurück. Dann legte sie Geschirr, ein paar Servietten und Besteck auf ein Tablett und ging wieder aus der Küche. Er sah ihr durch die hohen Fenster zu, wie sie konzentriert die Kerzen anzündete und rundum verteilte. Ein warmes Gefühl hüllte ihn ein, als er sie betrachtete, und ein liebevolles Lächeln schlich sich auf seine Lippen. Er konnte sich ein Leben ohne sie nicht mehr vorstellen, auch wenn er ab und zu das Alleinsein genoss. Das hatte nichts mit ihr zu tun. Eigentlich wäre es schön, wenn sie zu ihm ziehen würde, dachte er. Wenn sie jeden Abend bei ihm und Juri wäre. Am Morgen neben ihm aufwachen und ihm das Frühstück ans Bett bringen würde.

Bei dieser Vorstellung musste er laut lachen. Niemals würde sie ihm das Frühstück ans Bett bringen. Wenn überhaupt, wäre das dann eher sein Job. «Was für ein Blödsinn», sagte er sich dann halblaut, «weder Emilia noch ich essen das Zmorge im Bett.» Er musste noch mehr lachen, als er daran dachte, dass auch Juri nicht von der romantischen Sorte war, er würde mit einem Sprung aufs Bett das ganze kitschige Bild zerstören. Nein, so malerisch würde es nicht zugehen in einem gemeinsamen Wohnprojekt. Es wäre wohl eher so, dass sie am Abend ihre kalten Füsse zum Aufwärmen zwischen seine Beine schieben würde. Immerhin würde sie ihm dabei etwas vorlesen.

«Kommst du? Ich habe Kohldampf», unterbrach ihre Stimme seine Versuche, sich einen gemeinsamen Alltag vorzustellen.

«Bin schon unterwegs.» Er legte das passende Messer auf den Käseteller, packte den Brotkorb und balancierte beides auf die Terrasse. Die magische Zeit der warmen Nächte war vorbei. Mit dem Unwetter war auch der Sommer gegangen. Es würde zwar noch ab und zu möglich sein, am Abend draussen zu sitzen, aber es war nicht mehr dasselbe. Sich auf Lammfellen unter Decken zu kuscheln war zwar ganz stimmungsvoll, aber das Wissen, dass es bis zum nächsten Sommer wieder so lange dauern würde, liess ihn jedes Jahr ein bisschen melancholisch werden.

«Was machst du denn für ein Gesicht?», fragte Emilia ihn über ihr funkelndes Glas hinweg.

«Ach, ich habe nur daran gedacht, dass wieder ein Sommer vorbei ist und ich absolut nichts dagegen tun kann.»

Sie sah ihn nachdenklich an. «Und was liegt dir sonst noch auf der Seele?»

Coray wusste, dass er ihr nichts vormachen konnte. Sie durchschaute ihn genauso, wie seine Arbeitskollegin es tat. Und seine Mutter, wenn er ehrlich war.

Er schnitt das Brot, nahm sich Käse, Fleisch und etwas Fenchel mit Olivenöl.

«Lass uns zuerst essen und dann reden», bat er.

«Okay, und trinken», sagte sie und hob ihr Glas, um anzustossen.

Schweigend genossen sie die Leckereien, sprachen über Belangloses und blickten sich ab und zu tief in die Augen.

Nachdem sie das Geschirr und die Reste der Esswaren in die Küche getragen und sich dann – mit Juri zwischen sich – auf die alte Holzbank gesetzt hatten, sagte sie: «Heute war kein leichter Tag für dich.» Es klang nicht wie eine Frage, es war eine Feststellung.

«Nein, das war es nicht.»

Sie ergriff seine Hand, die abwesend Juris Fell streichelte, schob den Hund von der Bank, rückte nach und lehnte sich an ihn.

«Was ist passiert?»

«Eine Frau ist gestorben, und ich frage mich, ob ich das hätte verhindern können.»

Und dann erzählte er von den Erlebnissen des Tages. Er liess nichts aus, beschönigte nichts und nahm hin, dass er noch einmal die schrecklichen Momente, als Meissen blutend zusammenbrach, als sie über den tobenden Fluss fuhren, als Caroline Luchsinger vor ihren Augen versank und als sie glaubten, es nicht mehr aus dieser nassen Hölle zu schaffen, durchlebte. Er spürte Emilias Hand, die fest die seine hielt, wusste, dass sie bei ihm war. Er wusste auch, dass sie schauderte bei dem Gedanken, dass er und seine Kollegin dem Tod so knapp von der Schippe gesprungen waren. Dass sie ihr Entsetzen vor ihm zu verbergen suchte. Dass sie überlegte, dass dieser Abend auch ganz anders aussehen könnte. Dass sie alleine mit Juri im völligen Elend sein könnte. All diese Gefühle konnte er trotz ihrer Bemühungen, sie zu unterdrücken, aus ihren Zügen lesen.

Als er zu Ende gesprochen hatte, war es eine ganze Weile still. Das einzige Geräusch war Juris Schnarchen. Für ihn war die Welt in Ordnung, denn seine Menschen waren bei ihm, er hatte einen vollen Bauch und die Gewissheit, dass er vor dem Schlafen noch ein Bettmümpfeli würde ergaunern können.

«Was für eine andere Möglichkeit hätte es denn gegeben, wie hätte die Geschichte anders ablaufen können?», fragte Emilia schliesslich und schaute ihn an.

Coray hatte den Kopf zurückgelegt und blickte in den Sternenhimmel. «Ich habe keine gefunden», antwortete er.

«Es hat wohl auch keine gegeben. Das Schicksal hat einfach seinen Lauf genommen. Ich wüsste nicht, was du hättest tun können, um dieser Geschichte eine andere Richtung zu geben.»

«Wenn sich nur nicht dieser letzte Blick von Caroline Luchsinger in mein Hirn eingebrannt hätte.»

«Jetzt ist es schrecklich, und du wirst vielleicht ein paar

Nächte schlecht schlafen, aber es wird besser. Ich weiss es. Diese Erinnerung wird verblassen, ich verspreche es dir.»

Coray lächelte in die Dunkelheit. Er fand es rührend, wie Emilia alles gab, um ihm die Seele ein bisschen zu erleichtern.

«Ja, ich weiss. Es wird bestimmt besser, aber heute ist es einfach noch sehr präsent und sehr belastend.»

Emilia war aufgestanden und hatte den Rest des Rotweines in die Gläser gefüllt. Sie reichte ihm seines.

«Dann trinke ich darauf, dass du morgen einen langweiligen Bürotag verbringen kannst und keinerlei Abenteuer erleben wirst.»

Sie stiess mit ihm an. Coray wusste, dass sie ihn vom Thema ablenken und auf neue Gedanken bringen wollte. Meistens funktionierte es.

«Apropos Büro: Morgen nehme ich Juri mit. Ich will die Cathomas ein bisschen triezen. Sie behauptete nämlich heute, dass sie nicht da sein würde, und ich gehe jede Wette ein, dass sie sehr wohl in ihrem Büro sein wird. Und sie will Juri zu sich locken, dieses hinterlistige Weib.»

Emilia musste lachen. Sie stellte sich bestimmt die Szene vor, wie Cathomas Juri sozusagen entführte. Mit ihren Bio-Hundegutzis würde sie auf der Lauer liegen, bis die Luft rein war, und ihn sich dann schnappen.

«Warum kann sie eigentlich nicht zugeben, dass sie Juri mag? Jeder im Polizeikorps weiss es.»

«Das habe ich mich schon oft gefragt. Ich glaube, sie hält es für eine Schwäche, für einen Hund Gefühle zu zeigen, und sie will unter keinen Umständen als schwach gelten.»

«Man sollte ihr sagen, was für ein Blödsinn das ist. Wie daneben sie denkt.»

«Willst du das übernehmen? Du könntest morgen früh gleich mitkommen und ihr das Ganze erläutern.»

Coray konnte sein Kichern nicht unterdrücken, als er sich ausmalte, wie Emilia mit Juri zusammen in das Büro der Cathomas marschierte, um ihr die Welt zu erklären.

«Ich denke darüber nach», kam es prompt zurück. «Aber du

weisst, dass du noch die Seerunde mit deinem Hund machen musst, bevor du dich ins Bett werfen kannst?»

«Habe ich nicht vergessen.» Er ging ins Haus, um sich seine uralte Barbourjacke überzuwerfen. Gerade als er aus der Tür treten wollte, rief ihn Emilia zurück und bat ihn, eines der ausgelesenen Bücher mitzunehmen und in der Kiste am See zu deponieren. Die Gemeinde hatte an diversen Orten im Dorf Bücherkisten neben Bänken aufgestellt und sie so zu beliebten Lesebänken gemacht. Man konnte in Romanen oder in Kinderbüchern, in alten Dorfgeschichten und Karten stöbern. Sich ein Buch mitnehmen oder eben auch Bücher hinterlassen. Er steckte sich das Taschenbuch, das Emilia ihm geschickt zuwarf, in die linke Brusttasche und trat mit Juri in die Nacht hinaus.

ELF

Obwohl der Himmel sternenklar war, senkte sich die Dunkelheit einer Neumondnacht über Coray und Juri, als sie das Dorf Richtung Stausee verliessen. Als sie über die Brücke am oberen Ende des Sees schritten, überfiel ihn wieder dieses unheimliche, kalte Gefühl. Es war ihm, als glitte ein Eiswürfel sein Rückgrat hinunter. Irritiert blickte er sich um, versuchte, die Dunkelheit zu durchdringen, doch da war nichts hinter ihnen. Und wenn sie tatsächlich verfolgt würden, dann hätte Juri das bemerkt. Was war denn bloss los mit ihm? Verärgert über sich selbst drehte er sich wieder dem See zu und ging los. Während er zügig ausschritt, liess sich Juri zurückfallen und schnupperte interessiert am Wegrand.

«Ich warne dich», rief ihm Coray zu, «ich kenne deine Tricks.»

Und er sah, wie Juri ertappt zu ihm schaute. Er hatte ihn mal wieder dabei erwischt, wie er irgendwelchen Essabfall hatte fressen wollen. Das war das Einzige, was er an Juri gar nicht mochte, diese Gier, einfach alles, was auch nur ein bisschen nach Essen aussah oder roch, in sich hineinzuschlingen. Als er noch ein Junghund war, war Coray beim Kotauflesen auf die verrücktesten Dinge gestossen: Legosteine waren dabei noch das Ungefährlichste gewesen. Beim Weitergehen dachte er daran, dass er seinen Vierbeiner einmal eine Nacht beim Tierarzt hatte lassen müssen, weil er etwas dermassen Verrottetes hinuntergewürgt hatte, dass er beinahe daran gestorben wäre. Solche Vorkommnisse hatten ihn viele Nerven gekostet. Wenn etwas mit dem Hund war, dann drehte sein Herrchen am Rad. Er konnte dem Schicksal nicht genug danken, dass es ihm eine Tierärztin in sein Leben gebracht hatte. Seither war er viel ruhiger, wenn Juri mal nicht so gut drauf war, und er karrte ihn nicht sofort in die Tierklinik.

In Gedanken versunken ging Coray den Weg weiter Richtung Staudamm. Wieder sah er die untergehende Caroline Luchsinger vor sich und spürte, wie seine Magennerven sich verknoteten. Unterdessen hatte Juri die Unaufmerksamkeit seines Besitzers schamlos ausgenützt. Unbemerkt war er umgekehrt und suchte nun mit seiner sensiblen Nase am Boden fieberhaft die Spur, die so unwiderstehlich nach Abfall gestunken hatte.

Plötzlich, buchstäblich aus dem Nichts, stürzte ein Schatten von links aus der Dunkelheit hervor und attackierte Coray. Er wurde von dem Angriff komplett überrumpelt. Mehr verblüfft als erschrocken erstarrte er. Als sein Hirn wieder in die Gänge kam, registrierte er entsetzt, dass der Mann seinen rechten Arm hob, um mit einem Messer auf ihn einzustechen. Obwohl es dunkel war, sah er die blanke Klinge aufblitzen. Noch bevor er auch nur mit der Wimper zucken oder einen Schrei ausstossen konnte, hieb ihm der Angreifer das Messer in seine linke Brust.

Er will mich töten, schoss es Coray durch den Kopf. Warum sonst sollte dieser Typ mit absolut präziser, eiskalter Entschlossenheit und ohne Vorwarnung auf ihn einstechen? Alles ging so rasend schnell, dass ihm nicht einmal die Zeit blieb, Angst zu verspüren. Oder an seine Liebsten zu denken. Er konnte überhaupt keinen zusammenhängenden Gedanken fassen. Was er spürte, war ein gewaltiger Hieb auf seine Brust, der ihm den Atem raubte. Doch der verheerende, brennende Schmerz des Stichs blieb aus. Kein Blut quoll aus einer Wunde. Verblüfft verharrte der Angreifer einen Moment und starrte auf das Messer. Die Klinge hatte nicht Corays Herz durchbohrt, sondern das Taschenbuch, das in seiner Jackentasche steckte. Der Typ hatte noch keinen Ton von sich gegeben, er war lautlos aus der Dunkelheit aufgetaucht und hatte zweifellos nach vollbrachter Tat auch genau so wieder in der Nacht verschwinden wollen. Jetzt fluchte er unflätig vor sich hin und riss das Messer mit einem wütenden Schrei aus dem Buch. Das gab Coray Zeit, seinen Schock zu überwinden und wieder normal zu funktionieren. Er reagierte instinktiv, versuchte, die

Hand mit dem Messer zu packen. Doch die Wut verlieh dem Mann enorme Kraft. Er wich Coray geschickt aus, tänzelte mühelos um ihn herum und suchte den richtigen Zeitpunkt, um erneut zuzustechen. Er wusste, dass es nur eine Frage der Zeit war, bis er seinen unbewaffneten Gegner würde tödlich verletzen können.

«Es ist zwar ärgerlich, dass Sie mir Unannehmlichkeiten machen, aber letztlich werde ich meinen Job erledigen», hörte Coray unerwartet eine spöttische Stimme.

Und da fiel es ihm wie Schuppen von den Augen. «Casanovas Killer», presste er zwischen zwei Atemzügen hervor.

«So ist es. Sie wissen, dass Sie keine Chance haben. Tut mir leid, es ist nichts Persönliches, aber Casanova hat dafür gesorgt, dass ich das Geld erst nach Ihrem Ableben erhalte. Und dem von Frau Kurtz natürlich.»

Panik überflutete Coray. Er erinnerte sich an die hasserfüllten letzten Worte, die ihm der Immobilienhai am Panixer-Staudamm oben entgegengeschleudert hatte. Dass er und seine Kollegin sterben würden, weil er sie für mitschuldig an seinem Elend hielt, weil sie ihm auf die Schliche gekommen waren. Coray hatte die Drohung nicht ernst genommen und Kurtz nichts von dem Auftragskiller erzählt. Dieser Mann hier, dem er schon einmal gegenübergestanden hatte, ohne zu ahnen, dass er kein harmloser Biker, sondern ein gewissenloser Mörder war, dieser Mann würde zuerst ihn erledigen und dann Kurtz. Diese Gewissheit mobilisierte all seine Kraft. Er würde nichts von dem zulassen. Nur über seine Leiche. Fast musste er kichern, als ihm der Sinn dieses Gedankens klar wurde. Panik und Zorn spülten sämtliche Gedanken weg, er wollte diesen Killer nur noch ausschalten. Dafür sorgen, dass Katja nichts zustossen würde. Er sah sie vor seinem geistigen Auge arglos zusammen mit Emil in ihrer Wohnung Pizza essen, Wein trinken und lachen. Schlagartig verwandelte sich die Idylle in einen blutigen Tatort. Coray schüttelte den Kopf. Eine unbändige Wut sammelte sich in ihm. Ihm war, als hätte er sich in einen Dampfkochtopf verwandelt, in dem der Hass brodelte wie das Öl in einem Seifentopf und dringend nach einem Ventil suchte. Für den Mann völlig unerwartet, stürzte er sich aus dem Stand mit einem unglaublichen Sprung direkt auf ihn und kickte ihm das Messer aus der Hand. Scheppernd landete es in der Dunkelheit auf einem Felsen. Der Mann reagierte sofort. Er verpasste Coray einen perfekt gezielten Tritt in den Magen, der ihm die Sinne raubte. Halb bewusstlos sackte er zusammen und musste hilflos zusehen, wie der Mann zu ihm trat und triumphierend auf ihn herabstarrte.

«So, Herr Coray, ich fürchte, Ihre letzte Stunde hat geschlagen.»

Er wird mich mit blossen Händen erwürgen, dachte Coray verzweifelt, während er mühsam nach Atem rang und versuchte, seine letzten Reserven zu mobilisieren. Doch er wusste, seine Bemühungen würden vergebens sein, er hatte keine Kraft mehr, sich gegen diese emotionslose Maschine zu wehren. Und doch weigerte sich alles in ihm, einfach aufzugeben. Es konnte nicht sein, dass er hier an einem seiner Lieblingsorte, unter dem tröstlichen Licht der Sterne, den Tod fand. Nein, seine Zeit war noch nicht gekommen – vor allem, weil es nicht nur um ihn, sondern auch um Kurtz ging. Trotz seiner Schmerzen zog er die Beine langsam ganz nahe an seinen Körper heran, um damit seinen Feind abzuwehren. Der Typ bückte sich über ihn und kam ihm dabei so nahe, dass er seinen Atem riechen konnte. Er roch nach Kaugummi mit Zimtaroma. Kraftlos zielte Coray auf dessen Schienbeine und stiess mit den Füssen zu. Er war völlig verblüfft über den Effekt, den seine Aktion zeigte: Er flog in hohem Bogen von ihm weg.

Und dann begriff Coray, dass nicht er den Mann zu Fall gebracht hatte, sondern Juri. Mit gefletschten Zähnen und einem bösen Funkeln in den Augen war er lautlos aus der Dunkelheit geschossen, wie ein schwarzer Höllenhund aus dem Hades. Ein gefährliches Knurren drang tief aus seiner Kehle – er sah furchterregend aus. Und sehr, sehr wütend. Nachdem er den Mann umgeworfen hatte, machte er Anstalten, ihm an die Gurgel zu gehen. Ihm aus einem Instinkt heraus die Kehle zu zerfetzen. Aber Coray kannte seinen Hund: Juri würde niemals einen Menschen töten können. Menschen waren seine Freunde, sie streichelten ihn, fütterten ihn, liebten ihn. Hilflos am Boden liegend musste Coray zusehen, wie Juri zögerte, zuzubeissen, wie er zu überlegen schien, wie er weiter vorgehen sollte. Und diesen Moment nutzte der Typ aus. Der überraschende Angriff des Hundes hatte ihn nur kurz aus der Fassung gebracht. Mit einem Kampfschrei packte er Juri am Hals und schleuderte ihn mit einem nachfolgenden Tritt ins Gras. Ein schmerzhaftes Winseln und danach Stille liessen Coray das Schlimmste befürchten. Der Mann hingegen schien damit zu rechnen, dass sich das Monster wieder auf ihn stürzen würde. Und dass er ohne sein Messer dem Hund unterlegen sein würde. Er rappelte sich auf und wandte sich an Coray.

«Für den Moment hast du gewonnen, aber ich komme zurück, und dann stirbst du», zischte er Coray zu und verschwand in der Dunkelheit.

Coray hörte darauf das Aufheulen einer Crossmaschine. Das sich schnell entfernende Rücklicht zeigte ihm, dass der Mann Richtung Vuorz fuhr. Auf seinem Töff wäre er in wenigen Minuten dort, um dann querfeldein wahrscheinlich Richtung Ilanz zu entkommen. Es gab keine Möglichkeit, ihn mit einer Strassensperre zu stellen. Frustriert starrte Coray dem sich immer weiter entfernenden Rücklicht nach. Er mühte sich auf die Beine und tastete nach seinem Handy, nur um sich bewusst zu werden, dass er dieses im Haus zurückgelassen hatte. Sein Blick ging zu Juris Körper, der bewegungslos im Gras lag.

«Juri», flüsterte er panisch, schleppte sich zu ihm und liess sich neben ihm ins Gras fallen. Mit zitternden Händen tastete er nach ihm, schüttelte ihn sachte und versuchte verzweifelt, ein Lebenszeichen zu erhaschen. «Juri, nein, nein, bitte, komm zu dir», flehte er ihn an. In einem einzigen entsetzlichen Augenblick ging ihm das Elend durch den Kopf, das ihn erwartete, wenn Juri tot wäre. Was ihm alles fehlen würde: sein Schritt hinter dem seinen auf den Bergtouren. Sein riesiger

Kopf auf seinen Beinen beim TV-Schauen. Das Klackern seiner Krallen, wenn er über das Parkett auf ihn zugestürmt kam. Sein glückliches Schnarchen, wenn er zu ihnen ins Bett schleichen konnte. Seine bettelnden Augen, wenn es etwas Essbares zu ergattern gab. Die Momente, wenn der Vierbeiner ihn scheinbar grinsend auf einem Schwumm in einem eiskalten Bergsee überholte. Wenn er so laut aus dem Wassernapf schlabberte, dass man sein eigenes Wort nicht mehr verstand.

Tiefste Verzweiflung packte ihn, und er schrie seine Not in die schwarze Nacht hinaus. Er legte seinen Kopf an Juris Kopf und versuchte, sich zu beruhigen. Wenn nur Emilia hier wäre, sie wüsste, was zu tun wäre. Als er Juri so umfasst hielt, spürte er eine leichte Bewegung in der Flanke, ein leises Heben und Senken. Juri atmete. Vor Erleichterung schluchzte Coray laut auf. Und dieses ungewohnte, beunruhigende Geräusch schien Juri aus seiner Bewusstlosigkeit zu holen. Er öffnete die Augen und sah besorgt in Corays Gesicht.

«Alles ist gut, alles ist gut, mein Grosser», sagte Coray und brach in ein hysterisches Lachen aus. Er umarmte Juri so innig, dass diesem fast ein bisschen unwohl wurde. Was war bloss mit seinem Besitzer los? So kannte er den doch gar nicht. Musste er sich etwa Sorgen um ihn machen? Diese Gedanken schienen sich auf seinem pelzigen Antlitz zu spiegeln. Es dünkte ihn, es sei an der Zeit, diesen Auftritt zu beenden und zur Normalität zurückzukehren. Juri kam schnell wieder auf die Beine, etwas benommen die ersten paar Sekunden, doch Coray sah, dass er nicht wirklich schwer verletzt war. Auch er selbst fühlte sich etwas zittrig, und von dem Schlag in den Magen war ihm schlecht, aber das waren alles unwesentliche Verletzungen. Er lebte, und Juri lebte. Das war erst mal genug. Sie mussten schnellstmöglich zu einem Telefon kommen. Er musste Kurtz warnen.

Der Gedanke, dass der Killer auf dem Weg zu seiner Kollegin war, verlieh ihm ungeahnte Kräfte. Trotz seiner Blessuren legte er ein beachtliches Tempo vor, als er den Pfad zurückhumpelte. Ausgerechnet heute befand sich kein Nachtwanderer auf dem Seerundgang. Während er durch die Dunkelheit eilte, überlegte er, wie der Typ gewusst haben konnte, dass er heute dort auftauchen würde. Er musste seine Gewohnheiten studiert haben. Musste ihm gefolgt sein, ohne dass er etwas gemerkt hatte. Es war nicht schwierig herauszufinden, dass er beinahe jeden Abend mit Juri um den See marschierte. Trotzdem, er musste schon so manche Nacht dort gehockt und ihm aufgelauert haben. Vielleicht hoffend, dass der Hund einmal nicht dabei sein würde. Und diesmal hatte alles gepasst: Es war stockdunkel und Juri weit und breit nicht zu sehen gewesen. Coray schauderte, als er sich vorstellte, wie arglos er in die Falle gegangen war.

Doch jetzt gab es Dringlicheres zu tun. Er musste die Panik niederkämpfen, die sich in ihm breitmachte bei dem Gedanken, dass der Killer auf dem Weg zu der nichts ahnenden Kurtz war. Merda! Warum bloss hatte er sein Handy nicht mitgenommen? Weil er es nie mitnahm auf den nächtlichen Seerundgang. So einfach war das. Warum sollte er das Ding auf einen Spaziergang mit Juri mitnehmen? Er verfluchte diesen Umstand. Dem ersten Impuls folgend, wollte er in das Restaurant Vincenz am Dorfeingang eilen. Doch was sollte das nützen? Er brauchte die Nummer von Kurtz. Und die war auf seinem Handy gespeichert. Er musste so rasch wie möglich nach Hause.

Unterdessen rannte er trotz stechender Schmerzen durch das Dorf hinauf, am Restaurant Alpina vorbei und dann das leicht abfallende Strässchen wieder hinunter in Richtung Zuhause. Er spürte, wie ihm der Schweiss über das Gesicht lief, wie der Magen rebellierte und sein Herz in wildem Rhythmus klopfte. Normalerweise war er fit wie ein Steinbock, aber jetzt war er angeschlagen. Juri hingegen schien den Angriff auf ihn und den Tritt in den Leib bereits vergessen zu haben, er trabte locker neben ihm durch die Strassen. Hielt das Ganze für ein Rennen, so wie sie oft nebeneinanderher rannten. Coray verdrängte die Schmerzen und gab alles, sah sein Häuschen aus der Nacht auftauchen. Einladend verströmte die Lampe neben der Eingangstür ihr warmes Licht. Noch nie, noch gar nie in seinem Leben war er so erleichtert gewesen, sein Zuhause vor sich zu sehen. Er warf sich förmlich gegen die Tür und stürzte im Flur beinahe zu Boden. Erschrocken kam Emilia mit einem Geschirrtuch in der Hand aus der Küche gestürmt. Juri sprang begeistert an ihr hoch, doch ihr Blick ging zu ihm.

«Matti, was ist passiert?», rief sie erschrocken und starrte ihn entsetzt an.

«Keine Angst, es ist alles okay», presste er mühsam hervor und krümmte sich zusammen, um wieder zu Atem zu kommen.

«So sieht es allerdings nicht aus.» Sie eilte zu ihm. «Marsch in die Küche und setz dich auf die Bank.» Sie führte ihn an einem Arm aus dem Flur hinaus. «Also, was ist dir passiert? Du siehst aus, als wärst du unter einen Ladewagen geraten.»

«Kannst du bitte zuerst Juri untersuchen? Er ist getreten worden und war bewusstlos.»

«Wie lange war er ohnmächtig?»

«Nur ein paar Augenblicke. Bitte mach!»

«Okay, komm Juri, wir kuscheln.»

Emilia kannte Coray lange genug, um nicht zu widersprechen. Wenn es um Juri ging, machte er keine Kompromisse. Coray schaute sich fieberhaft nach seinem Handy um, stürzte sich buchstäblich darauf und drückte hektisch auf die Tastatur.

«Nimm ab!», betete er inbrünstig. Doch es gab keine Verbindung zu Kurtz. «Verdammt», fluchte er noch immer heftig atmend. «Sie hat das Ding ausgeschaltet. Natürlich, genau das hatte sie ja gesagt», murmelte er dann resigniert. Ohne sich um seine Schmerzen zu kümmern, hastete er zu dem Schrank, in dem seine Dienstwaffe eingeschlossen war, und öffnete ihn mit seinem Schlüssel.

Emilia stellte keine Fragen. Noch nicht. Mit geübter Hand tastete sie Juri ab, schaute sich seine Lefzen und Augen aufmerksam an. Laut kommentierte sie die Untersuchung: «Die Lefzen sind rosa, also gut durchblutet, das spricht nicht für innere Verletzungen. Auch die Augen sind klar.» Als sie über seine Brust strich, zeigte er mit einem leisen Winseln, dass dort etwas nicht so war, wie es sein sollte. Beim erneuten Abtasten spürte sie eine grossflächige Beule unter dem Fell.

«Hier hat er dich erwischt, dieser elende Hundehasser – ich verspreche dir, dass ich ihn so was von in die Eier treten werde», sagte sie leise zu Juri und rieb ihre Wange an seinem Kopf. Tränen der Wut traten in ihre Augen. Sie blickte zu Coray und wollte eben loslegen, aber der unterbrach sie kurzerhand.

«Es geht nicht um einen Hundehasser», sagte er, legte eine Hand auf seinen Solarplexus und steckte die Waffe ein.

Emilia schaute ihn verwirrt an.

«Würdest du mir gopferdelli endlich erklären, was hier überhaupt abgeht?»

Sie hatte leise gesprochen, um Juri nicht zu erschrecken, denn er konnte es nicht ertragen, wenn seine zwei Lieblingsmenschen sich anschrien. Doch Coray hörte die mühsam unterdrückte Wut in ihrer Stimme und hob beschwichtigend die Hand. Und dann erzählte er ihr alles, was er ihr nach den Geschehnissen am Panixer-Staudamm verschwiegen hatte. Dass Casanova vor seinem Tod damit gedroht hatte, seinen Killer auch auf ihn und Kurtz zu hetzen. Dass er diese Drohung nicht wirklich ernst genommen hatte – bis zu dem Überfall am See. Während er die Geschichte herunterrasselte, wurden Emilias Augen zuerst gross und verengten sich dann zu Schlitzen.

«Und du hast es damals nicht für nötig befunden, mir davon zu erzählen?», fragte sie ihn dann mit gefährlich ruhiger Stimme.

«Hör zu, ich habe jetzt keine Zeit, ich muss sofort zu Katja nach Chur fahren. Sie hat das Handy abgestellt und verbringt den Abend in glückseliger Ahnungslosigkeit mit Emil. Auch er geht nicht ans Telefon. Bitte kümmere dich um Juri und untersuche ihn nochmals von oben bis unten.»

Der eindringliche Ton verfehlte seine Wirkung nicht. Auch Emilia war klar, dass jetzt nicht die Zeit für ihre Empörung war. Unterdessen hatte er sich eine Flasche Wasser geschnappt und war bereits auf dem Weg nach draussen. Emilia rannte ihm nach.

«Bitte pass auf dich auf, Liebster», bat sie und gab ihm einen schnellen Kuss. «Und ich lasse Juri nicht aus den Augen», fügte sie noch an. «Aber glaub mir, er ist in Ordnung.»

Er warf sich hinter das Steuer, stellte das Blaulicht aufs Dach und preschte davon, dass der Kies in der Auffahrt wild durch die Gegend flog. Hätte er in den Rückspiegel geschaut, hätte er Emilia vor dem Haus stehen sehen, die Stirn gekraust und die Hände fest vor der Brust verschlungen. An ihrer Seite Juri, der ihm hinterherblickte und dann Emilia fragend ansah. Doch er warf keinen Blick zurück, seine ganze Konzentration galt der Fahrt durch die rabenschwarze Nacht.

Kaum war er auf der Strasse Richtung Tal angekommen, rief er eine Nummer an, die er in den letzten Jahren höchstens, ein-, zweimal gewählt hatte. Am anderen Ende der Leitung wurde fast augenblicklich geantwortet.

«Cathomas», tönte es angespannt aus dem Lautsprecher. Sie wusste, wenn er sie auf ihrem Privathandy anrief, dann war Alarmstufe Rot. Coray hielt sich nicht lange mit Erklärungen auf, die konnte er später liefern.

«Katja Kurtz ist in Lebensgefahr. Ein Auftragsmörder ist auf dem Weg zu ihr. Ihr Handy ist ausgeschaltet. Ich vermute, sie ist mit Emil Tscharner in ihrer Wohnung in Chur. Ich bin ebenfalls auf dem Weg, werde jedoch frühestens in einer halben Stunde dort sein können. Schicken Sie sofort ein paar Kollegen zu ihr. Und ganz wichtig: Der Kerl ist bewaffnet und brandgefährlich. Sagen Sie das allen.»

«Gut, Coray, ich habe alles verstanden und leite sofort einen Einsatz in die Wege.» Einen Augenblick schwieg sie, fügte dann hinzu: «Bleiben Sie in der Spur, ein durchgedrehter Cumissari im Strassengraben hilft Kurtz nicht.»

«Keine Sorge, ich pass auf mich auf. Bis dann.»

Er unterbrach die Verbindung und bündelte all seine Sinne auf den Weg. Es war kaum noch jemand unterwegs. Bis Ilanz begegnete ihm kein Auto. Er hoffte, dass das Blaulicht das Wild von der Strasse fernhielt. Nicht auszudenken, wenn er einen Hirsch oder sonst ein Wildtier anfahren würde. Coray spürte, wie seine Magenmuskeln und Schultern sich verkrampften, und er zwang sich, tief und ruhig zu atmen. Die Sorge um Kurtz trieb ihn zu einem Tempo, das er auf dieser Strecke noch nie vorgelegt hatte. Ob der Killer schon angekommen war?

Die Scheinwerfer schnitten durch die Nacht und leuchteten ihm den Weg hinauf Richtung Laax. Coray fühlte sich gerade sehr allein auf der Welt. Es machte ihn schier wahnsinnig, dass er nichts tun konnte. Er konnte nur hoffen, dass die Kollegen vor dem eiskalten Mörder zur Stelle waren. Während er durch Dunkelheit und Einsamkeit raste, liess er sich noch einmal den Überfall durch den Kopf gehen. Dass der Typ zwar brutal, aber sehr professionell vorgegangen war. Dass er ihn höflich gesiezt und ohne Emotionen agiert hatte. Wie sich das geändert hatte, als sein Plan nicht mehr funktioniert und alles aus dem Ruder gelaufen war. Nichts von seiner Professionalität war übrig geblieben, da war nur noch blanker Hass in seiner Stimme gewesen. Der Satz, dass es nichts Persönliches sei, war zur Farce geworden. Es war sehr persönlich, der Killer würde alles tun, um ihn zu zerstören.

«Na los, fahr», murmelte Coray, als er endlich auf der Autobahn ankam und das Gaspedal bis zum Anschlag durchdrückte. Hier musste er wenigstens keine Angst haben, dass ihm ein Tier vor den Wagen sprang. Nach wenigen Minuten fuhr er von der Autobahn ab Richtung Rheinquartier. Dort hatte sich Kurtz in einer topmodernen Loftwohnung eingerichtet. Sie liebte ihr Zuhause auch deswegen, weil es nahe am Rhein lag. Coray war noch nicht oft dort gewesen, aber heute hätte er das Ziel blind gefunden. In den Wohnstrassen musste er das Tempo drosseln. In den Häusern gingen vereinzelt Lichter an, als sein Wagen mit Sirene und Blaulicht durch die Gegend raste. Je näher er Kurtz' Zuhause kam, desto mulmiger wurde ihm zumute. Sein Gefühl sagte ihm, dass er zu spät war.

Das Gefühl wurde zur Gewissheit, als er in ihre Strasse einbog. Von Weitem sah er zwei Krankenwagen und mehrere Polizeiautos. Auch der Privatwagen von Cathomas parkte mit offener Fahrertür vor dem Haus. Sein Herz stolperte, er bekam fast keine Luft. Er hatte seinen Wagen kaum zum Stillstand gebracht, als er hinausstürzte. Um den einen Krankenwagen standen Menschen. Coray hielt auf die Gruppe zu und betete, dass Kurtz nicht schwer verletzt war. Dass der Typ durch seine blinde Wut nicht mehr professionell gehandelt hatte und er der Verletzte im Krankenwagen war. Dass …

Seine Gedanken stoppten abrupt, als er bei dem Krankenwagen ankam. Auf der Bahre, die eben ins Innere geschoben wurde, befand sich weder seine Kollegin noch der Killer. Es war Emil, der vor ihm lag. Er war furchtbar zugerichtet, sein T-Shirt war dermassen mit Blut besudelt, dass nicht feststellbar war, wo die Wunde war. Sein Gesicht war zerschlagen und ebenfalls blutig, sein Körper ruhte da wie eine Stoffpuppe, ohne jede Spannung. Die Augen hatte er geschlossen. Ein furchtbarer Gedanke schoss durch Corays Kopf.

«Ist er tot?», fragte er verstört, ohne jemand Bestimmtes anzusprechen.

«Nein, ist er nicht», sagte eine vertraute Stimme. Cathomas trat auf ihn zu und nahm ihn beiseite.

«Wo ist Katja? Was zum Teufel ist hier passiert?», fragte Coray und fürchtete sich zugleich vor der Antwort.

«Als die Kollegen hier vor dem Haus ankamen, ist ihnen Emil Tscharner blutüberströmt entgegengewankt. Er hat den Beamten noch sagen können, dass die Wohnungstür aufgeflogen ist, ein Mann mit Maske hereingestürmt kam und, ohne ein einziges Wort zu sprechen, Katja mit einem brutalen Hieb bewusstlos geschlagen hat. Nach einer kurzen Schockstarre ist Emil auf ihn losgegangen. Aber er hatte keine Chance. Der Typ hat ihm die Faust direkt ins Gesicht geschlagen, dann ein Messer gezogen und auf ihn eingestochen. Emil ist zu Boden gegangen. Er hat aber wahrgenommen, dass sich der Mann die bewusstlose Katja wie einen Kartoffelsack über die Schulter geworfen hat und dann – immer noch, ohne ein Wort gesprochen zu haben – mit ihr durch die Tür verschwunden ist. Emil wollte ihnen nach, hat sich durch das Treppenhaus gekämpft, ist dann zusammengebrochen, als die Kollegen eintrafen. Die haben noch nach diesem Typen und Katja gesucht, aber keine Spur gefunden. Beide sind wie vom Erdboden verschwunden.»

«Und wie geht es Emil?», fragte Coray erschüttert. Er sah die Szene in seinem Kopfkino ablaufen, wie Emil heroisch versucht hatte, Katja zu beschützen.

«Der Notarzt sagt, dass er viel Blut verloren hat, dass sicher die Nase gebrochen ist und vielleicht auch der Kiefer. Aber richtig untersucht wird er im Spital. Coray, ich will Ihnen nichts vormachen – es sieht schlecht aus für Emil.»

Der Krankenwagen machte sich mit Sirene und Blaulicht auf den Weg. Coray schaute ihm hinterher und hoffte zutiefst, dass Emil überleben würde. Aber sein dringendstes Problem war Katja. Warum hatte der Killer sie nicht sofort getötet, so wie es sein Auftrag war? Warum hatte er sie mitgenommen? Es bestand immerhin das Risiko, dass er auf dem Weg die Treppe im Haus hinunter jemandem begegnen könnte. Jemandem, der sich sehr gewundert hätte. Und vor allem: Wo hatte er sie hingebracht, und was hatte er mit ihr vor? Coray schwirrte der Kopf. Und trotzdem war da etwas Ungreifbares, etwas Wichtiges, das durch sein Gehirn huschte. Ein Gedanke, den er nicht zu fassen bekam. Der war von immenser Bedeutung, das wusste er. Verzweifelt versuchte er, den losen Faden zu erwischen, um ihm folgen zu können.

«Coray, kommen Sie, hier können wir nichts mehr tun. Wir fahren ins Büro.»

Er stieg in seinen Wagen und fuhr Cathomas voraus. Ein bisschen wunderte er sich, dass die Strasse nicht voller Schaulustiger mit gezückten Handys war. Wahrscheinlich ist es sogar für die Gaffer zu spät in der Nacht, dachte er flüchtig und fuhr Richtung Ringstrasse.

Als sie auf dem Parkplatz vor dem Polizeigebäude ankamen, war es beinahe drei Uhr morgens, und es lag eine tiefe Stille über dem ganzen Areal. Seite an Seite gingen sie die Treppe hoch, und Cathomas winkte ihn in ihr Büro. Das Pokerface, das sie üblicherweise zur Schau stellte, hatte Risse bekommen: Sie konnte nicht verhehlen, wie betroffen sie war. Und wütend. Verdammt wütend. Einer ihrer Polizisten war lebensgefährlich verletzt und eine Beamtin entführt worden. Sie nahm das durchaus persönlich, das konnte Coray sehen. Und sie würde alles daransetzen, dass derjenige, der dafür verantwortlich war, auch dafür bezahlen würde. Er kannte seine Chefin, sie würde mit allen Mitteln dafür sorgen, dass ihre Weltordnung wiederhergestellt wurde. Wenn es sein musste, auch mit solchen, die knapp an der Illegalität entlangschrammten.

Sie deutete auf einen Stuhl vor ihrem Schreibtisch. «Setzen Sie sich.»

Coray tat wie geheissen und beugte sich zu Cathomas vor. «Ich muss Ihnen etwas erzählen.»

«Oh ja, da bin ich mir sicher. Und gnade Ihnen Gott, wenn sich herausstellen sollte, dass Sie an dieser Tragödie auch nur im Entferntesten beteiligt sein sollten.»

Die Worte trafen ihn wie Giftpfeile, fühlte er sich doch durchaus verantwortlich für die Ereignisse der heutigen Nacht. Bis zu einem gewissen Grad auf jeden Fall. Warum nur hatte er die Drohung von Casanova, ihm und seiner Kollegin den Killer auf den Hals gehetzt zu haben, damals nicht ernst genommen? Er hätte zumindest Kurtz warnen müssen, aber die hätte nur gelacht und das Ganze als Hassphantasien des Baulöwen abgetan. Und trotzdem, er fühlte sich schuldig.

«Ich höre», sagte Cathomas in seine Gedanken hinein. Ihre Miene war wieder gewohnt glatt und ihre Stimme kühl.

Und dann erzählte Coray ihr die ganze Geschichte. Dass er die Drohung nicht geglaubt und nicht an Kurtz weitergegeben hatte. Dass er trotzdem immer mal wieder dieses unheimliche Gefühl gehabt hatte, dass jemand in seiner Nähe sei. Dass dieses Gefühl in den vergangenen Monaten schwächer geworden war. Er schilderte Cathomas den Überfall am Stausee von heute Abend, wie überrumpelt er gewesen war und wie

Juri ihm mit seinem Körpereinsatz wahrscheinlich das Leben gerettet hatte.

«Das hat Juri wirklich getan? Er ist über den Kerl hergefallen? Das hätte ich nicht gedacht, dass er zu so was fähig ist. Guter Juri.»

Coray registrierte sowohl das triumphierende Lächeln, das über ihr Gesicht glitt, wie auch den zufriedenen Ton. Innerlich musste er den Kopf schütteln über seine Chefin und ihre wie auch immer geartete Beziehung zu seinem Hund. Als er an den Moment dachte, als der Vierbeiner wie ein wilder Panther den Typ angesprungen hatte, konnte er kaum glauben, dass dieses Drama erst vor wenigen Stunden passiert war. Für ihn hatte die Zeit ihre Bedeutung verloren. Er fühlte sich auf einem rasenden Karussell durch eine Nacht jagen, die zum Alptraum geworden war. Einfach so. Aus einem genüsslichen Spaziergang unter den Sternen war eine Aneinanderreihung von Katastrophen geworden. Er hatte nur noch reagiert und sich selbst ein bisschen aus den Augen verloren.

«Sind Sie sicher, dass es Juri gut geht? Rufen Sie mal Ihre Tierärztin an.»

Die Sorge von Cathomas um seinen Hund rührte ihn, aber er war sicher, dass es ihm gut ging, sonst hätte Emilia ihn angerufen.

«Frau Major, es ist mitten in der Nacht, ich kann jetzt meine Freundin nicht anrufen. Aber glauben Sie mir, es geht Juri gut, sonst hätte ich das erfahren.»

Sie warf einen Blick auf ihre Uhr. «Oh, tatsächlich, ich fürchte, mir ist mein Zeitgefühl abhandengekommen.»

Sie lehnte sich in ihrem Stuhl zurück und wandte sich ihm zu.

«Coray, wir beide wissen, dass sich Kurtz über die Drohung von Casanova nicht einen Moment lang den Kopf zerbrochen hätte. Sie hätte sich darüber lustig gemacht und das Ganze aus ihrem Gedächtnis gestrichen. Sie kennen Ihre Kollegin, sie schert sich nicht um solche Verwünschungen, die prallen an ihr ab wie an einer Teflonbeschichtung. Aber selbst wenn Sie ihr davon erzählt hätten und sie es tatsächlich ernst genommen hätte, wäre dieser Abend keine Spur anders verlaufen.»

Als sie sah, dass Coray ihr zwar aufmerksam zugehört hatte, sie aber doch ein bisschen skeptisch betrachtete, fuhr sie eindringlich fort. «Überlegen Sie doch mal! Kurtz hätte dieses Wissen nichts genutzt, als der Kerl die Tür eintrat, während sie mit Tscharner am Chillen war – oder wie die Jungen das heute nennen. Sie wären beide genauso überrascht und überwältigt gewesen. Nichts hätte das ändern können. Sehen Sie, sogar Sie selber waren vollkommen überrumpelt, obwohl die Drohung Ihnen bekannt war. Es war Juri, der Ihnen den Arsch gerettet hat. Leider hatten Kurtz und Tscharner nicht so viel Glück.»

Während Cathomas auf ihn einredete, wurde Coray zu seiner Verblüffung immer ruhiger und fokussierter. Verschwunden war das Gefühl der Hilflosigkeit, geblieben war die Wut. Aber es war nicht diese hektische Wut, die ihn noch bis vor einer halben Stunde fast in den Wahnsinn getrieben hatte. Sie fühlte sich kalt an, schärfte seine Sinne und machte ihn entschlossen.

«Coray, was geht Ihnen durch den Kopf?», fragte Cathomas, die die Veränderung bei ihm registriert hatte.

«Dass ich Katja da rausholen werde, wo immer sie auch sein mag.»

Sie schaute ihn an. «Sie haben eine Idee, wo sie sein könnte, stimmt's?»

«Es ist mehr als eine Idee. Es ist die einzige logische Schlussfolgerung aus der ganzen Geschichte.»

«Dann lassen Sie mich an Ihren Gedanken teilhaben.»

«Der Killer ist mit Katja am Panixer oben.»

Wieder schwieg Cathomas, während sie Coray mit abwesendem Blick betrachtete. Er konnte buchstäblich sehen, wie sich ihre Gedanken den Weg durch die Gehirnwindungen bahnten. Wie sie zwei und zwei zusammenzählte und zum selben Ergebnis kam wie er.

«Er will es dort zu Ende bringen, wo alles begonnen hat. Wo

er Sie und Kurtz damals so schön verarscht hat mit seiner Rolle als harmloser Biker, als Sie zu der schönen Toten am Wasserfall gerufen worden waren. Der Toten, die sich als Casanovas Frau entpuppte. Der Frau, die von dem Killer in Bikerkluft eiskalt ermordet worden war. Im Auftrag von Peder Casanova. Der sich damit nicht nur seine untreue Ehefrau vom Hals schaffen wollte, sondern auch die Zeugin für seine skrupellosen Machenschaften. Für ihn schliesst sich der Kreis dort oben. Aber warum der ganze Aufwand? Er hätte doch einfach Kurtz umbringen können und danach darauf warten, dass Sie in die Wohnung stürmen. Dann hätte er Ihnen den Rest geben oder Sie irgendwo mit einem Schuss erledigen können. Warum geht er das Risiko ein, Ihnen gegenüberzutreten?»

«Weil es von einem normalen Auftragsmord zu einer persönlichen Angelegenheit geworden ist. Als er vorhin bei dem Überfall zuerst gesagt hat, dass es nichts Persönliches sei, habe ich ihm das geglaubt. Es war einfach ein Job, den er erledigen wollte. Dass es für ihn dann dermassen schieflief, hat ihn extrem wütend gemacht. Ich denke, er ist es gewohnt, seine Aufträge professionell und sauber abzuwickeln. Und fern von Emotionen. Und dann geschieht so etwas. Das dürfte ihm ganz und gar nicht gefallen haben.»

«Nein», führte Cathomas den Gedanken weiter, «und durch diese Wut hat er sich dazu hinreissen lassen, unüberlegt zu Kurtz zu fahren und sie zu holen. Er wusste wahrscheinlich nicht mal, dass sie zu Hause war. Er hat einfach alles, was ihn an der Ausführung seines wahnwitzigen Plans hätte hindern können, aus dem Weg geräumt. Zum Beispiel Emil.»

«Die Idee, zum Panixer-Staudamm raufzufahren, dürfte ihm auf der Fahrt nach Chur gekommen sein. Falls meine Vermutung überhaupt stimmt und die beiden wirklich dort oben sind.»

«Ich denke schon, dass sie dort sein könnten. Auf jeden Fall gebe ich Ihnen recht: Der Killer sieht es jetzt als persönlichen Rachefeldzug gegen Sie.»

«Und vielleicht auch gegen Juri. Es muss für ihn extrem

kränkend gewesen sein, von einem Hund ausser Gefecht gesetzt zu werden.»

«Ja, aber Sie werden Juri keinerlei Gefahr aussetzen. Oder?»

«Nein, der bleibt mit Emilia zu Hause, oder sie nimmt ihn mit zur Arbeit.»

«Na, dann werden wir mal dafür sorgen, dass den beiden auch sicher nichts passiert.»

Sie griff zum Telefon und organisierte für Emilia und Juri zwei Männer als Polizeischutz.

«Ihr schiebt vor ihrem Haus Wache, bis sie aufsteht, und bleibt dann bei ihr und dem Hund», befahl Cathomas. «Egal, wo sie hingehen, ihr lasst sie nicht aus den Augen. Ist das klar?»

Sie wandte sich wieder Coray zu. «Gut, wir sind uns also einig, dass er mit Kurtz oben am Panixer-Staudamm sein könnte. Es ist mitten in der Nacht. Was wird er tun?»

Einen Atemzug lang schnürte es Coray wieder die Brust zusammen, als er sich vorstellte, wie Kurtz dem Killer völlig ausgeliefert war. Was hatte er mit ihr gemacht? War sie überhaupt noch am Leben?

«Er wird ihr nichts tun», sagte Cathomas, als hätte sie seine Gedanken gelesen. «Er benützt sie als Druckmittel, um Sie in die Finger zu kriegen. Solange Sie leben, wird auch Kurtz am Leben bleiben. Er weiss, dass Sie alles tun werden, um sie aus dieser Situation zu holen.»

«Er will, dass ich leide, dass ich miterlebe, wie er Katja foltern oder töten wird. Er wartet, bis ich vor Ort bin.»

«Genau so sehe ich das auch. Es ist ihm nicht mehr genug, Sie zu töten. Er will die Qual in Ihren Augen sehen.»

Nicht gerade beruhigend, was Cathomas da sagte, dachte Coray. Aber sie hatte recht mit ihrer Einschätzung der Lage. Für ihn spielte es keine Rolle, was ihn am Panixer oben erwartete. Er würde auf jeden Fall hochgehen und alles tun, um seine Kollegin zu retten. Es gab gar keine andere Option. Wenn er es nicht schaffen sollte, sie aus den Fängen dieses Arschlochs zu befreien, wenn ihr irgendetwas zustossen sollte, dann wäre sein Leben gelaufen. Niemals würde er sich das verzeihen können. Niemals würde er mit dieser Schuld weiterleben können. Und daran würden auch Emilia und Juri nichts zu ändern vermögen.

«He, hören Sie auf, sich Horrorszenarien vorzustellen», befahl Cathomas, die einmal mehr mühelos die Regungen, die sich auf seinem Gesicht abzeichneten, las. «Es wird gut gehen. Es muss gut gehen.»

«Wir brauchen einen Plan», sagte er, ohne auf ihren letzten Satz einzugehen. «Und wir brauchen ihn schnell.»

«Okay, was immer Sie brauchen, ich organisiere es.»

Coray dachte intensiv nach, wog Möglichkeiten ab, verwarf Ideen und war sich schliesslich gar nicht mehr sicher, ob er auf dem richtigen Weg war. Cathomas beobachtete ihn beim Denken.

«In einem sind wir uns hoffentlich einig», sagte sie. «Es muss noch während der Nacht oder in der Dämmerung passieren. Ich will nicht riskieren, dass dort oben wieder auf wehrlose Touristen geschossen wird.»

Sie dachten beide zurück an diesen furchtbaren Frühsommermorgen, an dem der verrückte Peder Casanova vor seinem gewaltsamen Tod für Panik am Stausee gesorgt hatte. Wie er gedroht hatte, Wanderer und Spaziergänger zu erschiessen. Wie sie die Leute vom Gelände evakuiert hatten.

«Ja, das sehe ich auch so.»

«Wollen Sie die grosse Truppe dabeihaben?»

Coray schüttelte den Kopf. Langsam fügten sich die Teile seines Planes zusammen – wenigstens in groben Zügen. Er handelte vor allem intuitiv und hoffte, dass sich der Rest finden würde.

«Nein, ich gehe nur mit einem Spezialkommando. Wir fahren mit einem Elektrowagen bis unterhalb des Staudamms. Einen Helikopter würde er hören und damit wissen, von wo er mit mir rechnen muss.»

«Sie haben ein Konzept erarbeitet?»

«Was heisst Konzept, ich habe nicht mehr als eine vage Vorstellung und kann nur hoffen, dass es hinhaut. Ich will

Sophie Desax und Laurin Jeger, die kennen sich aus dem Fall am Panixer-Staudamm», fügte er mit einem schiefen Lächeln hinzu. Die beiden waren damals dort oben mit von der Partie gewesen. «Normalerweise wäre Emil Tscharner der Dritte im Bunde …»

Corays Miene verdüsterte sich, und Cathomas konnte den entschlossenen Zug ausmachen, der sich auf seinem Gesicht abzeichnete.

«Ich schlage vor, Sie nehmen an seiner Stelle Maurus Schmed mit.»

Coray dachte über ihren Vorschlag nach. Der junge Polizist hatte zwar erst vor Kurzem seine Spezialausbildung abgeschlossen und noch in keinem echten Kampf bestehen müssen. Als Coray sich jedoch dessen energisches Gesicht vor Augen rief und seinen Einsatz während der Ausbildung – wo er als Leiter tätig gewesen war –, da spürte er, dass dies der richtige Mann für die Aufgabe war.

«Ja, einverstanden. Wir nehmen Maurus Schmed mit.»

«Sie haben keine Ahnung, was Sie dort oben erwartet. Wäre es nicht doch ratsam, mehr Leute mitzunehmen?»

Coray schüttelte bestimmt den Kopf. «Nein, lassen Sie uns einfach Zeit, vor Ort zu gelangen, und behalten Sie rund ein Dutzend Mann in der zweiten Reihe. Man darf sie nicht hören und schon gar nicht sehen. Sie sollen sich im Hintergrund halten. Sie werden selbst merken, wenn sie gebraucht werden. Ich habe keine Zeit, Ihnen den Plan zu erklären. Er ist alles andere als ausgereift, und, wie Sie sagen: Wir haben keine Ahnung, welche Situation wir am Panixersee oben antreffen werden. Ich muss instinktiv vorgehen, vielleicht meinen vagen Plan innert Sekunden über Bord werfen und einen neuen machen.»

«Gut, dann lasse ich die drei Elitepolizisten herbringen. Sie sind ja diese Woche wegen des speziellen Schiesstrainings alle in der Kaserne stationiert.»

Cathomas tätigte den Anruf und konnte Coray mitteilen, dass sie in einer halben Stunde in Kampfmontur vor Ort sein würden. Auch der Elektrowagen stand bereit, und ein Offizier war dabei, eine Einheit von Polizisten auf den Platz zu bringen. Coray hatte keine Zeit, die Vorbereitungen mitzuverfolgen. Er wusste, wenn Cathomas das Kommando übernahm, dann klappte das. Dann kam ihm doch noch etwas in den Sinn, und er eilte zurück in ihr Büro.

«Schicken Sie bitte auch ein paar Kollegen nach Andiast und von dort rauf Richtung Panixer. Das letzte Mal ist er wahrscheinlich auf dieser Seite abgehauen.»

Sie hob den Daumen in seine Richtung.

Coray streifte sich hastig seine Schussweste über, prüfte, ob alles da war, und steckte im letzten Moment aus einer Intuition heraus ein Kletterseil samt ein paar Haken in seinen Rucksack. Nachdem er seine Waffe überprüft hatte, eilte er Richtung Treppe. Bevor er hinunterjagen konnte, trat ihm Annabelle Cathomas in den Weg.

«Coray, ich weiss, dass Sie zu allem entschlossen sind. Ich verstehe Sie. Aber denken Sie bitte daran, dass Sie nicht nur für Kurtz zuständig sind, sondern auch für diese drei jungen Leute, die an Ihrer Seite sein werden.»

«Keine Angst, Frau Major, ich bin mir meiner Verantwortung bewusst.»

Damit war er weg. Er wusste, ohne zurückzublicken, dass sie ihm einen Moment lang hinterhersah, die Stirn sorgenvoll gefurcht. Und dass sie danach schnurstracks ins Büro eilen und zum Telefonhörer greifen würde.

ZWÖLF

Coray musste nicht lange warten, bis ein Transportfahrzeug der Polizei mit hoher Geschwindigkeit auf den Parkplatz einbog und mit quietschenden Reifen direkt vor ihm zum Halten kam. Die Türen flogen auf, und Sophie Desax, Laurin Jeger und Maurus Schmed stürzten förmlich auf den Asphalt hinaus. Alle in kompletter Kampfmontur, mit den Gewehren in den Händen und den Helmen mit noch offenem Visier bereits auf den Köpfen. Coray musste sich ein Lächeln verkneifen, als er den Eifer in den Augen der jungen Polizisten erblickte. Keine Frage, diese drei musste er nicht motivieren, die konnten es kaum erwarten, sich in die Schlacht zu stürzen. Er musste vielmehr dafür sorgen, dass sie es nicht übertrieben in ihrem Bestreben, Katja Kurtz dort rauszuholen.

Der Fahrer schwang sich geschmeidig aus dem Transporter, zückte einen anderen Schlüssel und glitt in eines der Elektrofahrzeuge, die dem Polizeikommando zur Verfügung standen. Die vier stiegen in den Personenwagen ein, und los ging die rasante Fahrt Richtung Ilanz und von dort hinauf bis nach Pigniu. Die letzten hundert Meter würden sie zu Fuss zurücklegen müssen, bis sie unter der Staumauer anlangten, in deren Nähe er den Killer und seine Geisel vermutete.

Coray spürte, wie er ein Déjà-vu durchlebte. Nur dass sie beim letzten Mal in einem Helikopter hoch zum Panixersee geflogen waren, am hellen Tag, und dass auch Katja und Emil mit dabei gewesen waren. Die Anspannung war die gleiche gewesen – und die Ungewissheit ebenfalls. Er spürte, dass ihnen allen in etwa die gleichen Gedanken durch den Kopf gingen. Er erinnerte sich, dass er sich mit seiner Crew sehr verbunden gefühlt hatte, und er wusste, auch wenn die Zusammensetzung heute eine andere war, er konnte sich voll auf sie verlassen. Sie erwarteten jedoch von ihm, dass er Stellung nahm, etwas sagte. Er spürte von der Rückbank drei Augenpaare auf sich gerichtet. Die Blicke brannten richtiggehend auf seinem Hinterkopf. Coray räusperte sich und wandte sich um, schaute den Kameraden in die Augen.

«Was wisst ihr bereits?», fragte er.

Die Stille im Elektrofahrzeug wirkte fast ein bisschen surreal und auch ein bisschen unheimlich. Wie sie dasassen, mit ihren Waffen in den Händen. Draussen tiefste Dunkelheit. Es war wahrhaftig kein lauschiges Ausfährtchen. Coray riss sich zusammen, stemmte sich gegen jegliche unpassenden Gedanken und fokussierte sich ganz auf den Moment.

«Wir wissen, dass Katja aus ihrer Wohnung entführt und Emil schwer verletzt wurde», begann Sophie.

«Ja, das stimmt so weit. Was ihr aber noch nicht wisst, ist die Tatsache, dass der Angreifer der Auftragskiller vom letzten Fall ist.»

Einen Moment lang herrschte verblüfftes Schweigen.

«Du meinst, der Typ, der damals die Frau von Casanova erstochen hat?», fragte Sophie ungläubig.

«Genau der», bestätigte Coray.

«Aber –»

«Moment, ich erklär es ja schon. Also, Casanova hat mir damals in seinen letzten Lebensminuten mitgeteilt, dass er den Killer auch auf mich angesetzt habe. Und auf Kurtz.»

Es war totenstill im Wagen.

«Du hast ihm nicht geglaubt, nicht wahr?», fragte Sophie und schaute ihm in die Augen.

«Nein, ich habe ihm tatsächlich nicht geglaubt. Ich hielt es für die letzten verrückten Phantasien von Casanova.»

«Das hätte jeder andere auch so vermutet», sagte sie, und ihre Kollegen nickten.

«Wie auch immer, für Wenn und Aber ist jetzt keine Zeit. Nur kurz: Er wollte mich heute Abend mit einem Messer töten. Dank eines Buches in der Brusttasche und vor allem wegen Juri ist der Angriff schiefgelaufen. Das hat ihn sehr wütend gemacht. Ich denke nicht, dass ihm so was schon einmal passiert ist. Er ist ein Profi und hat völlig versagt. Er betrachtet es wohl als einen persönlichen Rachefeldzug. Und weil der Scheisskerl ganz richtig vermutet, dass ich nicht damit klarkommen würde, wenn er Kurtz etwas antun würde, hat er sie sich geholt und sich einen kranken Plan ausgedacht. Er will vor allem mich treffen. Kurtz ist ihm eigentlich egal.»

Darauf herrschte betroffenes Schweigen. Allen war klar, dass dies keine gute Voraussetzung für das Leben der Polizistin bedeutete.

Sie fuhren durch das noch in tiefem Schlummer liegende Ilanz. Coray kam es vor, als wären sie die einzigen Menschen auf diesem Planeten, die wach waren.

«Wir haben nur ein Ziel», fuhr er fort. «Wir müssen Katja dort rausholen. Um jeden Preis.»

«Auch wenn der Preis für ihr Leben der wäre, dass der Killer entkommt?»

«Ja. Um absolut jeden Preis. Ausser um den, dass ihr euch selber gefährdet. Ihr werdet kein derartiges Risiko eingehen. Keiner von euch. Das ist ein Befehl, und ich erwarte von euch allen, dass ihr ihn befolgt. Habt ihr mich verstanden?»

Er schaute sie nacheinander eindringlich an.

Alle drei nickten und murmelten etwas, das wie ein Ja klang. Coray fragte sich insgeheim, was sie tatsächlich tun würden, wenn sie in die Situation kämen, dass sie Kurtz retten könnten, sich selbst aber dabei in Lebensgefahr begeben müssten. Er machte sich keine Illusionen: Alle drei würden nicht einen Moment über die Gefahr nachdenken. Sie waren alle durchdrungen von dem absoluten Willen, ihre Kollegin in Sicherheit zu bringen. Er konnte es ihnen nicht verdenken, er war ebenfalls entschlossen, alles zu tun, um diesen Plan durchzusetzen.

Als der Wagen die Steigung nach Pigniu/Panix unter die Räder nahm, ging ihm durch den Kopf, wie es wäre, wenn er bei dem Einsatz, der nur noch Minuten in der Zukunft lag, Kurtz und einen der jungen Polizisten verlieren würde. Ihm sträubten sich die Nackenhaare, und er musste sich zwingen, den stockenden Atem wieder ruhig fliessen zu lassen. Du bist so ein Dubel, schimpfte er sich in seinem Kopf. Immer vor derartigen Einsätzen malst du dir den schlimmsten Horror aus! Er musste grinsen, als er sich vorstellte, wie Kurtz ihn wieder auf den Boden bringen würde, wenn sie an seiner Seite wäre. Wie sie ihm gnadenlos die Leviten lesen würde. Aber genau das war sie heute nicht. Er vermisste sie schrecklich, und er hatte furchtbare Angst um sie. Aber er wusste genau, sobald der Einsatz begann, würde die Furcht verschwinden und er würde fokussiert und konzentriert agieren. So wie ein Schauspieler, der vor der Vorstellung unter wahnsinnigem Lampenfieber litt, das jedoch von ihm abfiel, sobald der Vorhang sich hob.

«Hast du denn eine Vorstellung davon, wie die Situation am Panixer oben aussehen könnte?», fragte Maurus.

«Nein, ich weiss nicht, was uns dort oben erwartet. Was uns entgegenkommt, ist die absolute Dunkelheit. Ich weiss nicht, ob er uns hinten am Wasserfall auflauert oder hinter einem Felsen. Ich weiss nicht, ob Katja bewusstlos, betäubt oder gefesselt ist. Ich kann diesen Kerl nicht einschätzen. Wir können uns jedoch sicher sein, dass er wütend ist. Sehr wütend. Aber im Gegensatz zu Casanova damals ist er nicht irre. Kein bisschen. Er ist eiskalt und völlig zielgerichtet. Was es nicht einfacher macht. Seine Handlungen lassen sich vielleicht besser voraussehen. Dafür geht er wahrscheinlich mit einer solchen Brutalität vor, dass wir uns emotional dagegen wappnen müssen.»

Coray schaute eindringlich in jedes der angespannten Gesichter. Er suchte nach Zeichen der Angst, der Unsicherheit, nach einem Flackern in den Augen, fand jedoch nur Entschlossenheit. In seinem Inneren breitete sich trotz all seiner Sorgen ein warmes Gefühl aus. Ja, auf diese Leute konnte er bedingungslos zählen. Er war stolz auf sie und hatte gleichzeitig Schiss um sie. Doch nichts von all dem, was in seinem Inneren abging, spiegelte sich auf seinem Gesicht. Er hielt seine Gefühle tief in seiner Seele verborgen. Es genügte, wenn er alleine wusste, dass er von grösster Sorge erfüllt war – seinen Mitstreitern musste er als Führer vorangehen. Er brachte ein aufmunterndes Lächeln zustande und fühlte sich in diesem Moment stark und voller Energie.

«Wie gehen wir also vor?», fragte Laurin.

«Wenn ihr einen Plan von mir erwartet, muss ich euch enttäuschen», antwortete Coray, der sich noch immer zur Rückbank gedreht hatte. «Wir fahren hoch bis zum Fuss der Staumauer. Der Typ kann uns weder hören noch sehen. Dann gehen wir an der Mauer entlang bis zur steilen Böschung an der Seite. Dort steigen wir in absoluter Stille hinauf. Wir müssen unbedingt jedes Geräusch vermeiden. Unsere einzige Chance liegt im Überraschungsmoment. Ich glaube auch nicht, dass er uns bereits erwartet. Er wird annehmen, dass wir bis zur Dämmerung ausharren, wenn wir etwas sehen, wenn wir vielleicht eine Drohne losschicken können.»

«Er wird doch sicher über ein Nachtsichtgerät verfügen und auch wissen, dass wir damit ausgerüstet sind.»

«Ja, das denke ich auch. Und trotzdem ist es im Tageslicht viel einfacher, eine Situation einzuschätzen. Darauf baut er. Dass wir es nicht wagen werden, uns in der Dunkelheit auf die Jagd nach ihm zu machen, ohne im Geringsten zu wissen, wo er sich mit seiner Geisel aufhält.»

Allgemeines Nicken.

Noch zwei Minuten, und sie würden an der Stelle ankommen, von der aus sie zu Fuss weitergehen mussten. Ein letzter Blick in die jungen Gesichter.

«Alles okay, legen wir los?»

Diesmal kam das Ja laut und entschieden.

Der Wagen hielt auf der kleinen, unbewaldeten Fläche, die direkt neben dem Strässchen lag. Das letzte Mal waren sie hier mit dem Heli gelandet. Coray war sich sicher, dass sie alle an diesen Moment von damals dachten.

Der Fahrer hielt kurz inne, bevor er die Tür öffnete.

«Viel Glück, wir sind bei euch, und wir erwarten euch alle hier zurück.»

Dann schob er die Tür leise auf, und die vier huschten in die Dunkelheit hinaus. Sie machten sich auf den Weg zum Staudamm. Die Strecke war nicht lang, bald würden sie zu dem Punkt kommen, wo sie hoch über sich die Staumauer sehen konnten. Sie hörten keinen Laut während ihres Aufstieges. Alles blieb still und dunkel. Doch unvermittelt verharrte Coray, der den kleinen Trupp anführte. Sein Stopp erfolgte so abrupt, dass Sophie ihn ungewollt anrempelte.

«Merda, was ist das?», stiess Coray fassungslos aus, schob sich das Nachtsichtgerät vom Kopf und blickte nach oben. Als die Gefährten seinem Blick folgten, bot sich ihnen ein irrwitziges Bild: Oben auf der Mauerbrüstung waren zwei leistungsstarke Scheinwerfer aufgestellt. Sie ergossen ihr kaltes Licht erbarmungslos über die Szenerie ein paar Meter unterhalb. Dort hing Katja an einem Seil in schwindelnder Höhe und pendelte leicht an der Mauer entlang. Ihr Körper war mit einem Seil unter den Armen umschlungen. Das schien ihre einzige Sicherung zu sein.

Wenigstens hängt sie nicht kopfüber an der Wand, dachte Coray. Er brauchte einen Augenblick, um zu verarbeiten, was sich da seinem Blick bot. Der Killer suchte zweifellos die ausgefallene Inszenierung – er wollte die ganz grosse Bühne. Und das war ihm bei Gott gelungen. Das Ganze wirkte wie eine Szene aus einem Horrorfilm. Kurtz' Kopf baumelte schlaff auf ihrer Brust, aber selbst auf diese Distanz glaubte Coray zu erkennen, dass sie ihn ab und zu hob. Sie war wahrscheinlich benommen, aber nicht bewusstlos, und ihr Mund war nicht zugeklebt. Er suchte ihren Blick, konnte jedoch nicht ausmachen, ob sie die Augen geöffnet oder geschlossen hatte. Wieder schwappte kalte Wut über seinen Körper wie eine Welle. Wo steckte dieses Monster? Coray war selten richtig zornig, aber jetzt wünschte er sich nur eines: den Killer am Hals zu packen und ihm buchstäblich die Knochen aus dem Leib zu prügeln. Fieberhaft suchte er nach einer Gestalt in der Dunkelheit, konnte jedoch nur die Lichter der Scheinwerfer erkennen.

«Heilige Scheisse!», flüsterte Sophie, «der wusste, dass wir kommen.»

Wie versteinert starrten sie alle an der Mauer nach oben.

Entgeistert glitten ihre Blicke über den Schauplatz. Unter dem sich leicht hin- und herwiegenden Körper von Kurtz wurden die monumentalen Malereien des Engadiner Künstlers Martin Valär durch das grelle Licht spektakulär hervorgehoben. Sie zeigten ein Heer russischer Soldaten auf der Flucht vor den Franzosen über den Panixerpass im Jahr 1799. Die zwölf Meter hohen Soldaten von General Suwarow marschierten mit riesigen Bajonetten scheinbar direkt in den Abgrund. Kurtz' Körper war genau über einem der Bajonette platziert. Gerade so, als sollte ihr Körper aufgespiesst werden. Ob das mit Absicht oder zufällig so drapiert war, darüber mochte niemand wirklich nachdenken. Aber es sah gespenstisch aus.

Eine gefühlte Ewigkeit blieben sie alle vier wie angewachsen stehen und starrten auf die völlig skurrile Szene. Coray war der Erste, der sich aus seiner Starre lösen konnte. Er drehte sich zu seinen Kollegen um. Wäre es Tag gewesen, hätten sie sehen können, dass er aschfahl im Gesicht war. Stumm sahen sie ihn an.

«Ich muss da alleine hoch. Ich denke, darum geht es dem Arschloch. Er will mich – und zwar ohne Begleitung.»

Keiner gab einen Mucks von sich. Sie warteten auf seine Anweisungen.

«Hört zu», fuhr er leise fort, «ihr geht hier, bevor er euch sehen kann, ein Stück zurück und von dort hinauf auf das Strässchen. Von dort schleicht ihr euch zur Mauer hinauf. Er wird euch nicht sehen, weil es erstens dunkel ist und weil ich ihn zweitens beschäftigen werde. Ich werde alles tun, um ihn in ein Gespräch oder einen Kampf oder was auch immer zu verwickeln. Ihr müsst auf eigenes Gutdünken vorgehen. Vielleicht müsst ihr den Stausee umrunden, um von der anderen Seite anzugreifen. Ich weiss es einfach nicht. Geht hoch, macht euch ein Bild und entscheidet selber. Ich werde das nicht alleine schaffen, aber ich weiss, dass ihr genau das tun werdet, was nötig ist. Macht einen Plan, und wenn er sich für euch alle gut anfühlt, zieht ihn durch. Fangt nicht an zu zweifeln. Ihr wisst, wie eingespielt unser Team ist. Es ist nicht das erste Mal, dass wir eine schwierige Situation meistern müssen. Wir können das. Und jetzt macht euch auf den Weg.»

Ohne zu zögern, verschwanden die drei in der Dunkelheit. Für Coray erfüllte das Nachtsichtgerät keinen Zweck mehr. Er wusste, was der Typ wollte. Er musste auch nicht mehr leise sein. Seine Augen hatten sich an die Dunkelheit gewöhnt, und er machte sich mit ausgreifenden Schritten auf den Weg. Obwohl er sich keinerlei Mühe gab, seine Anwesenheit zu verbergen, blieb es totenstill auf der Mauer. Bei jedem Schritt, der ihn näher an den Fuss der Staumauer führte, konnte er Kurtz etwas besser erkennen. Nein, er glaubte nicht, dass sie bewusstlos war, es dünkte ihn, sie halte ihren Kopf bereits etwas stabiler. Vielleicht war das aber auch nur Wunschdenken. Er überlegte fieberhaft. Sollte er sich bemerkbar machen? Würde es ihr helfen, wenn sie wusste, dass er da war, würde es ihr neue Energie verleihen? Er stellte sich vor, wie es wäre, wenn er da oben an einem Seil baumeln würde, einem eiskalten Killer ausgeliefert, nicht wissend, was die nächsten Minuten oder Stunden bringen würden. Ja nicht einmal ahnend, wieso zum Teufel er in diese Situation geraten war.

Denn genau so musste es Katja gehen. Sie hatte mit Emil eine Pizza gegessen, Wein getrunken und dann ein bisschen rumgemacht oder diskutiert oder was auch immer. Und dann war die Hölle über sie hereingebrochen. Ein Unbekannter hatte die Tür mit einem einzigen Tritt eingetreten, war wortlos über sie hergefallen, hatte sie bewusstlos geschlagen und Emil lebensgefährlich mit einem Messer verletzt. Dann hatte der Typ sie sich wie eine riesige Puppe über die Schulter geworfen und war mit ihr in der Nacht verschwunden. Wahrscheinlich war sie bereits gefesselt gewesen, als sie wieder zu sich gekommen war. Coray hoffte, dass sie die Fahrt hoch zum Staudamm noch beduselt miterlebt hatte. Sein Herz krampfte sich zusammen, als er sich vorstellte, was für eine Angst sie haben musste, seit sie realisiert hatte, dass sie hoch über dem Abgrund an einem Seil hing und keine Ahnung hatte, worum es ging.

Bevor er sich in seine eigene Panik hineinsteigern konnte, glaubte er, Kurtz' energische Stimme zu vernehmen, die ihm sagte, dass er sich verdammt noch mal zusammenreissen solle. Ob er vergessen habe, dass sie keine Anfängerin und auch kein Weichei sei, dass er sich gefälligst daran erinnern solle, wie cool sie schon so manche gefährliche Situation gemeistert habe. Und dass er ihr nur dann helfen könne, wenn er geradeaus denke und nicht durchdrehe.

Die Stimme hatte so real gewirkt, dass Coray unwillkürlich zu Kurtz hochsah, die jetzt viel näher schien, und fast glaubte er, sie blicke ihm direkt in die Augen. Das war natürlich Unsinn, so weit konnte er nicht sehen, auch wenn sie im hellen Scheinwerferlicht hing. Aber er spürte die Kraft und die Ruhe, die der telepathische Austausch ihm gegeben hatte. Er dachte nicht viel über solche Sachen nach, war alles andere als ein Esoteriker, aber er glaubte, dass es Dinge zwischen Himmel und Erde gab, die man nicht wirklich sehen oder beweisen konnte. Was er gerade erlebt hatte, war so ein Ding, und er nahm es einfach als Geschenk zur richtigen Zeit an. Er würde jedoch nie ein Wort darüber verlieren.

Als Coray am Fuss der Mauer ankam, schaute er nach oben und wurde unvermittelt von gleissendem Licht geblendet. Für einen Moment schloss er gepeinigt die Augen und versuchte, den Schmerz und die grellen Blitze auf seiner Netzhaut zu lindern. Er drückte Daumen und Mittelfinger auf seine Lider und musste einige Augenblicke so stehen bleiben, um nicht völlig orientierungslos herumzutorkeln. Er bedeckte seine Augen mit der Hand und versuchte blinzelnd, sich wieder zurechtzufinden. Das Licht war weg, als wäre es eine Spukerscheinung gewesen. Er stand erneut in völliger Dunkelheit. Der Kerl spielt mit mir, es macht ihm Spass, mich zu verarschen, dachte Coray grimmig. Er beschloss, ihn anzusprechen, das Katz-und-Maus-Spiel zu beenden und ihn in ein Gespräch zu verwickeln. Ich weiss nicht mal, wie ich ihn rufen soll, überlegte er mit einem leicht hysterischen Lachen, ich habe keine Ahnung, wie er heisst.

«He du», schrie er schliesslich den Staudamm hinauf, «ich bin hier. Das ist es doch, was du wolltest, oder?»

«Sind wir also doch beim Du?», antwortete die Stimme.

Coray konnte im Geiste sehen, wie der Kerl spöttisch seine Augenbrauen nach oben zog. «Es ist mir egal, ob wir uns duzen oder siezen. Hauptsache, ich erfahre, was du von mir willst. Und von meiner Kollegin.»

«Aber das weisst du doch, mein Freund. Ich will euer Leben, so wie das abgemacht war.»

Coray konnte erkennen, dass sich Kurtz mit aller Kraft aus ihrer Benommenheit kämpfte. Sie hatte ihn, als er vom Scheinwerfer erfasst worden war, ausmachen können. Und als sie seine Stimme hörte, schien sie entschlossen zu sein, in das Jetzt und Hier zurückzukommen. Alte Kriegerin, dachte er liebevoll und war zutiefst erleichtert, den Kampfeswillen in ihren Körper zurückkehren zu sehen. Er musste und würde einen Weg finden, sie dort runterzuholen. Und zwar lebendig. Jetzt rang er um die richtigen Worte, um zu dem Killer durchzudringen.

«Wie wäre es, wenn du mir deinen Namen sagen würdest, damit ich dich nicht immer mit ‹he du› ansprechen muss?»

Ein leises Lachen tönte von der Mauer herunter. «Aber den weisst du doch. Ich habe ihn dir vor ein paar Monaten genannt. Übrigens war das nicht weit von dieser Stelle, an der wir uns heute unterhalten. Erinnerst du dich?»

Coray knirschte wütend mit den Zähnen. Und ob er sich erinnerte. Als er vor ihm gestanden und sich für einen harmlosen Freizeitbiker ausgegeben hatte. Das Gesicht bis zur Unkenntlichkeit von Dreck verschmiert. Dermassen überzeugend lügend, dass weder er noch Kurtz auf die Idee gekommen waren, dass er ein Auftragsmörder sein könnte.

«Also», tönte wieder die Stimme von oben, «wie ist mein Name?»

«Wie du wirklich heisst, weiss ich nicht, aber damals hast du dich als Roman Hefti aus Zürich vorgestellt.»

«Na also, Roman ist doch ein schöner Name, oder etwa nicht?»

«Okay, Roman, was spielen wir hier für ein Spiel?»

«Du magst Spiele? Dann lass uns doch um das Leben von dir und deiner Kollegin, die du anscheinend sehr magst, spielen. Die Dame liegt dir ja offensichtlich am Herzen, was ich ganz süss finde.»

Als Coray direkt unter Kurtz stand, konnte er sehen, dass sie den Dialog aufmerksam verfolgte. Ihren Kopf hatte sie lauschend angehoben. Sie gab jedoch keinen Laut von sich.

«Süss, sagst du? Ist es nicht eher so, dass dir solche Gefühle suspekt sind?», rief Coray hinauf. Er konnte noch immer keinen Blick auf ihn erhaschen. Fürchtete sich auch davor, die Augen zu weit aufzumachen, weil ihn dann wieder dieser schmerzhafte Lichtstrahl blenden würde. «Weil du nämlich gar keine Gefühle hast. Dort, wo andere eine Seele und ein Herz haben, ist bei dir ein kalter Stein.»

«Ach, Herr Coray, wie poetisch du sein kannst. Glaubst du wirklich, etwas über mich zu wissen?»

Coray meinte, einen ärgerlichen Ton mitschwingen zu hören. Er war auf dem richtigen Weg, das Monster wurde langsam wütend. Und wer wütend war, machte Fehler.

«Ich denke, dass du ein bedauernswerter Mensch bist, weil du immer nur von aussen zusehen kannst, wie das Leben spielt. Dass du dir die Nase platt drückst an den Fenstern von Leuten mit Familie und Freunden, die zusammen an einem Tisch sitzen und lachen und essen und feiern und –»

«Ach, halt die Schnauze. Das ist doch alles sentimentaler Kitsch. Du schaust dir wohl zu viele Rosamunde-Pilcher-Filme an!»

«Soso, du kennst also solche Serien. Interessant. Ziehst du dir etwa heimlich solche Schmonzetten rein? Aber was heisst heimlich, du kannst sicher tun und lassen, was du willst. Es gibt bestimmt niemanden in deinem Leben, der sich dafür interessiert, was du treibst.»

«Ich will dir mal was erklären, du dämlicher Klugscheisser! Mein Leben geht dich einen Scheissdreck an. Aber ich kann dir versichern, dass es ganz wunderbar ist. Wie du sagst, muss ich mich über niemanden ärgern, keine Frau und keine Kinder, die wie Kletten an mir hängen und ständig etwas von mir wollen. Ich bin frei, habe genug Kohle, kann verreisen, wohin ich will, und wenn ich jemanden um mich haben will, ist auch das kein Problem.»

«Ja, weil du die bezahlst, damit sie bei dir sind. Das ist so was von erbärmlich.»

Von der Mauer herab kam keine Antwort mehr, und Coray überlegte erschrocken, ob er es übertrieben hatte mit seiner Häme, ob der Kerl in blinder Wut das Seil kappen und Kurtz in den Tod stürzen würde. Er wusste nicht, was er tun sollte. Da brach unvermittelt wieder das Flutlicht über ihn herein, und er schloss die Augen. Diesmal war er darauf vorbereitet, er reagierte so rasch, dass er nur kurz geblendet war.

«Ich finde, wir haben genug auf Distanz geredet. Wie wäre es, wenn du zu mir raufkommst und wir hier oben unseren Plausch fortführen?»

Die Stimme tönte wieder völlig kontrolliert, so als hätte ihn Coray nie in Rage gebracht. Aber Coray wusste nun, dass es möglich war, ihn so zu reizen, dass er wütend wurde, und wenn er Glück hatte, würde er es schaffen, ihn dermassen zu beleidigen, dass er die Kontrolle verlor.

«Okay, das scheint mir ein guter Plan zu sein. Ich komme zu dir hoch.»

Das Licht erlosch genauso plötzlich, wie es aufgeleuchtet hatte, und Corays Augen mussten sich wieder an die Dunkelheit gewöhnen. Er erwog, sich das Nachtsichtgerät wieder überzustreifen, aber er verwarf den Gedanken. Er fühlte sich wohler so. Er ging das kleine Stück an der Mauer entlang und begann den Aufstieg zur Strasse und zum Damm. Während er über die steile Wiese stieg, überlegte er, wo sich seine drei Kameraden wohl aufhielten. Waren sie um den See gelaufen und lauerten auf der anderen Seite des Staudammes? Oder hatten sie entschieden, in der Nähe zu bleiben? Waren die Polizisten der zweiten Reihe bereits unterhalb des Platzes, von wo aus sie losmarschiert waren? Er hätte gerne Gewissheit gehabt, aber er wusste, dass es keinen Sinn hatte, darüber zu grübeln. Er musste Vertrauen haben.

Mit flinken Schritten hatte er die Steigung hinter sich gebracht, trat auf das geteerte Strässchen, und gleich darauf war er auf dem Damm. Er blieb stehen, um sich zu orientieren. Alles, was er auf dem rund zweihundertsiebzig Meter langen Damm sah, waren die zwei Scheinwerfer, die etwa in der Mitte platziert waren. Dort, wo die Mauer am höchsten war. Natürlich, wo sonst als dort, wo die Szenerie dramaturgisch am eindrücklichsten war, sollte der Mistkerl seine Theaterbühne aufgebaut haben? Coray beschloss, auf das Licht zuzugehen, auch wenn von dem Mann weiterhin nichts zu sehen war. Bestimmten Schrittes marschierte er los. Aus dem Augenwinkel glaubte er, im Osten den ersten Hauch der Morgendämmerung wahrzunehmen. Er musste sich beeilen. Der Typ würde das Tageslicht nicht abwarten. Und für seine Kollegen wäre es fatal, wenn die Dunkelheit sie nicht mehr schützen würde, denn der einzige Weg für sie führte über den Damm. Sobald es heller wurde, würde der Typ sie sehen können. Vielleicht waren sie ja bereits da, zum Greifen nah und warteten nur auf den richtigen Moment. Er versuchte, die Dunkelheit mit seinem Blick zu durchdringen, konnte jedoch nichts erkennen.

Je näher er dem Ort des Geschehens kam, desto besser konnte er Einzelheiten ausmachen. Was er sah, liess ihm das Blut in den Adern gefrieren. Der Kerl hatte das Seil auf der rechten Seite des Dammes um das Geländer geschlungen, das als Abgrenzung zum Stausee montiert worden war. Dann verlief der straff gespannte Strick über den Damm, über die Mauer auf der anderen Seite des Dammes und verschwand dort im Abgrund. Coray fragte sich, ob sich der Strang an der rohen Betonmauer aufscheuern konnte. Mit Grauen stellte er sich vor, wie sich das Tau zerfetzt löste und Kurtz in die Tiefe stürzte. Aber nein, beruhigte er sich, so schnell würde es nicht reissen.

In der Mitte des Dammes war das Geländer etwas zurückversetzt und bildete eine Nische. Und dort hockte das Monster. Coray erblickte nur die Hand, welche das Seil hielt, und ein Stück des Armes. Die Hand sah gespenstisch weiss aus. Coray schauderte, blickte jedoch genau hin. Immerhin war das Seil zweimal um den oberen Geländerabschluss geschlungen. Das hiess, dass ihm ein paar Sekunden blieben, das Seil zu fassen, falls der Killer loslassen sollte. Mehr nicht. Ein paar wenige Sekunden. Er schluckte schwer, und einen Moment lang verliess ihn der Mut. Wie sollte er das denn schaffen?, fragte er sich verzweifelt.

Und dann dachte er zurück an das letzte Mal, als er hier oben in einer aussichtslosen Lage gewesen war. Wie er ebenfalls beinahe aufgegeben hätte, nur noch daran hatte denken können, wie sehr er es bedauerte, dass er Emilia und Juri nicht mehr wiedersehen würde. Nie mehr durch die Berge streifen und nie sein noch nicht gezeugtes Kind in den Armen halten würde. Ihn übermannte unvermittelt das Gefühl, nicht mehr atmen zu können. Doch dieser Moment der Hoffnungslosigkeit ging rasch vorbei. Er wusste, dass es keine Option gab, als dieses Seil in seine Hände zu bekommen. Es war ihm egal, ob diese Bestie davonkam oder nicht. Er hatte nur das eine Ziel, Kurtz' Leben zu retten. Nichts anderes war von Bedeutung. Entschlossen schritt er auf den Arm mit der Hand am Seil zu.

«Ah, da bist du ja, mein Freund.»

Coray ging weiter auf ihn zu.

«Stopp», sagte der Typ so schneidend, dass Coray wie festgewurzelt stehen blieb. «Genau dort bleibst du und hältst die Hände hoch.»

Coray tat wie geheissen.

«Du scheinst mir ein bisschen blass um die Nase.»

«Dein Befinden kann ich leider nicht beurteilen, du scheust ja das Licht wie der Teufel das Weihwasser. Bis jetzt habe ich dich nur zugekleistert von Dreck oder in der Dunkelheit gesehen», erwiderte Coray.

Ganz langsam schob sich der Körper, der zu dem Arm und der Hand gehörte, aus der Nacht in den Lichtkegel der

Scheinwerfer. Coray erfasste sein Gegenüber mit geschultem Blick: Er hatte ein durchschnittliches Gesicht, eines, das man in der Menge sofort wieder vergessen würde. Er war durchschnittlich gross, aber er verfügte zweifellos über eine überdurchschnittliche Fitness. Coray erahnte die Muskeln unter den schwarzen Sportklamotten. Ein schwarzes Cap war bis tief in die Augen gezogen.

«Nun», fragte der Typ, «hast du genug gesehen?»

«Genug, um zu wissen, dass du nichts Besonderes bist. Keiner, der einem aus irgendeinem Grund im Gedächtnis haften bleibt.»

Coray konnte spüren, wie diese verächtlich ausgesprochenen Worte sein Gegenüber getroffen hatten. Wie viele Egomanen war auch der Typ vor ihm mit grosser Wahrscheinlichkeit sehr eitel. Das zeigte auch die Wahl seiner Kleidung, deren durchgehend schwarze Farbe ihn als dynamisch und geheimnisvoll erscheinen lassen sollte. Aber vielleicht waren seine Überlegungen auch völliger Quatsch, dachte Coray, vielleicht waren die Klamotten einfach bequem und liessen ihn leichter mit der Dunkelheit verschmelzen. Kurtz wüsste es, dachte er bekümmert, niemand kann Menschen so treffend einschätzen wie sie.

«Weisst du was, mein Freund? Dir werde ich mit Bestimmtheit im Gedächtnis haften bleiben, darauf kannst du Gift nehmen.»

Das war eine unverhohlene Drohung, und Coray spürte, wie ihm wieder der kantige Eiswürfel über sein Rückgrat hinunterglitt. Einen Moment lang überlegte er, was er antworten sollte. War es wirklich ein guter Plan, den Kerl so wütend zu machen, dass er die Kontrolle verlor? Könnte sich das nicht kontraproduktiv auswirken und ihn zu Handlungen treiben, die völlig unberechenbar waren? Dazu führen, dass alles komplett aus dem Ruder lief?

«Wo hast du eigentlich die Kavallerie gelassen?», fragte der Kerl.

«Ich bin alleine hier, das siehst du doch.»

«Ja natürlich, und ich bin Kindergartenbetreuer auf dem Dorf.»

«Du glaubst mir nicht?»

«Nein, natürlich nicht. Aber es ist ja auch egal, wie viele deiner Kollegen in der Nähe sind. Es wird dir nichts nützen.»

Coray überlegte fieberhaft. Was wollte der Typ ihm damit sagen?

«Habe ich dich etwa verunsichert?»

«Ich denke darüber nach, was deine Worte bedeuten.»

«Okay, ich werde es dir erklären. Hör genau zu: Wie du siehst, habe ich dieses Seil in der Hand. An diesem Seil hängt deine liebe Kollegin. Wenn ich loslasse, dauert es keine drei Sekunden, und sie stürzt ab. Es ist also völlig egal, wie viele ihr seid und ob ihr bewaffnet seid –»

«Ich bin nicht bewaffnet, das kannst du gerne überprüfen.»

«Fall mir gefälligst nicht ins Wort, sonst lasse ich sofort los.»

«Okay, okay, entschuldige, ich höre dir zu.»

«Also, wie gesagt, all eure Vorkehrungen und Pläne sind nichts wert, weil nichts davon diese Frau, die da unten hängt, wird retten können.»

«Aber wie willst du denn flüchten, nachdem du das Seil losgelassen hast? Falls hier tatsächlich meine Kollegen auf dich lauern sollten, hättest du keine Chance, von diesem Damm runterzukommen.»

«Das lass dann ruhig meine Sorge sein.»

Coray überlegte fieberhaft, wie dem Typen unter diesen Umständen eine Flucht gelingen sollte. Oder plante er, über das Geländer zu springen und im Stausee zu verschwinden? Nein, das konnte er sich nicht vorstellen. Das wäre viel zu gefährlich. Selbst zu dieser Jahreszeit, am Ende eines heissen Sommers, war der See, der von Schmelz- und Gletscherwasser gespeist wurde, eiskalt. Mehr als zehn Grad würde das Wasser nicht haben. Und bei diesem tiefen Seespiegel war die Gefahr erheblich, dass er sich beim Aufprall verletzte. Und dann bestand zusätzlich die Gefahr des Soges zum Einlauf des

Druckschachtes, der zum Kraftwerk führte. Er könnte leicht in den Gittern landen, die montiert worden waren, damit keine Baumstämme im Kraftwerk landeten.

«Ich sehe, dich plagt die Ungewissheit. Aber denk nicht zu viel nach, du wirst es dann schon sehen.»

Dieses Ungeheuer kicherte doch tatsächlich vergnügt vor sich hin.

«Wieso sollte ich das sehen, du bekommst dein Geld doch nur, wenn du uns beide umbringst?»

«Ja, damit hast du wohl recht, aber weisst du was? Ich habe beschlossen, auf die Kohle zu verzichten. Ich brauche sie nicht, ich habe genug davon.»

Corays Herz zog sich in schlimmer Vorahnung zusammen. Es fühlte sich an, als ob ein riesiger Felsbrocken auf seinen Brustkorb gerollt wäre. Er antwortete nicht. Es war auch nicht nötig. Der Killer sprach in heiterem Ton weiter, ein bisschen so, als erzählte er einer erwartungsvollen Zuhörerschaft eine spannende Geschichte.

«Du weisst ja, zuerst war es für mich einfach ein Job wie jeder andere. Wie die Frau von Casanova.»

Hier hielt er einen Moment lang inne, wahrscheinlich in seine Erinnerungen an den kaltblütigen Mord an der schönen jungen Frau versunken.

«Obwohl sie wirklich ein ganz prächtiges Exemplar von Frau war.» Das kam völlig ungerührt aus seinem Mund.

«Nun, wie auch immer», fuhr er dann fort, «ich habe euch beide beobachtet, eure Gewohnheiten studiert, um einen möglichst simplen Plan zu entwickeln. Ich muss sagen, es war ziemlich einfach. Ihr seid beide recht langweilige Menschen.»

Bei dieser Aussage hätte Coray fast losgeprustet. Auf ihn mochte diese Beschreibung ja einigermassen zutreffen, er führte tatsächlich kein aufregendes Leben. Aber Kurtz als langweilig zu bezeichnen, das schien ihm selbst in dieser Situation als die Fehleinschätzung des Jahres. Kurtz mit ihrem Temperament und dem Tempo, mit dem sie durch ihr Leben stürmte. Der Typ hatte keine Ahnung.

«Du scheinst erheitert, willst du dazu etwas sagen?»

«Nein, nein, erzähl ruhig weiter.»

«Also, wo war ich? Ach ja, bei meinem Plan. Dich wollte ich als Ersten töten. Auf einem deiner romantischen Nachtspaziergänge, wenn du jeweils so deppert zu den Sternen hochsiehst. Solltest mal sehen, wie dämlich du dabei ausschaust. Sogar dein Hund muss bei diesem Anblick grölen.»

Und wieder liess er sein verächtliches Kichern ertönen. Coray sagte nichts dazu, er dachte mit Wehmut an diese Seerunden in der samtenen Dunkelheit und hoffte zutiefst, dass er in Zukunft überhaupt in der Lage sein würde, mit Juri unter dem Sternenhimmel zu wandern. Und es war ihm ganz egal, wie er dabei aussah und ob Juri sich über ihn amüsierte.

«Nun, leider ist die Sache nicht so verlaufen, wie ich das geplant hatte. Das hat mich irritiert. Und du, du hast mich wütend gemacht. Sehr, sehr wütend. Ich finde dich ein überhebliches Arschloch, seit ich dich beobachte. Du glaubst, dass du ein Anrecht darauf hast, immer auf der Sonnenseite des Lebens zu stehen. Immer im Recht zu sein …»

«Ich habe keine Ahnung, wovon zum Teufel du sprichst.»

Und das hatte er wirklich nicht. Es war ein ganz normales Leben, das er führte. Mit Höhen und Tiefen. Aber er ahnte, dass es für diesen Menschen ein schwer zu ertragender Anblick war, wenn er mit Emilia Hand in Hand durchs Dorf lief. Oder sie auf der Terrasse im Kerzenlicht küsste. Wo der Typ sie zweifellos ebenfalls beobachtet hatte. Mitzuverfolgen, wie er mit seinen Freunden jasste, herumalberte oder feierte. Einfach zu sehen, dass er Menschen hatte, die ihn mochten, die gerne in seiner Nähe waren, und dass sogar sein Hund ihn so liebte, dass er ihn, ohne zu zögern, verteidigte. Das schien irgendwie an diesem Mann zu nagen. Vielleicht war es ihm doch nicht so egal, dass er ein komplett anderes Leben führte. Vielleicht war dieses Leben doch nicht ganz so toll. Oder zumindest nicht mehr. Vielleicht war dem Typen im Laufe der Jahre einiges klar geworden, und er hatte die Leere, die ihn umgab, wahrgenommen. Ach, was weiss ich schon davon, dachte sich Coray, und eigentlich war es ihm egal, was dieser Kerl dachte oder was in ihm vorging. Sein einziger Wunsch war, dass er aus seinem Leben verschwand und er wieder so weitermachen konnte wie vor diesem Alptraum. Er liebte dieses Leben – auch wenn es meistens wenig spektakulär war.

Während Coray seinen Gedanken nachhing, hatte sich der Typ wieder einigermassen gefasst.

«Wie auch immer, unterdessen ist mir das Geld, wie gesagt, unwichtig. Ich will dich lieber leiden sehen.»

Coray wurde eiskalt.

Plötzlich ergab das alles Sinn. «Du willst Katja umbringen und mich am Leben lassen?»

«Du hast es erfasst.»

«Damit wirst du nicht durchkommen. Du wirst niemals von diesem Damm runterkommen.»

«Das werden wir ja sehen.»

Coray dachte verzweifelt darüber nach, was er dem Killer sagen oder anbieten konnte, um ihn von seinem Plan abzubringen. Er machte sich keine Illusionen: Sollte Kurtz in dieser Nacht sterben und er überleben, dann wäre sein Dasein fortan die Hölle. Seine Schuldgefühle würden ihn niederdrücken, seine Lebensfreude wäre dahin – er würde den Rest seines Lebens nur noch als Last empfinden. Für ihn war das keine Option. So würde er nicht leben wollen. Niemals. Also würde er dafür sorgen müssen, dass das nicht geschehen konnte. So oder so. Er dachte an Emilia und was er ihr damit antun würde, wenn er sterben sollte. Ob sie verstehen würde, dass er nicht anders gekonnt hatte? Und Juri, würde der ihn vermissen?

Ohne den letzten Gedanken ganz zu Ende zu denken, sprang Coray mit einem aus seinem tiefsten Inneren kommenden, furchterregenden Schrei auf den Typen los. Wut und Verzweiflung liessen ihn einen gewaltigen Satz tun. Mit weit aufgerissenen Augen und verzerrten Gesichtszügen flog er ihm entgegen. Aus seinen Augen funkelten der nackte Hass und wilde Entschlossenheit. Der Typ erstarrte. Doch er war zu sehr Profi, um sich überwältigen zu lassen. Ohne mit der

Wimper zu zucken, liess er das Seil, an dem Kurtz über dem Abgrund hing, los.

Coray hatte nicht daran gezweifelt, dass der Killer kaltblütig genug war, genau dies zu tun. Und doch, in diesem Augenblick, als er zusehen musste, wie sich das Seil vom Geländer löste und wie schnell das ging, wusste er, dass er das nicht schaffen konnte. Er würde miterleben müssen, wie Katja starb. Das Grauen, das ihn bei dieser Vorstellung durchflutete, verschaffte ihm einen Adrenalinschub, der ihn zu schier Unmöglichem befähigte. Lang, endlos lang streckte er seine Arme nach dem Seil aus, das mit einem Surren an ihm vorbeiratschte, und sein Körper dehnte sich bis zur letzten Zelle. Seine ganze Konzentration, sein ganzer Wille, sein gesamtes System waren einzig auf dieses eine Bestreben ausgerichtet: Er musste dieses Seil zu fassen kriegen.

Sein Schrei klang noch durch die Nacht, als er an der linken Innenhand den vorbeigleitenden Polyester spürte. Mit aller Kraft griff er zu und krallte gleichzeitig auch seine rechte Hand um das Seil. Der Schmerz, mit dem das Ding seine Hände aufriss, war nichts im Vergleich zu dem Schmerz, den er fühlte, als er kopfvoran in die Mauer geschleudert wurde, über welche das Seil fliehen wollte. Er hörte es irgendwo knacken in seinem Körper, aber er liess nicht los. Unter gar keinen Umständen würde er loslassen, auch wenn er das Gefühl hatte, sein geschundener Leib werde jeden Moment über die Mauer gezogen. Halb bewusstlos nahm er Stimmen wahr. Er hörte Kurtz seinen Namen schreien, er glaubte, ein Aufklatschen auf Wasser zu vernehmen. Dunkle Gestalten sprangen zu ihm hin. Es war ihm egal, es war unwichtig; benommen hing er an dem Seil und hielt es mit all seiner Kraft fest. Das war alles, was er tun musste, so viel wusste er. Er musste unter allen Umständen dieses Stück Polyester in seinen Händen halten und durfte es nie, nie mehr loslassen.

Er spürte, dass dieses unmenschliche Gewicht, das ihm die Arme auszureissen drohte, nachliess. In seinem Kopf drehte sich alles. Was bedeutete das? War Kurtz aus dem Seil gerutscht und abgestürzt? Hatte sie deswegen geschrien? Und was waren das für Beine, die neben ihm standen? War das der Killer?

«Lass los, Matti, lass los. Wir haben sie», rief ihm eine vertraute Stimme zu. Wer war denn noch alles da? Die Bilder in seinem Kopf überschlugen sich. Aber nein, er würde auf keinen Fall loslassen. Er würde nicht auf diese Stimme hereinfallen. Wild entschlossen umklammerte er mit seinen blutenden Händen das Seil. Da spürte er eine sanfte Bewegung an seiner Wange, eine fast zärtliche Berührung.

«Matti», sagte die Stimme wieder. «Es ist alles gut, Katja wird nicht abstürzen. Wir haben sie gesichert. Bitte lass das Seil los.»

Noch immer desorientiert, schaute Coray in das Gesicht vor ihm.

Es war Sophie Desax, die vor ihm kniete und ihn eindringlich ansah. Die wirren Gedanken, die durch seinen Kopf huschten, legten sich langsam, und er nahm seine Umgebung wieder wahr. Laurin Jeger und Maurus Schmed hingen über der Mauer nach aussen, sie hielten das Seil, an dem Kurtz befestigt war, und redeten mit ihr.

«Halt durch, die Kollegen sind schon hier. Wir halten dich fest, es kann dir nichts passieren.»

«Beeilt euch, mir sterben langsam meine Glieder ab, verdammt noch mal!»

Trotz seiner misslichen Lage musste Coray grinsen. Da lag er zerschlagen auf dem Betonboden und musste kichern, weil diese Stimme, die er so mochte, die ihm so vertraut war und die ihn manchmal so nervte, dass Kurtz' Stimme zwar ein bisschen zittrig, aber durchaus unverblümt wie immer tönte.

Weitere Gestalten stürmten hinzu und packten mit an. Ja, er konnte loslassen, das Seil lag lose in seinen zerschrammten Händen. Komisch, er empfand überhaupt keinen Schmerz. Noch immer etwas verwirrt liess er seinen Blick über die Szenerie gleiten. Unterdessen tummelten sich rund ein Dutzend Polizisten auf dem Damm, und am Ufer sah er Scheinwerfer aufflammen, die auf den Stausee gerichtet waren.

«Ist der Killer wirklich ins Wasser gesprungen?», fragte er Sophie.

«Ja, ohne eine Sekunde zu zögern», antwortete sie. «Wir haben uns jedoch nicht um ihn gekümmert, unsere Prioritäten lagen woanders.» Sie zwinkerte ihm zu. «Aber die Kollegen suchen den ganzen See und das Ufer ab. Der entkommt uns nicht.»

Kurtz wurde von starken Armen über die Mauer gezogen. Mit Corays Kletterseil, das er mitgenommen hatte, hatten sie sie zusätzlich sichern können. Als ihr zerzauster Haarschopf auftauchte, spürte Coray vor allem eines: eine unglaubliche Erleichterung. Und Dankbarkeit. Auch wenn er in der Kirche kaum anzutreffen war, schickte er ein stummes, aber aus tiefstem Herzen empfundenes Dankeschön gegen den Nachthimmel. Nachdem sie wieder festen Boden unter den Füssen hatte, bewegte sich Kurtz zwar noch ein bisschen wackelig, kam jedoch sofort zu ihm gewankt, bückte sich zu ihm herunter und nahm seine schlimm zugerichteten Hände zwischen die ihren.

«Mein lieber Matti, du siehst scheisse aus», konstatierte sie dann und schenkte ihm ein schiefes Grinsen.

«Ich würde dir einen Blick in den Spiegel empfehlen, werte Kollegin, dein Gesicht erinnert ein bisschen an einen Waschbären, mit all diesen Ringen und Flecken.»

Sie liess sich zu ihm auf den Boden sinken und lehnte sich mit dem Rücken an die Betonmauer.

«Matti, was ist mit Emil?», fragte sie dann mit gepresster Stimme, ohne ihn anzuschauen.

Er hatte befürchtet, dass diese Frage als Erstes kommen würde. Er wollte ihr nichts vormachen, nichts beschönigen, er wusste, dass sie auf jeden Fall die Wahrheit wissen wollte, egal, wie schwer zu ertragen diese war.

«Er wurde schwer verletzt, hat viel Blut verloren und wird wohl im Moment operiert.»

«Sind seine Verletzungen lebensbedrohend?»

Coray hielt einen Moment inne. «Ja», sagte er dann. «Aber

du weisst, was für ein zäher Bursche dein Emil ist und was für ein Kämpfer.»

Als er Kurtz anschaute, sah er, wie sehr sie mit ihren Gefühlen zu kämpfen hatte. Aber sie weinte nicht. Er berührte ihren Arm und richtete den Blick dann weg von ihr.

«Weisst du, warum dieser Kerl uns überfallen hat?», fragte sie dann ruhig.

«Ja, ich fürchte, ich habe einen grossen Fehler gemacht.»

«Du wirst mir alles erklären, aber nicht jetzt. Das hat Zeit.»

Zusammen schauten sie zu, wie die Dämmerung die Nacht langsam vertrieb, nicht mehr lange, und es würde hell.

Coray beobachtete, wie sich unterdessen mindestens zwanzig Polizisten um den See verteilt hatten. Auch ein Hundeführer war vor Ort. Er musste daran denken, wie Juri über den Typ hergefallen war, und grinste, als er sich vorstellte, wie der sich nun irgendwo an diesem wilden Ufer aus dem Stausee wegschleichen wollte und vor sich wieder einen Hund mit aufgerissenem Schlund sehen würde. Er müsste sich in einer Apokalypse wähnen. Er schaute zu seiner Kollegin rüber und sah ihren Blick gedankenverloren über das Wasser gleiten. Es war unschwer zu erraten, wo ihre Gedanken weilten. Hoffentlich schafft es Emil, dachte er inbrünstig. Der junge Beamte musste diesen Angriff einfach überleben. Er wagte nicht, sich vorzustellen, was das mit Kurtz machen würde, falls ihr Freund sterben würde. Und was mit ihm, er verspürte schon so schwere Schuldgefühle. Er seufzte tief und sagte sich, dass er sich eigentlich an der Jagd auf den Typen beteiligen sollte, dass er sich aufrappeln, eine Waffe schnappen und sich zu seinen Kollegen gesellen sollte. Aber er empfand eine solch überwältigende Müdigkeit, dass er einfach neben Kurtz sitzen blieb. Zwei, die überlebt hatten, sich jedoch noch nicht wirklich darüber freuen konnten.

«Die Rega ist unterwegs», unterbrach Sophie ihre Gedanken. «Ihr Glückspilze bekommt einen Gratisflug.»

«Wir brauchen doch keinen Rettungsheli», riefen sie unisono.

«Keine Widerrede, das ist eine Anordnung der Chefin. Aber hier auf der Mauer kann der Helikopter nicht landen. Schafft ihr es bis zum Parkplatz runter?»

Kurtz wollte antworten, als am rechten Seeufer ein einzelner Schuss ertönte. Perplex schauten sich alle an. Das Funkgerät in Sophies Händen knisterte.

«Was ist da los?», rief sie in das Mikrofon.

«Wir haben den Flüchtigen gesichtet», sagte eine ältere, männliche Stimme.

«Was heisst ‹gesichtet›? Habt ihr ihn erwischt oder nicht?»

«Er wollte heimlich aus dem Wasser steigen und hat doch tatsächlich eine Pistole gezogen, als wir ihn bemerkt haben.»

«Und wer hat geschossen, er oder wir?»

«Wir. Und getroffen. Aber trotz der Beinverletzung ist er zurück ins Wasser geflohen. Der kommt nicht weit. Er ist vor Kälte bereits ziemlich steif, das hat man deutlich gesehen. Und jetzt noch die Schussverletzung. Das ist eine Sache von ein paar Minuten.»

«Gut gemacht, Andrin», rief Coray Richtung Funkgerät. Er hatte die Stimme erkannt. Der Mann war durch nichts aus der Ruhe zu bringen. Kurtz hatte ihm einmal zugeraunt, dass er auf sie immer wirke wie ein gutmütiger Bär. Von Gutmütigkeit war im Moment allerdings nichts zu merken. Andrin würde nicht lockerlassen, bis er den Scheisskerl vor seinen Füssen hatte.

Nun juckte es Coray doch, sich an der Jagd auf den Typen zu beteiligen. Mühsam versuchte er, sich an der Mauer entlang hochzuhieven. Aber sein Körper weigerte sich, diese Aktion mitzumachen. Er wusste instinktiv, dass er sich bei dem Aufprall an der Mauer etwas gebrochen hatte. Sein Bewegungsapparat schien gestört. Kurtz hatte es geschafft, sich auf die Füsse zu stellen.

«Komm, ich helfe dir.» Sie bot ihm die Hand an und wollte ihn am Arm hochziehen.

Der Schmerz, der ihn durchbohrte wie ein Messerstich, liess ihn gepeinigt aufschreien. Erschrocken zog Kurtz ihre Hand weg, und er sackte zurück auf seinen Allerwertesten.

«Scheisse, ich glaube, ich habe mir das Schlüsselbein gebrochen», keuchte er. «Ich erinnere mich an diesen Schmerz. Den habe ich schon einmal gespürt. Aber damals war ich fast dreissig Jahre jünger und spielte als Stürmer bei einem Grümpelturnier.»

Der Schmerz pochte in seinem gesamten Oberkörper, und trotzdem mühte er sich auf die Knie und von dort auf die Beine. Er musste unbedingt sehen, was da unten am See lief. Unterdessen war es hell, und er wusste, dass der Typ keine Chance mehr hatte, zu entkommen. Coray schleppte sich auf die Seite mit dem Geländer und hielt sich irgendwie daran fest. Und dann sah er es: Ein Mann in dunkler Bekleidung mühte sich mit offensichtlich letzten Kräften, das rettende Ufer zu erreichen. Wie eine verletzte Kaulquappe zog er sich über die Steine am Ufer und blieb einfach liegen, als er wusste, dass er aus dem Wasser raus war. Nicht einmal das wilde Gebell des Polizeihundes rief eine Reaktion bei ihm hervor. Der Mann lag ausgestreckt mit dem Gesicht im Dreck und rührte sich nicht mehr. Er musste halb bewusstlos sein. Die Polizisten gingen wachsam, aber ohne Eile auf ihn zu.

Coray und Kurtz hatten das Ganze schweigend mitverfolgt. Er horchte in sich hinein, wartete auf den Triumph über diesen erledigten Mann, der ihn und seine Kollegin beinahe umgebracht hatte – von Emil ganz zu schweigen. Aber da war nichts, keine Freude, keine Befriedigung, keinerlei Hochstimmung. Da waren nur Erleichterung und Erschöpfung. Und die bohrende Sorge um Emil.

Sie hörten den Helikopter und machten sich auf den Weg zum Landeplatz. Sich gegenseitig stützend, gingen sie langsam den kurzen Weg. Sophie sah ihnen zusammen mit Laurin und Maurus besorgt hinterher.

«Die haben einen echten Alptraum hinter sich», hörte Coray sie mit belegter Stimme sagen. «Ob sie wieder ganz auf die Beine kommen werden?»

«Wenn Emil es schafft, dann mache ich mir deswegen keine Sorgen», antwortete Sophie. «Und etwas anderes will ich mir gar nicht vorstellen. Kommt, Leute, lasst uns diesen Dreck hier oben wegräumen.»

Der Rega-Arzt eilte ihnen entgegen, als sie auf den Helikopter zusteuerten, und half ihnen beim Einsteigen.

«Freunde, ihr seht ein bisschen mitgenommen aus, wenn ihr mir die Bemerkung gestattet», sagte er und begann, Kurtz zu untersuchen. Man kannte sich.

«Lass mal», protestierte Kurtz, «ich bin nur ein bisschen zerschlagen, aber sonst ist alles heil an mir. Nimm dir lieber meinen Kollegen vor. Er glaubt, er hat sich das Schlüsselbein gebrochen.»

Der Arzt wandte sich Coray zu. Nach ein paar Handgriffen bestätigte er dessen Selbstdiagnose.

«Und ausserdem befürchte ich, dass du eine Hirnerschütterung hast. Ihr bekommt beide ein Zimmer mit wunderschöner Aussicht im Spital Chur. Und in ein paar Tagen seid ihr wieder auf den Beinen.»

«Weisst du etwas von unserem Kollegen Emil Tscharner, der heute Nacht schwer verletzt ins Krankenhaus eingeliefert worden ist?», fragte Kurtz.

Der Arzt wich ihrem Blick aus. «Tut mir leid, ich weiss nur, dass es nicht so gut ausgesehen hat vor ein paar Stunden. Aber wie die Operation verlaufen ist, weiss ich nicht. Da müsst ihr warten, bis wir in Chur sind.»

Schweigend flogen sie dem Rhein entlang, und der Pilot landete sanft auf dem Gebäude des Kantonsspitals. Die Rotoren drehten sich noch, als eine bekannte Gestalt in ihrem Blickfeld auftauchte: Frau Major Annabelle Cathomas hatte sich persönlich auf das Dach hinaufbemüht. Coray und Kurtz blickten sich erschrocken an. Was hatte das zu bedeuten? Wollte sie ihnen die schreckliche Nachricht, die sie beide befürchteten, selbst überbringen? Unwillkürlich packte Kurtz Corays Hand, und dieser verzog trotz der Schmerzen keine Miene. Würde jetzt ihre Welt einstürzen?

Coray versuchte, die Gesichtszüge der Eisprinzessin zu lesen, doch er scheiterte wie meistens – sie verzog keine Miene.

«Ich bin froh, Sie beide am Leben zu sehen», sagte sie dann.

Coray und Kurtz rührten keinen Muskel, schauten ihr nur starr in die Augen.

«Emil hat die Operation überstanden. Die Ärzte haben ihn in ein künstliches Koma versetzt. Wir müssen abwarten.»

Coray schaute seine Kollegin an.

Einen Moment lang schien sie erstarrt, dann kam ein lauter Seufzer aus ihrem Mund.

«Emil wird es schaffen», sagte sie dann entschieden. «Ich kenne diesen verrückten Kerl. Er wird nicht aufgeben. Und jetzt bringen Sie mich bitte zu ihm.»

Epilog

Ohne Vorwarnung war der Winter über die Surselva hereingebrochen. Erst noch hatte man im T-Shirt an einer warmen Maiensäss-Wand lehnen und die bunten Blätter an den Herbstbäumen bewundern können. Ein Schneesturm hatte über Nacht alles in einen weissen, seidenen Schleier gehüllt. Die Touristen reagierten überrascht auf den abrupten Wetterwechsel. Und einmal mehr schüttelten die Einheimischen die Köpfe über diese Unterländer, die immer so ein Getue machten, wenn der erste Schnee kam.

Einer, der ausflippte vor Freude, war Juri. Am Morgen war der Vierbeiner mit Coray auf Schneeschuhtour gegangen. Stundenlang waren sie zusammen durch die Wälder gestreift. Coray war wieder ganz hergestellt. Das Schlüsselbein hatte zwar operiert werden müssen, aber unterdessen konnte er für Juri Schneebälle werfen, als ob er nie verletzt gewesen wäre. Nach jener rabenschwarzen Nacht, in welcher der Typ gewütet hatte, waren sie zu dritt im Spital gelandet. Noch bevor sie sich hatte untersuchen lassen, war Kurtz zu Emil auf die Intensivstation geeilt. Lange war sie an seinem Bett gestanden, hatte seine Hand gehalten und ihn betrachtet. Danach war sie zu Coray zurückgekommen, der sich ebenfalls geweigert hatte, sich behandeln zu lassen, bevor er wusste, was mit Emil war.

«Er kommt durch, das weiss ich ganz sicher», hatte sie zu Coray gesagt, und dieser hatte keinen Moment daran gezweifelt, dass sie recht behalten würde. Erst dann hatten die beiden einem Untersuch zugestimmt. Kurtz war mit einem blauen Auge davongekommen. Oder jedenfalls beinahe. Ihre Schrammen und Verfärbungen boten zwar einen spektakulären Anblick – sie sehe aus wie Bruce Willis in seinem ersten «Die Hard»-Film, hatte einer der Ärzte zu ihr gesagt –, aber sie waren nicht gefährlich. Ein paar Tage Ruhe, und sie wäre wieder fit. Trotzdem wollten sie Kurtz vierundzwanzig Stunden im Spital behalten. Zur Beobachtung. Was ihr ganz recht gekommen war. So konnte sie an Emils Bett wachen, bis sie ganz sicher war, dass er durchkommen würde.

Als er endlich die Augen öffnete, brach Kurtz in Tränen aus und überraschte damit vor allem sich selbst. Es dauerte Wochen, bis Emil aus dem Spital entlassen werden konnte, und danach folgte eine lange Reha. Aber er würde wieder ganz gesund, und das war alles, was zählte. Als er schliesslich nach Hause konnte, war Kurtz an seiner Seite. Gegenseitig leckten sie sich ihre Wunden. Denn auch an ihr war die furchtbare Nacht nicht spurlos vorbeigegangen. Es waren zu viele Schrecken auf einmal gewesen. Und vor allem hatte sie nicht gewusst, warum unvermittelt die Hölle über sie hereingebrochen war, warum sie sich inmitten eines Alptraums wiedergefunden hatte.

Coray hatte ihr alles von den Drohungen erzählt und dass er es sich nicht verzeihen könne, dass er sie nicht ernst genommen hatte. Oder die Geschichte wenigstens mit ihr geteilt hatte. Kurtz hatte zugehört, ohne eine Miene zu verziehen oder ihn zu unterbrechen. Als er geendet hatte mit seiner Beichte, war sie lange Zeit still geblieben, und Coray war immer banger zumute geworden. Was zum Teufel hatte er angerichtet? Wie hatte er so verdammt danebenliegen können? Würde Kurtz nicht mehr seine Partnerin sein wollen, weil sie ihm nicht mehr vertrauen konnte? Als die Panik in seinem Hals angekommen und er überzeugt davon gewesen war, dass seine Kollegin ihn hier und jetzt enttäuscht und wütend stehen lassen würde, genau in diesem Moment hatte sie nach einer seiner dick eingebundenen Hände gefasst und ihm ernst in die Augen geschaut.

«Matti, ich kenne dich, du haderst mit dir. Glaubst du wirklich, du hättest alles aufhalten können, wenn ich Bescheid gewusst hätte? Aber du kennst mich auch, und wenn du ehrlich bist, weisst du genau, dass ich mich nicht um eine solche Drohung geschert hätte. Ich hätte sie nicht ernst genommen. Du weisst, wie Casanova am Schluss drauf war, völlig irre, der Typ. Hast du wirklich das Gefühl, ich hätte mir auch nur eine

Minute lang die Frage gestellt, ob das, was aus seinem kranken Hirn kam, wahr sein könnte? Nein, das hätte ich natürlich nicht. Emil und ich wären genauso von diesem Killer überrascht worden, ich hätte nichts anders gemacht. Gut, ich hätte es vielleicht geschnallt, als ich an dem Seil an der Staumauer hing. Aber was hätte das geändert? Nichts. Also, bitte, bitte hör auf mit diesen Selbstvorwürfen. Hör auf zu grübeln, ich kann es nicht ertragen, wenn du so bist.»

Schweigend hatte Coray ihr zugehört. Er spürte, dass sie all dies nicht darum sagte, damit er sich besser fühlte. Sie war überzeugt davon, dass es so war. Ihre Worte sprengten den riesigen Felsbrocken, der seit jener Nacht auf seiner Seele gelastet hatte, in Millionen atomarer Teile und befreiten ihn von seinen immensen Schuldgefühlen. Am liebsten hätte er Kurtz in die Arme genommen, aber solche Gefühlsausbrüche waren zwischen ihnen nicht üblich. Es hätte sie nur verlegen gemacht.

«Danke, dass du das gesagt hast. Es bedeutet mir sehr viel. Mehr, als du dir vorstellen kannst.»

«Na, dann ist ja gut», sagte sie leichthin. «Ich bin froh, wenn ich deine Sündermiene nicht mehr angucken muss.»

Coray musste lachen. Das war so typisch Kurtz. Mit einem flapsigen Spruch ging sie einfach über schwierige zwischenmenschliche Situationen hinweg und machte so den Weg frei für die Normalität.

An diesem Abend des ersten Schnees stapften Coray, Emilia und Juri zu Fuss durch Brigels. Aus den Fenstern leuchteten warm die Lichter, und der Duft von Fondues und Raclettes zog durch die Gassen. Alle Bewohner schienen die Ankunft des Winters zu feiern. Emilia hatte sich bei ihm untergehakt und machte jauchzend einen fröhlichen Hüpfer. Erstaunt sah Coray Emilia an, solche kindlichen Gefühlsausbrüche hatte er bei ihr noch nie festgestellt. Ob sie ebenfalls den ersten Schnee spürte? Juri jagte begeistert den Schneeflocken nach und wühlte sich mit der Schnauze höchst vergnügt durch die noch nicht sehr hohe weisse Decke.

Sie waren auf dem Weg ins «La Val», Emilias Lieblingsrestaurant. Doch sie schätzte das Haus nicht nur wegen des formidablen Essens, sondern auch wegen des «Best Alpin Spa» der Welt, wie sie – und nicht nur sie – es nannte. Immer wieder räumten die Gastgeber Auszeichnungen ab. Und Emilia fand immer einen Grund, warum sie den Spa besuchen musste: die Sauna gegen die Kälte nach einer langen Geburt in einem nächtlichen Stall. Den Pool, um sich an den Düsen die vom Klettern verhärteten Muskeln aufbröseln zu lassen. Und Susanne, die mit ihrer warmen, sympathischen Art und ihren magischen Händen jegliches Wehwehchen aus ihrem Körper wegzauberte. Zu ihrem letzten Geburtstag hatte Coray Emilia einen Gutschein für fünf Besuche mit allem Drum und Dran im Bergspa geschenkt und sie damit sehr glücklich gemacht.

Die schicke und trotzdem kuschelige Atmosphäre mit Cheminéefeuer, sanfter Beleuchtung und aufmerksamer Bedienung hüllte sie bereits beim Betreten der Lobby ein wie ein Samtmantel, und Coray spürte dankbar, wie sich sein ganzer Körper entspannte. Er blickte zu Juri, der in diesem Haus – ebenso wie seine Artgenossen – willkommen war. Während sie auf den Apéro warteten und Emilia mit einem der Gastgeber in ein angeregtes Gespräch vertieft war, dachte Coray an die Frau zurück, die nie mehr ausgehen würde. Caroline Luchsinger, die vor seinen Augen im Rhein untergegangen war. Ihre Leiche war kurz danach gefunden worden, und Coray verspürte noch immer Bedauern, wenn er sich an dieses tragische Schicksal erinnerte. Auch an die Eltern des getöteten Guides aus Kanada dachte er ab und zu. Dass sie wohl nach wie vor darum rangen, zu verstehen und fassen zu können, dass ihr abenteuerlustiger Sohn nie mehr zu ihnen zurückkehren würde. Wenigstens Martin Meissen, der Betreiber von «Rheinrider», hatte die Attacke auf ihn ohne bleibende Schäden überstanden.

Und an noch eine Frau dachte Coray: Jacqueline Winterfeld, die Journalistin, die ihn zu seinem nicht geringen Erstaunen im Spital besucht hatte. Sie waren nicht alleine gewesen während des Besuches, und trotzdem hatte er wieder diesen

Zauber, der von ihr ausging, verspürt. Matti, schlag dir diese Frau endlich aus dem Kopf, sagte er sich unwillig und schüttelte leicht den Kopf. Er entsann sich seiner Einladung in sein Haus in Brigels, die er ihr und seinen Eltern noch schuldete. Aber wenn er sich vorstellte, Jacqueline Winterfeld in seinem und Emilias Zuhause zu erleben, schob er die Einladung Mal um Mal auf die lange Bank. Vielleicht sollte er sich einfach eingestehen, dass diese Frau ihn auch weiterhin faszinieren würde. Punkt. Damit konnte man sicher leben. Oder? Anderseits, was war schon dabei, ein bisschen träumen schadete ja niemandem.

Niemandem mehr schaden würde auch der Auftragskiller. Er hatte seit seiner Verhaftung kein Wort gesprochen, seinen Namen nicht genannt, und sie hatten seine Identität bis jetzt nicht klären können. Die Untersuchungen liefen auf Hochtouren, und irgendwann würden sie wissen, wer «Roman Hefti» in Wirklichkeit war. Sollte sich die Staatsanwaltschaft damit herumschlagen, ihn interessierte der Mann nicht mehr. Es war vorbei.

Die Bedienung brachte die Getränke, der Gastgeber wünschte ihnen einen angenehmen Abend und verschwand an einen anderen Tisch. Emilia kramte in ihrer Tasche und legte etwas auf den Tisch, direkt vor ihn hin. Zuerst hatte Coray keine Ahnung, was dieses weisse Ding sein sollte. Er nahm es in die Hand. Es war eine winzige flauschige Wollmütze.

Fragend blickte er in Emilias strahlende Augen – und dann verstand er.

Dank

Diesem Moment, in dem Sie, liebe Leserinnen und Leser, dieses Buch in den Händen halten, ist ein langer Weg vorausgegangen. Zum Glück musste ich ihn nicht alleine gehen. Zu jeder Zeit hatte ich Unterstützung an meiner Seite. Diesen Menschen möchte ich Danke sagen:

Meinem Mann für seine Ausdauer beim Erstlesen, seine wertvollen Tipps und seine unermüdliche Ermutigung.

Meiner grossartigen Freundin Jacqueline Surer, die trotz ihrer Theatertournee die Zeit gefunden hat, Kapitel um Kapitel zu lesen und zu kommentieren.

Erich Hirschi für den richtigen Rat zur richtigen Zeit.

Marc Daniel Bollmann, Chef der Rechtsmedizin im Kantonsspital Graubünden, für die professionelle, ausführliche und prompte Beantwortung meiner Fragen.

Markus Keller von der Kanuschule Versam, Gieri Derungs, Wildhüter in Ilanz, und Silvan Montalta, Ingenieur bei der Axpo Hydro Surselva, für ihre fachmännischen Erklärungen zu meinen Fragen. Sollte etwas nicht richtig wiedergegeben sein, dann liegt das alleine an mir und der dramaturgischen Freiheit, die ich mir beim Schreiben genommen habe.

Dem wunderbaren Team bei Emons, das mich von Anfang an in jeder Hinsicht tatkräftig unterstützt und begleitet hat, allen voran Stefanie Rahnfeld, Nina Schäfer, Angela Eichner, Merle Wiktorin, Jana Budde, Sophie Olk, Annika Hynek und Hannah Naumann.

Und meiner fabelhaften Lektorin Irène Kost, die nicht nur gnadenlos meine Denk- und sonstigen Fehler aufgedeckt, sondern mich mit ihren Anmerkungen immer wieder zum Lachen gebracht hat. Es war ein vergnügliches Arbeiten mit dir!

Ein inniger Dank geht an Sie, liebe Leserinnen und Leser,

die Sie diesem Buch Ihre Aufmerksamkeit und Ihre Zeit geschenkt haben. Und wer weiss, vielleicht sind Ihnen Matti & Co. über all die Seiten hinweg ebenfalls ein bisschen ans Herz gewachsen.